INHALTSVERZEICHNIS

Im Schuljahr 2024/25 wirst du noch nach dem alten Lehrplan unterrichtet. Mit diesem QR-Code kannst du die Inhalte des alten Lehrplans und die dazugehörigen Lösungen gratis downloaden.

Ganze und rationale Zahlen

A Ganze Zahlen / Ordnung / graphische Darstellung / Betrag

- Zahlen der Art **−1, −2, −3, −4, −5** usw. werden als **negative Zahlen** bezeichnet.

- Das Minus (−) vor einer Zahl wird **Vorzeichen** genannt.

- Erweitert man die Menge $\mathbb{N}$ der natürlichen Zahlen um die negativen Zahlen, entsteht die Menge $\mathbb{Z}$ der **ganzen Zahlen**.

$$\mathbb{Z} = \{\ldots -5, -4, -3, -2, -1, 0, 1, 2, 3, 4 \ldots\}$$

- Zahlen, vor denen kein Minus steht, werden als **positive Zahlen** bezeichnet. Zur Verdeutlichung kann man ein **Plus (+) als Vorzeichen** schreiben:

$\mathbf{1 = +1, 2 = +2, 3 = +3, 4 = +4}$ usw.

- Die **Null** ist **weder negativ noch positiv**: $\mathbf{-0 = +0 = 0}$

- Der Zahlenstrahl wird links von Null zur **Zahlengeraden** erweitert.
  Jede ganze Zahl kann als **Kreuzerl** (**oder Punkt**) auf der Zahlengeraden eindeutig dargestellt werden:

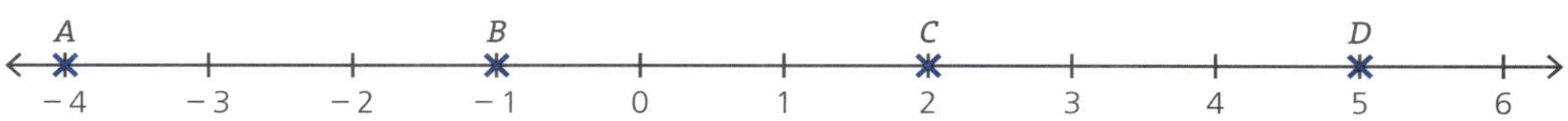

$A = -4$ $B = -1$ $C = 2$ $D = 5$

$$-4 < -1 < 2 < 5$$

- Alle ganzen Zahlen, die weiter links liegen, sind kleiner als Zahlen weiter rechts.
  Die Menge $\mathbb{Z}$ ist eine **geordnete Menge**.

- Der Abstand einer ganzen Zahl vom Nullpunkt wird als **Betrag** der Zahl bezeichnet.
  Man schreibt: $\mathbf{|-4| = 4}$ $\mathbf{|-1| = 1}$ $\mathbf{|0| = 0}$ $\mathbf{|2| = |+2| = 2}$

- Der **Betrag** ergibt **immer** eine **positive Zahl** bzw. 0!

- Die **Gegenzahl** von −5 ist +5, die Gegenzahl von +8 ist −8.
  Gegenzahlen unterscheiden sich nur durch das Vorzeichen.

- Der Betrag einer Zahl und ihrer Gegenzahl ist immer gleich:

$\mathbf{|-5| = |+5| = 5}$ $\mathbf{|+8| = |-8| = 8}$

1 Gib die Zahlen an, die auf der Zahlengeraden dargestellt sind.

✱

a)

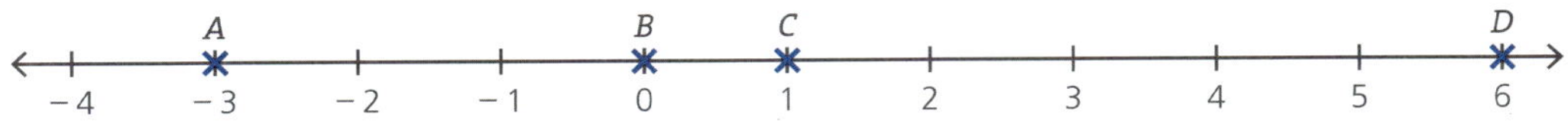

$A =$ ________ $B =$ ________ $C =$ ________ $D =$ ________

b)

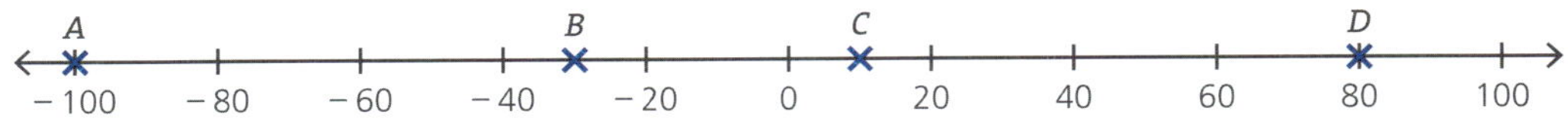

$A =$ ________ $B =$ ________ $C =$ ________ $D =$ ________

c)

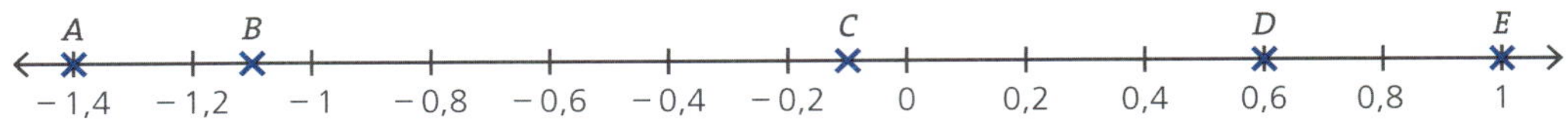

$A =$ ________, $B =$ ________, $C =$ ________, $D =$ ________, $E =$ ________

2 Stelle die Zahlen auf der Zahlengeraden dar.

✱ ✱

a)

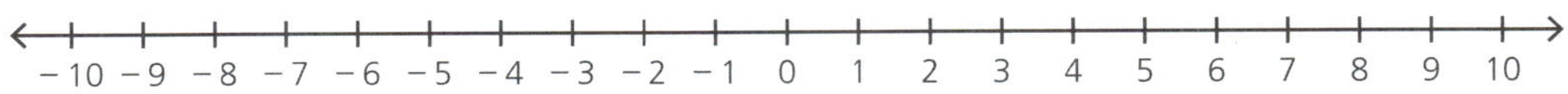

$A = 7$ $B = 2$ $C = 0$ $D = -10$

b)

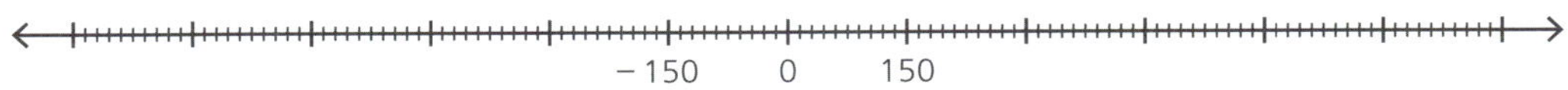

$A = -300$ $B = 75$ $C = +450$ $D = -675$

3 Stelle die Zahlen auf der Zahlengeraden dar. Wähle eine passende Einheitsstrecke.

✱ ✱

a) $A = -70$, $B = 20$, $C = +30$, $D = -50$

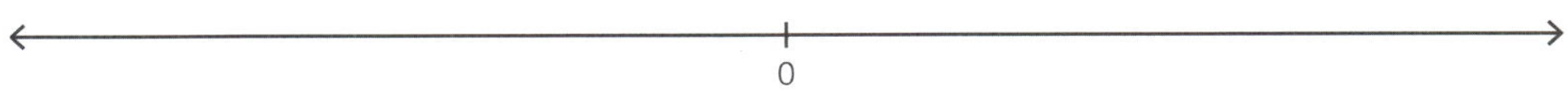

b) $A = -50$, $B = +150$, $C = -75$, $D = -225$

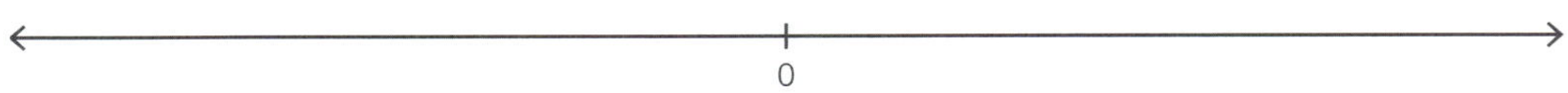

c) $A = +15$, $B = -30$, $C = -45$, $D = 0$

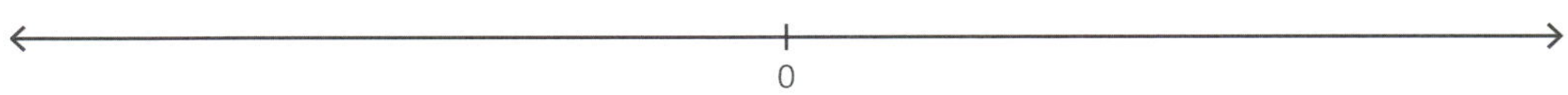

4 Ordne die Zahlen der Größe nach. Beginne mit der kleinsten Zahl.

✱

a) 4, −4, −6, 0, 2, −2, 5 ____________________

b) 100, −90, −91, 99, −80 ____________________

c) 56, −33, −65, 23, −12 ____________________

5 Ergänze den Text.
✱
a) Die ganze Zahl – 11 hat vom Nullpunkt den Abstand ________.

b) Die ganze Zahl 0 hat vom Nullpunkt den Abstand ________.

c) Die ganze Zahl + 15 hat vom Nullpunkt den Abstand ________.

d) Die ganzen Zahlen ________ und ________ haben vom Nullpunkt den Abstand 7.

e) Die ganzen Zahlen ________ und ________ haben vom Nullpunkt den Abstand 13.

f) Die ganzen Zahlen – 50 und + 50 haben vom Nullpunkt den Abstand ________.

6 Schreibe die Aussagen in Aufgabe 5 mit Beträgen an.
✱
a) |– 11| = 11 **c)** ____________ **e)** ____________

b) ____________ **d)** ____________ **f)** ____________

7 Ergänze die Tabelle.
✱

Zahl	Gegenzahl
+ 6	
	+ 7
– 12	
	0
+ 20	

8 Schreibe wie im Beispiel.
✱

Die Gegenzahl zu + 5 = – (+ 5) = – 5. *Die Gegenzahl zu – 2 = – (– 2) = + 2.*

a) Die Gegenzahl zu + 23
b) Die Gegenzahl zu – 17
c) Die Gegenzahl zu – 90.
d) Die Gegenzahl zu + 42.

9 Kreuze an, ob die Aussagen richtig oder falsch sind.
✱✱✱

	richtig	falsch
Die Null ist weder positiv noch negativ.	☐	☐
Der Betrag der Zahl – 15 ist kleiner als der Betrag von + 15.	☐	☐
Die Gegenzahl von 200 hat ein negatives Vorzeichen.	☐	☐
Der Betrag einer Zahl und die Gegenzahl der Zahl haben immer dasselbe Vorzeichen.	☐	☐
|– 14| > |– 13|	☐	☐

B Addition und Subtraktion ganzer Zahlen

- Mit ganzen Zahlen können **Zustandsänderungen** beschrieben werden:
  Positive Zahlen bedeuten ein **Ansteigen**.
  Negative Zahlen beschreiben ein **Fallen** (**Abnehmen**).
- Grafisch können Zustandsänderungen durch einen **Pfeil** veranschaulicht werden:
  Ein nach **links gerichteter Pfeil** bezeichnet ein **Fallen**.
  Ein nach **rechts gerichteter Pfeil** bezeichnet ein **Ansteigen**.

Zustandsänderung $+5$
5 Einheiten nach rechts gehen
$-3 + 5 = 2$

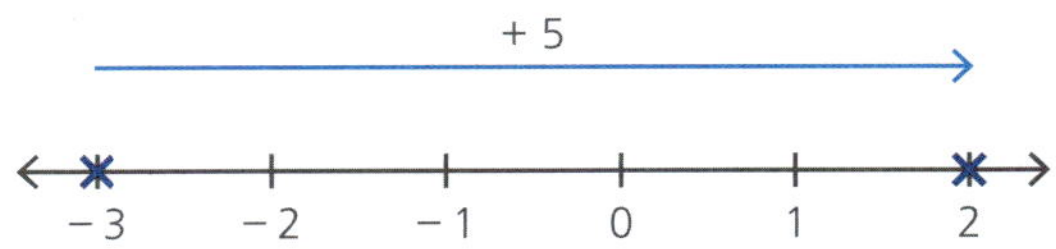

Zustandsänderung -5
5 Einheiten nach links gehen
$4 - 5 = -1$

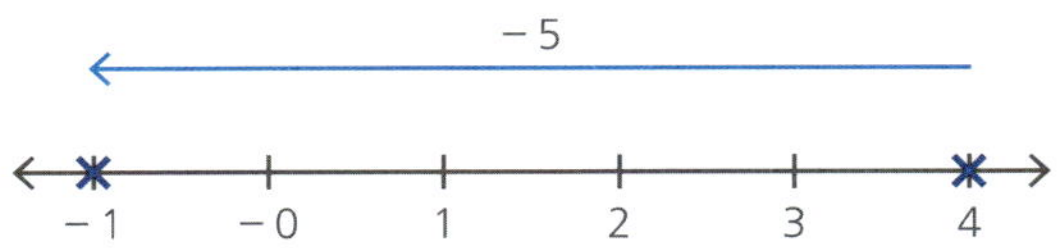

- Jede **Addition** zweier ganzer Zahlen kann als **Änderung des Zustands** angesehen werden:

$-2 + (+3) = -2 + 3 = +1 = 1$
$+ (+) \rightarrow +$

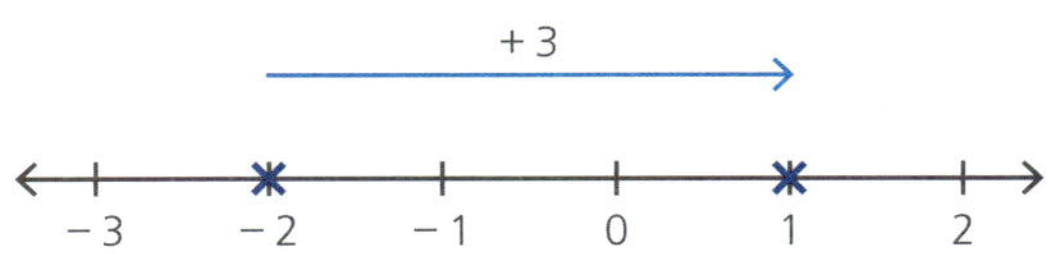

$(+4) + (-6) = 4 - 6 = -2$
$+ (-) \rightarrow -$

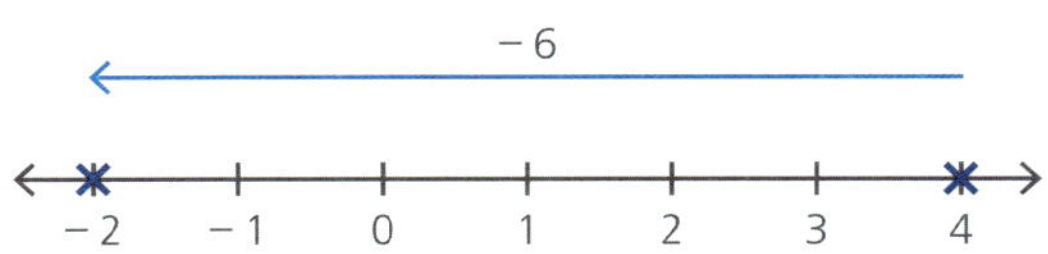

- Jede **Subtraktion** einer ganzen Zahl kann als **Addition der Gegenzahl** angesehen werden:

$(-3) - (+2) = (-3) + (-2) = -3 - 2 = -5$
$- (+) \rightarrow -$

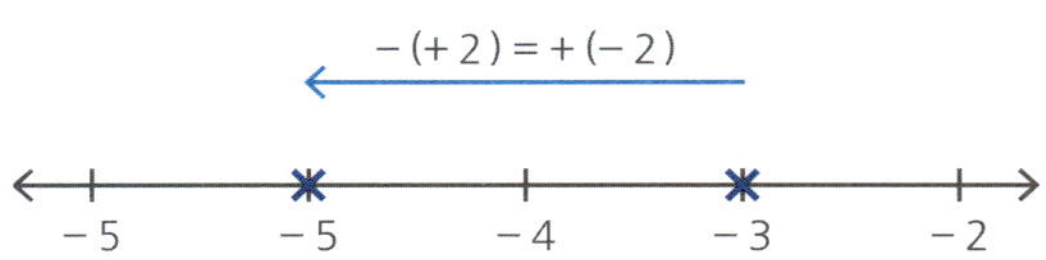

$(-1) - (-4) = -1 + (+4) = -1 + 4 = 3$
$- (-) \rightarrow +$

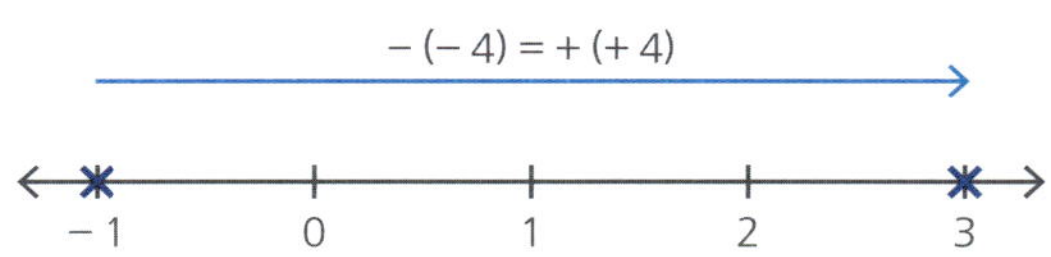

REGEL

Vereinfachungsregeln für Rechenzeichen und Vorzeichen:

$+ (+)$	$\rightarrow$	$+$	$+ (-)$	$\rightarrow$	$-$
$- (+)$	$\rightarrow$	$-$	$- (-)$	$\rightarrow$	$+$

10 ✱ Schreibe die grafisch dargestellten Additionen als Rechnung an und bestimme das Ergebnis.

a)

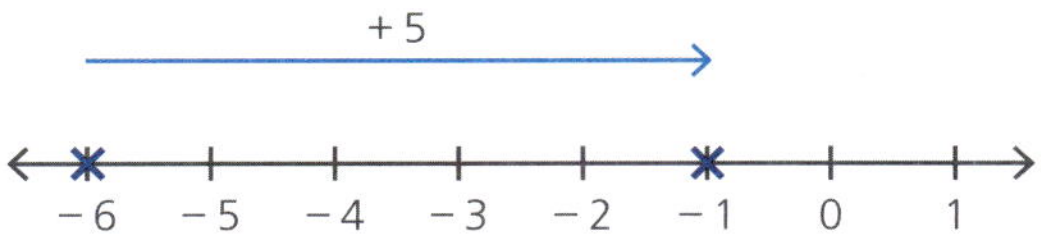

____

b)

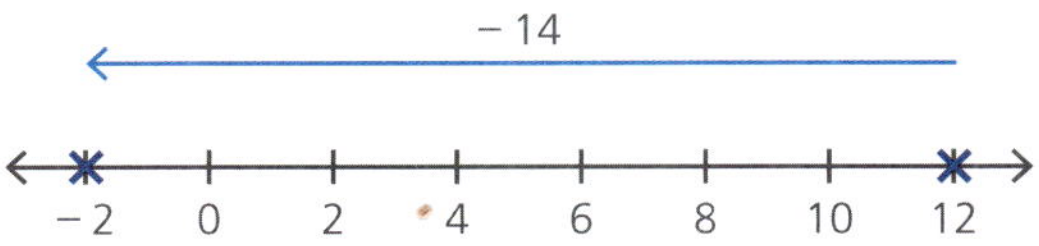

____

11 ✱ Stelle die Additionen mit Pfeilen dar und bestimme das Ergebnis.

a) (− 4) + (+ 5) = ____________________

b) (+ 7) + (− 3) = ____________________

c) (− 1) + (− 5) = ____________________

d) (+ 6) + (− 4) = ____________________

12 ✱✱ Ergänze die Tabelle.

Temperatur in °C	**− 15**	**0**	**20**	**− 2**
Änderung in °C	+ 9	− 8	− 20	+ 6
Temperatur in °C nach der Änderung				

13 ✱ Stelle die Subtraktion mit Pfeilen als Addition der Gegenzahl dar und bestimme das Ergebnis.

a) (+ 5) − (+ 10) = ____________________

b) (− 3) − (− 8) = ____________________

c) (− 11) − (+ 10) = ____________________

d) (+ 8) − (− 9) = ____________________

14 ✱✱ Vereinfache nach den Vereinfachungsregeln und berechne die Summe.

$(+4) - (+10) + (-13) = 4 - 10 - 13 = -6 - 13 = -19$

a) (+ 7) + (+ 10) − (+ 8) = ______________

b) (− 6) − (+ 11) + (− 2) = ______________

c) (− 6) − (− 2) − (+ 3) = ______________

d) (+ 12) + (− 11) − (+ 10) = ______________

C Multiplikation und Division ganzer Zahlen

- Die **Multiplikation** einer positiven bzw. einer negativen ganzen Zahl mit einer positiven Zahl entspricht einer **Addition mit gleichen Summanden**:

$(+3) \cdot (+4) = 3 \cdot 4 = 3 + 3 + 3 + 3 = 12$ **Plus mal Plus → Plus**

$(-3) \cdot (+4) = (-3) \cdot 4 = (-3) + (-3) + (-3) + (-3) = -12$ **Minus mal Plus → Minus**

Das **Vertauschungsgesetz der Multiplikation** anwenden:

$(+3) \cdot (-4) = (-4) \cdot (+3) = -12$ **Plus mal Minus → Minus**

- Um die Multiplikation zweier negativer ganzen Zahlen zu erklären, wendet man einen kleinen „Trick" und das **Verteilungsgesetz für die Multiplikation** an:

$(-5) \cdot (-4) =$

$= (-5) \cdot \mathbf{(1 - 5)} =$ → Der **zweite Faktor** wird **als Differenz geschrieben**.

$= (-5) \cdot 1 - (-5) \cdot 5 =$ → Verteilungsgesetz anwenden

$= -5 - (-25) =$

$= (-5) + (+25) =$ → Gegenzahl addieren

$= -5 + 25 =$

$= +20$

Das **Produkt von zwei negativen ganzen Zahlen** ist **positiv**. **Minus mal Minus → Plus**

- Die **Division** ist die **Umkehrung der Multiplikation**:

$(+5) \cdot (+7) = +35$	d. h. $(+35) : (+7) = +5$	**Plus durch Plus → Plus**
$(-5) \cdot (+7) = -35$	d. h. $(-35) : (+7) = -5$	**Minus durch Plus → Minus**
$(-5) \cdot (-7) = +35$	d. h. $(+35) : (-7) = -5$	**Plus durch Minus → Minus**
$(+5) \cdot (-7) = -35$	d. h. $(-35) : (-7) = +5$	**Minus durch Minus → Plus**

REGEL

Vorzeichenregeln für die Multiplikation und die Division:

(+) · (+)	→	(+)	(+) : (+)	→	(+)
(+) · (–)	→	(–)	(+) : (–)	→	(–)
(–) · (+)	→	(–)	(–) : (+)	→	(–)
(–) · (–)	→	(+)	(–) : (–)	→	(+)

15 ✱

Berechne das Produkt. Überlege dir vorher das Vorzeichen des Ergebnisses.

a) (–15) · (+2) = ____________ **c)** (–10) · (–20) = ____________

b) (+7) · (+9) = ____________ **d)** (+11) · (–9) = ____________

16 ✱✱

Multipliziere jede Zahl in der linken Spalte mit jeder Zahl der obersten Zeile.

·	+12	–23	0	–31
–11				
+21				
–21				

17 ✱

Berechne den Quotienten. Überlege dir vorher das Vorzeichen des Ergebnisses.

a) (+48) : (+4) = ____________ **d)** (+56) : (–8) = ____________

b) (–36) : (–9) = ____________ **e)** (–81) : (+9) = ____________

c) (–81) : (+3) = ____________ **f)** (–90) : (–10) = ____________

18 ✱✱

Dividiere jede Zahl der obersten Zeile durch jede Zahl der linken Spalte.

:	+105	–210	0	+315
–35				
+5				
–3				

- **Vorzeichen** bei mehr als zwei Faktoren bzw. mehreren Divisoren:
  Bei einer **geraden** Anzahl von „–" hat das Ergebnis das **Vorzeichen +**.
  Bei einer **ungeraden** Anzahl von „–" hat das Ergebnis das **Vorzeichen –.**
- Ist bei einer Multiplikation ein Faktor 0, ist das Produkt 0.
- Ist bei einer Division der Dividend 0, ist der Quotient 0.

19 ✱✱

Bestimme das Vorzeichen des Ergebnisses und berechne.

a) (–3) · (–10) · (–1) · (+12) = ________ **e)** 0 : (–6) : (+2) : (–3) = ________

b) (–13) · 0 · (+8) = ________ **f)** (–270) : (–5) : (+2) : (–3) = ________

c) (+15) · (–2) · 0 · (–33) = ________ **g)** (–2) · (–10) · (–1) · (+5) = ________

d) 100 : (–2) : (+10) = ________ **h)** (–144) : (–12) : (–6) = ________

D Das rechtwinklige Koordinatensystem

- Im Alltag spielen Koordinaten und Koordinatensysteme zur genauen Lagebestimmung von Gegenständen oder Punkten eine wichtige Rolle:
  Denke beispielsweise an das **Gradnetz der Erde** zur exakten Bestimmung der Position eines Geländepunktes oder ein **Schachbrett**, auf dem die Position einer Spielfigur durch die Angabe eines Buchstaben und einer Zahl eindeutig festgelegt ist.

- In der Mathematik beschreibt man die Lage von Punkten nicht nur mit positiven, sondern auch mit negativen Zahlen.

- Zwei Zahlengeraden schneiden sich im Ursprung (Nullpunkt) und bilden einen rechten Winkel.

- Die **waagrechte** Gerade heißt **x-Achse** (oder **1. Achse**).

- Die **senkrechte** Gerade heißt **y-Achse** (oder **2. Achse**).

- Jeder Punkt der Ebene ist durch die Angabe seiner zwei **Koordinaten (x|y)** eindeutig festgelegt.
  Die Koordinaten beschreiben den „Weg" zum Punkt, beginnend beim Ursprung.

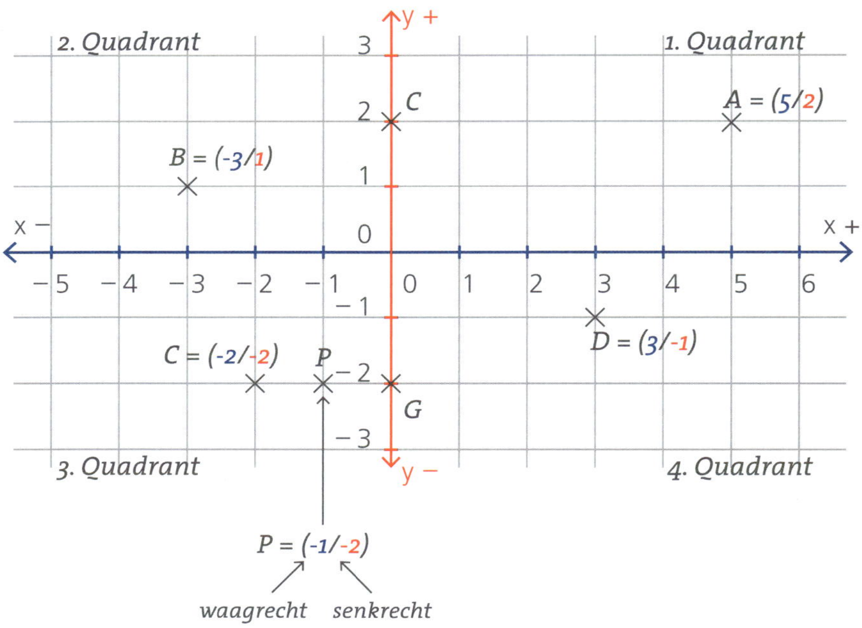

20 ✱ Gib die Koordinaten der Punkte an und in welchem Quadranten (Q.) bzw. auf welcher Achse (A.) sie liegen.

a)

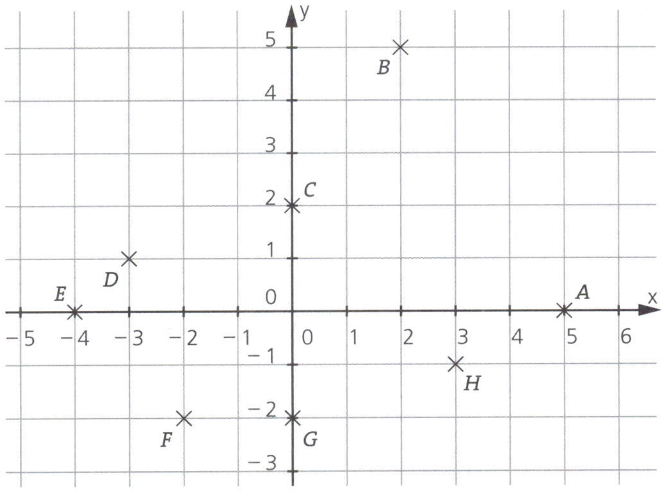

A = (___ | ___) _____ A.
B = (___ | ___) _____ Q.
C = (___ | ___) _____ A.
D = (___ | ___) _____ Q.
E = (___ | ___) _____ A.
F = (___ | ___) _____ Q.
G = (___ | ___) _____ A.
H = (___ | ___) _____ Q.

b)

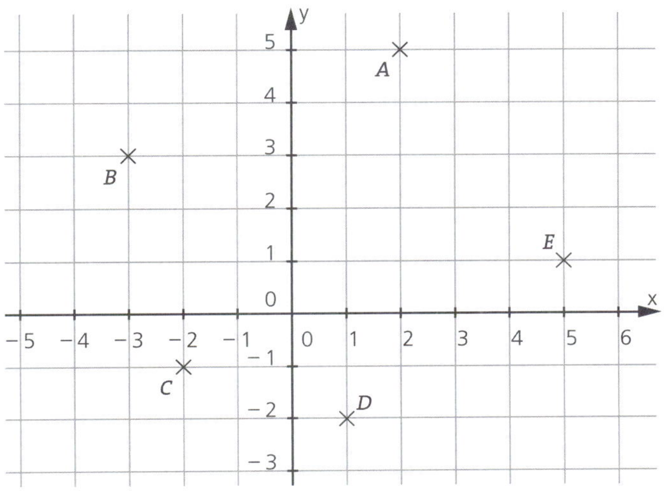

A = (___ | ___) _____ Q.
B = (___ | ___) _____ Q.
C = (___ | ___) _____ Q.
D = (___ | ___) _____ Q.
E = (___ | ___) _____ Q.

c)

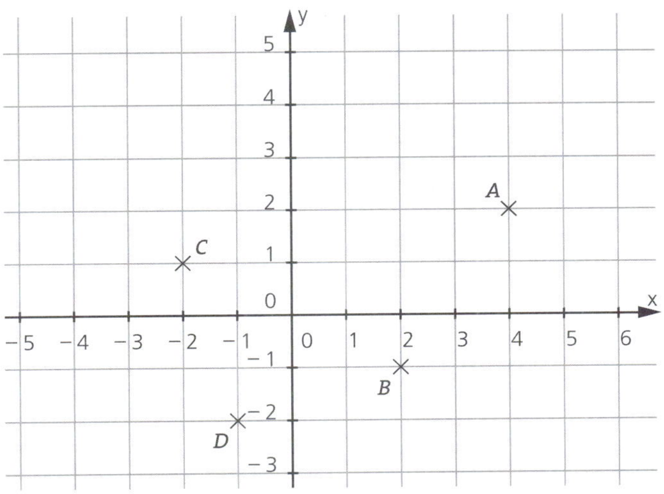

A = (___ | ___) _____ Q.
B = (___ | ___) _____ Q.
C = (___ | ___) _____ Q.
D = (___ | ___) _____ Q.

21 *

Zeichne die gegebenen Punkte in das Koordinatensystem ein und verbinde die Punkte der Reihe nach. Welche Figur entsteht?

a)

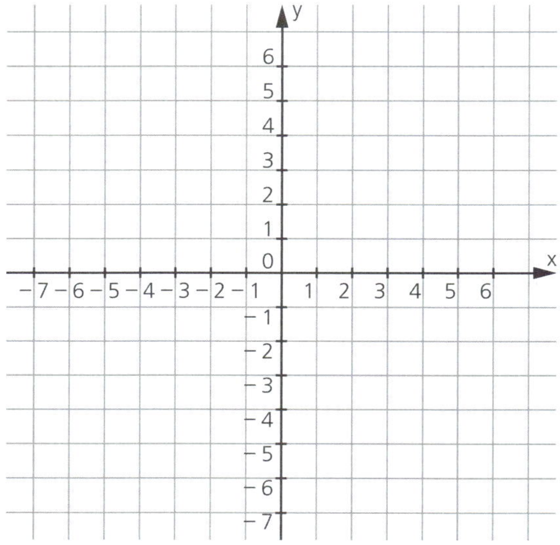

$A = (-4|4)$
$B = (-4|1)$
$C = (-3|2)$
$D = (2|-3)$
$E = (3|-2)$
$F = (-2|3)$
$G = (-1|4)$
$H = A$

Figur: ____________

b)

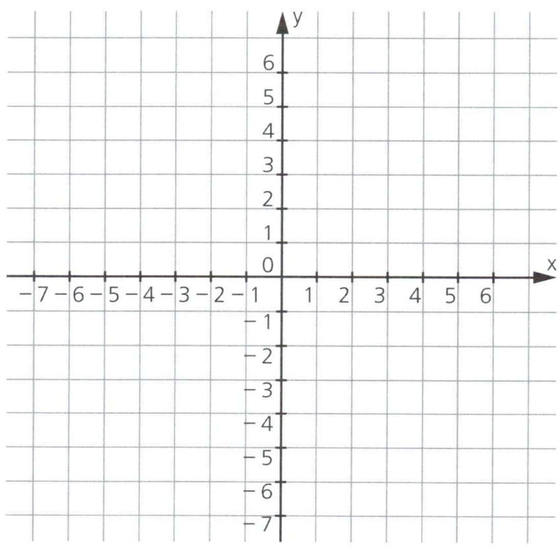

$A = (-3|1)$
$B = (-2|-1)$
$C = (5|-1)$
$D = (6|1)$
$E = (1|1)$
$F = (1|2)$
$G = (-1|1)$
$H = A$

Figur: ____________

c)

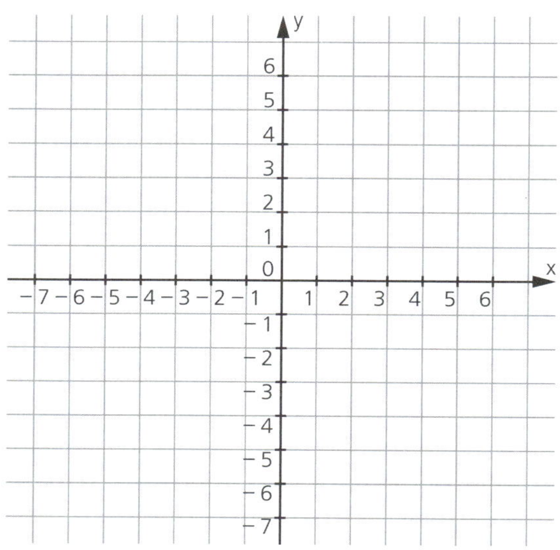

$A = (0|4)$
$B = (-1|1)$
$C = (-4|0)$
$D = (-1|-1)$
$E = (0|-4)$
$F = (1|-1)$
$G = (4|0)$
$H = (1|1)$
$I = A$

Figur: ____________

22 ✱✱ Gegeben sind die Punkte *A*, *B*, *C* und *D*. Zeichne die zur *y*-Achse symmetrisch liegenden Punkte *A*‘, *B*‘, *C*‘ und *D*‘ in das Koordinatensystem ein und gib die Koordinaten dieser Punkte an.

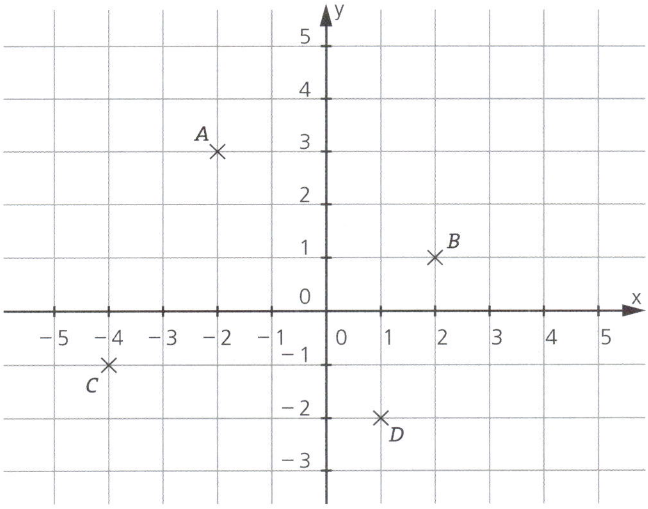

A′ = (____|____)

B′ = (____|____)

C′ = (____|____)

D′ = (____|____)

23 ✱✱ Kreuze an, ob die Aussage richtig oder falsch ist. Finde das Lösungswort.

	richtig	falsch
Der Punkt $P = (-3\|0)$ liegt auf der negativen *x*-Achse.	☐ K	☐ R
Die Punkte $A = (4\|3)$ und $B = (-4\|-3)$ liegen symmetrisch zur waagrechten Achse.	☐ A	☐ I
Der Punkt mit den Koordinaten (0|0) wird als Ursprung bezeichnet.	☐ M	☐ K
Die Punkte $A = (4\|3)$ und $B = (-4\|3)$ liegen symmetrisch zur senkrechten Achse.	☐ O	☐ L
Um den Punkt $P = (-4\|-3)$ in das Koordinatensystem einzuzeichnen, geht man vom Nullpunkt drei Einheiten nach links und vier Einheiten nach unten.	☐ U	☐ N
Die Punkte $A = (0\|3)$ und $B = (0\|-3)$ liegen symmetrisch zur waagrechten Achse.	☐ O	☐ T

Lösungswort: ____________________

E Rationale Zahlen / Ordnung / grafische Darstellung / Betrag

- Alle **Zahlen, die man als Brüche darstellen kann**, bilden die Menge der **rationalen Zahlen $\mathbb{Q}$**.
  Im Zähler und im Nenner stehen ganze Zahlen. Der Nenner darf nicht Null sein.

REGEL

$$\mathbb{Q} = \left\{\frac{a}{b} \,\middle|\, a \in \mathbb{Z} \text{ und } b \in \mathbb{Z},\ b \neq 0\right\}$$

- Jede natürliche Zahl ist eine rationale Zahl, da z. B. $5 = \frac{5}{1} = \frac{10}{2}$.
- Jede ganze Zahl ist eine rationale Zahl, da z. B. $-7 = \frac{-14}{2} = \frac{+14}{-2}$.
- 0 ist eine rationale Zahl, da $0 = \frac{0}{1}$.
- Alle schon bekannten Zahlenmengen sind in der Menge der rationalen Zahlen enthalten:

  Die natürlichen Zahlen $\mathbb{N}$ werden um die negativen Zahlen erweitert. Dadurch entsteht die Menge der ganzen Zahlen $\mathbb{Z}$.
  Die ganzen Zahlen werden um die Menge der Bruchzahlen mit ganzzahligem Zähler und Nenner erweitert, was zur Menge der rationalen Zahlen $\mathbb{Q}$ führt.

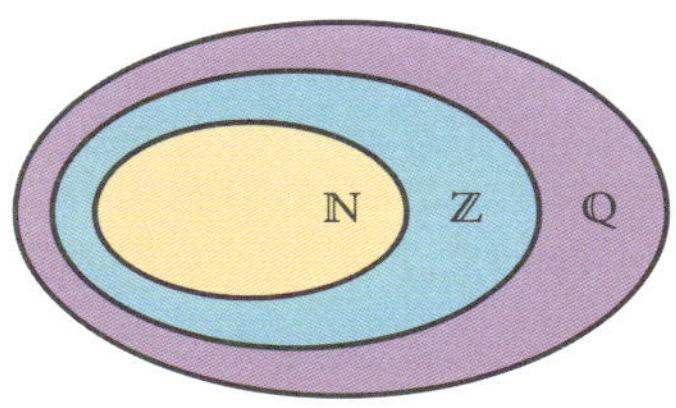

- Jeder **Bruch** kann als **nicht ausgeführte Division** angesehen werden. Bei der Berechnung des Quotienten treten **endliche** oder **periodische Dezimalzahlen** auf, die ebenfalls **rationale Zahlen** sind:

$$-\frac{2}{5} = \frac{-2}{5} = \frac{2}{-5} = (-2) : 5 = -0{,}4$$

$$-\frac{2}{9} = (-2) : 9 = -0{,}222\ldots = -0{,}\dot{2}$$

- Rationale Zahlen lassen sich als **Punkte auf der Zahlengeraden** eindeutig darstellen.
- Weiter links liegende Punkte stellen kleinere Zahlen dar als weiter rechts liegende. Die Menge der rationalen Zahlen $\mathbb{Q}$ ist eine **geordnete Menge**.

24 ✱ Gib die Zahlen an, die auf der Zahlengeraden markiert sind. Schreibe eine Ordnungskette unter Verwendung von „<" an.

a)

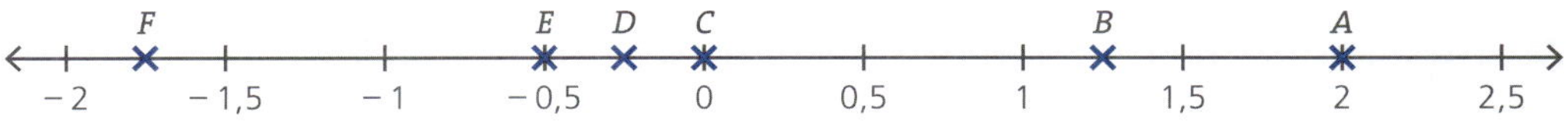

A = ______, *B* = ______, *C* = ______, *D* = ______, *E* = ______, *F* = ______

____

b)

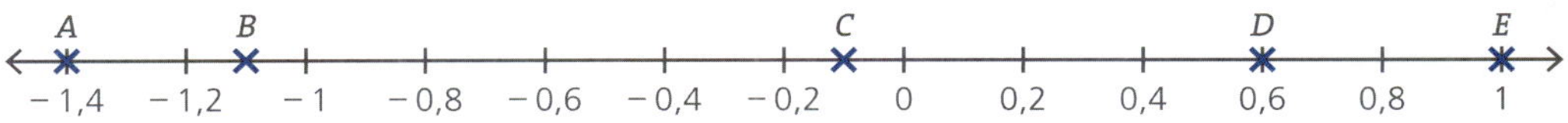

A = ______, *B* = ______, *C* = ______, *D* = ______, *E* = ______

____

c)

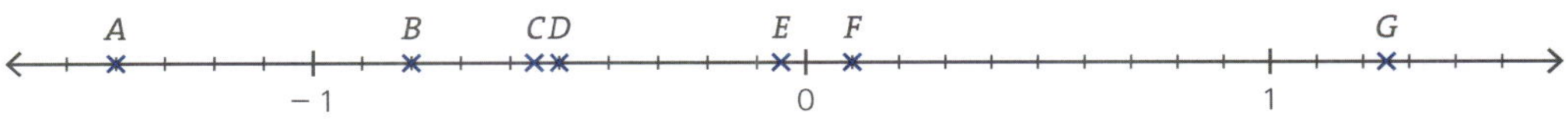

A = ______, *B* = ______, *C* = ______, *D* = ______, *E* = ______, *F* = ______ *G* = ______

____

25 ✱✱ Stelle die rationalen Zahlen auf der Zahlengeraden dar.

a) −2,5 $\frac{1}{2}$ $-\frac{3}{4}$ 1,75 $\frac{3}{2}$ +2

b) −2,4 −1,75 −0,9 $-\frac{3}{5}$ 0,15

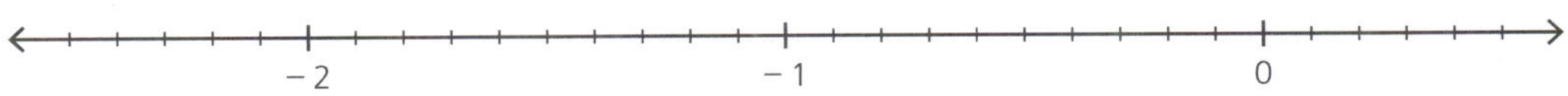

c) −50 150 0 −270 660

- Der Abstand einer rationalen Zahl vom Nullpunkt wird als **Betrag** der rationalen Zahl bezeichnet.
- Der Betrag ist immer eine positive Zahl bzw. 0:

$$\left|+\frac{2}{3}\right| = \left|-\frac{2}{3}\right| = \frac{2}{3} \qquad |0| = 0$$

- **−3,4** ist die **Gegenzahl** von +3,4 und umgekehrt.
  Gegenzahlen unterscheiden sich nur durch das Vorzeichen.

26 ✱ Gib den Betrag der rationalen Zahl an.

a) $|-2{,}5| =$ ______ c) $\left|-\frac{1}{100}\right| =$ ______ e) $\left|+\frac{9}{11}\right| =$ ______

b) $\left|+1\frac{3}{5}\right| =$ ______ d) $|-0{,}004| =$ ______ f) $|0{,}3| =$ ______

27 ✱✱ Ergänze <, > oder =.

a) -5 ______ 6 c) $|-2{,}5|$ ______ $0{,}5$ e) $|-16{,}4|$ ______ $16{,}04$

b) $\left|+\frac{2}{3}\right|$ ______ $\left|-\frac{2}{3}\right|$ d) 19 ______ -20 f) 213 ______ $|-213|$

28 ✱✱ Ergänze <, >, = oder eine Zahl so, dass die Aussage richtig ist.

a) $-\frac{4}{5}$ ______ $-0{,}8$ c) $\left|-\frac{3}{4}\right|$ ______ $\left|-\frac{5}{6}\right|$ e) $\left|-\frac{7}{20}\right| =$ ______

b) $|-15{,}2| =$ ______ d) $|-2{,}3|$ ______ $0{,}23$ f) $\left|+\frac{2}{7}\right|$ ______ $\left|-\frac{2}{9}\right|$

29 ✱✱ Ergänze die fehlenden Zahlen.

Zahl	Betrag	Gegenzahl
−16,2		
	$\frac{2}{3}$	
		$-\frac{6}{13}$
7,08		
		+47,5

30 ✱✱ Ordne die Zahlen der Größe nach. Verwende das Zeichen „<".

$|-0{,}142|$ $-0{,}142$ $|-0{,}241|$ $|+0{,}412|$

____

31 ✱✱ Liegt die gegebene Zahl in der Zahlenmenge? Setze die Zeichen ∈ („liegt in") bzw. ∉ („liegt nicht in") ein.

a) 4,5 ______ ℕ **c)** $\frac{36}{9}$ ______ ℤ **e)** 0,4 ______ ℚ **g)** 120 ______ ℚ

b) $\frac{4}{5}$ ______ ℤ **d)** 76 ______ ℕ **f)** – 1,2 ______ ℚ **h)** 0,76 ______ ℕ

- Die **Koordinaten von Punkten** können auch rationale Zahlen sein.

32 ✱ Gib die Koordinaten der Punkte an.

A = (______ | ______)

B = (______ | ______)

C = (______ | ______)

D = (______ | ______)

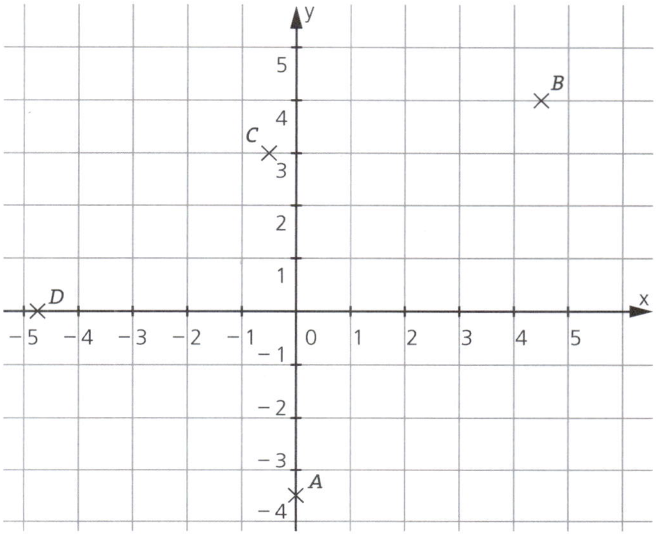

33 ✱✱ Ergänze zu einer symmetrischen Figur und gib die Koordinaten aller Eckpunkte an.

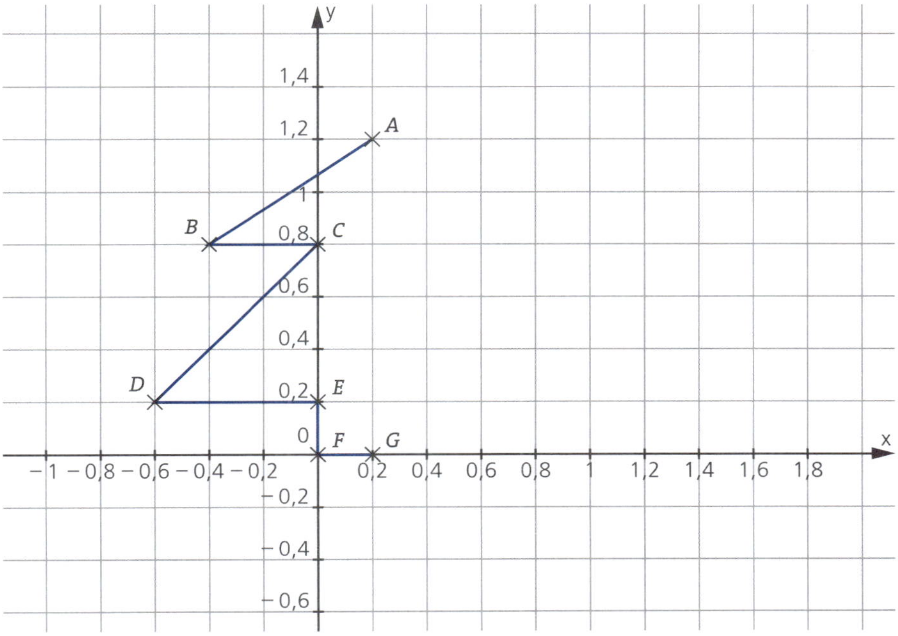

F Addition und Subtraktion rationaler Zahlen

- Für die Addition und die Subtraktion rationaler Zahlen gelten dieselben Regeln wie bei den ganzen Zahlen.
- Daneben müssen noch die Regeln für das Rechnen mit Brüchen bzw. Dezimalzahlen beachtet werden:

REGEL

Um **Brüche mit ungleichen Nennern** (ungleichnamige Brüche) addieren bzw. subtrahieren zu können, müssen diese Brüche **durch Erweitern auf einen gemeinsamen Nenner** gebracht werden.
Das **kleinste gemeinsame Vielfache (kgV)** aller Nenner ist der einfachste gemeinsame Nenner!

- Aus gemischten Zahlen macht man vor dem Rechnen **unechte Brüche.**
- **Dezimalzahlen** wandelt man vor dem Rechnen in **Brüche** um.

Wissen

a) $\left(-1\frac{2}{3}\right) + \left(-\frac{5}{6}\right) = -\frac{5}{3} - \frac{5}{6} =$ → Vor- und Rechenzeichen vereinfachen! Gemischte Zahl als unechten Bruch darstellen

$= -\frac{10}{6} - \frac{5}{6} = \frac{-10-5}{6} =$ → kgV (3, 6) = 6 → Brüche auf den gemeinsamen Nenner erweitern

$= \frac{-15}{6} = -2\frac{3}{6} = -2\frac{1}{2}$ → Vorzeichen vor den Bruch schreiben. Eventuell unechte Brüche als gemischte Zahlen darstellen. Kürzen!

b) $(+1{,}5) + \left(-\frac{3}{4}\right) = 1{,}5$ ___ $\frac{3}{4} =$ → Vor- und ___ zeichen vereinfachen.

$= \frac{}{}$ ___ $\frac{3}{4} =$ → Dezimalzahl als B ___ darstellen.

$= \frac{}{4}$ ___ $\frac{3}{4} = \frac{}{4}$ → ___ namige Brüche subtrahieren.

Üben

34 * Vereinfache und berechne das Ergebnis. Kürze das Ergebnis, wenn möglich.

$\left(-\frac{5}{6}\right) + \left(-\frac{7}{6}\right) = -\frac{5}{6} - \frac{7}{6} = -\frac{12}{6} = -2$

a) $\left(+1\frac{2}{7}\right) - \left(-\frac{3}{7}\right) =$

c) $\left(-\frac{1}{8}\right) - \left(-\frac{5}{8}\right) =$

b) $\left(-\frac{6}{13}\right) - \left(+\frac{9}{13}\right) =$

d) $\left(-2\frac{1}{9}\right) + \left(-1\frac{2}{9}\right) =$

35 ✱✱ Berechne und kürze, wenn möglich, das Ergebnis so weit wie möglich.

a) $\left(-\frac{5}{8}\right) + \left(+\frac{1}{2}\right) =$
b) $\left(+2\frac{3}{8}\right) - \left(+2\frac{1}{4}\right) =$
c) $\left(-\frac{4}{5}\right) - \left(-\frac{7}{10}\right) =$
d) $\left(-\frac{1}{6}\right) - \left(-\frac{1}{12}\right) =$
e) $\left(+1\frac{3}{4}\right) + \left(-4\frac{1}{5}\right) =$
f) $\left(-2\frac{7}{8}\right) - \left(-\frac{4}{5}\right) =$

36 ✱✱ Berechne.

a) 3,4 – (+0,45) + (–2,7) =
b) –0,45 – (–0,023) – (+0,75) =
c) 1,2 – (–2,3) + (+4,5) =
d) –9,04 + (–3,4) – (–0,34) + 11 =
e) (+2,4) – (–0,21) + (+0,54) – 0,2 =
f) 0,045 + (–1,45) – (+14,5) + (+4,5) =

37 ✱✱ Ordne den Rechnungen in der linken Spalte die passenden Ergebnisse in der rechten Spalte zu.

$\left(-3\frac{5}{8}\right) - \left(-\frac{11}{8}\right)$	
$(-1{,}02) + \left(-\frac{3}{100}\right)$	
$\left(+\frac{11}{5}\right) - (+1{,}5)$	
$\left(+\frac{7}{6}\right) - \left(-1\frac{1}{3}\right)$	
(–15,2) – (–13,8)	

A	$\frac{5}{2}$
B	$\frac{7}{10}$
C	–1,4
D	$-\frac{9}{4}$
E	$-\frac{21}{20}$

38 ✱✱✱ Berechne die fehlende Größe.
Hinweis: Minuend – Subtrahend = Differenz/Summand + Summand = Summe

a) Der Minuend ist 14,3 und die Differenz ist 4,5. Wie lautet der Subtrahend?
b) Der Subtrahend ist 5,4 und die Differenz ist –2,8. Wie lautet der Minuend?
c) Der Subtrahend ist $\frac{5}{12}$. Der Minuend ist die Gegenzahl des Subtrahenden. Welchen Wert hat die Differenz?
d) Die Summe ist –4,25 und der erste Summand ist $\frac{3}{4}$. Wie lautet der zweite Summand?
e) Der erste Summand ist $-1\frac{3}{5}$ und der zweite Summand ist die Gegenzahl des ersten Summanden. Wie lautet die Summe?

39 ✱✱✱ Bestimme jeweils den Abstand der beiden Zahlen auf der Zahlengeraden.

a) –5 und 5,6 b) –2,4 und $\frac{1}{5}$ c) –9,4 und –5,4 d) $-\frac{1}{4}$ und $\frac{1}{7}$

Üben

G Multiplikation und Division rationaler Zahlen

- Für die Multiplikation und die Division rationaler Zahlen gelten dieselben Regeln wie bei den ganzen Zahlen.
- Daneben müssen noch die Regeln für das Rechnen mit Brüchen bzw. Dezimalzahlen beachtet werden:
  Bestimme zuerst das **Vorzeichen** des Produkts bzw. des Quotienten.

REGEL

Brüche werden **multipliziert**, indem man **Zähler mit Zähler** und **Nenner mit Nenner multipliziert**.
Brüche werden **dividiert**, indem man den ersten Bruch mit dem **Kehrwert** des zweiten Bruches **multipliziert**.
Vor dem Multiplizieren, wenn möglich, **kürzen**!

- Aus gemischten Zahlen macht man vor dem Rechnen **unechte Brüche**.
- **Dezimalzahlen** wandelt man vor dem Rechnen in **Brüche** um.

a) $\left(+1\frac{2}{3}\right) \cdot \left(-\frac{4}{5}\right) =$ → $(+) \cdot (-) = (-)$ → Vorzeichen des Produkts

$= -\frac{5 \cdot 4}{3 \cdot 5} =$ → Die gemischte Zahl in einen unechten Bruch umwandeln. Kürzen!

$= -\frac{4}{3} = -1\frac{1}{3}$ → Ergebnis wieder als gemischte Zahl schreiben.

b) $1\frac{2}{9} : \left(-3\frac{1}{3}\right) =$ → $(+) : (-) =$ ____ Vorzeichen des ________

$= -\frac{11 \cdot 3}{9 \cdot 10} =$ → Mit dem ________ multiplizieren.

$= \frac{}{} = -\frac{11}{}$ Kürzen!

40 Berechne das Produkt. Kürze vor dem Multiplizieren.

**

a) $\left(-\frac{3}{5}\right) \cdot \left(+\frac{5}{11}\right) =$ ________
b) $\left(-\frac{7}{8}\right) \cdot \left(-\frac{4}{7}\right) =$ ________
c) $\left(+\frac{2}{9}\right) \cdot \left(+\frac{9}{10}\right) =$ ________
d) $\left(-1\frac{1}{2}\right) \cdot \left(+\frac{2}{3}\right) =$ ________
e) $\left(+2\frac{4}{5}\right) \cdot \left(-1\frac{1}{4}\right) =$ ________
f) $\left(-3\frac{2}{7}\right) \cdot \left(-\frac{14}{23}\right) =$ ________
g) $\left(-\frac{2}{5}\right) \cdot \left(-\frac{10}{22}\right) =$ ________
h) $\left(+1\frac{2}{11}\right) \cdot \left(-\frac{1}{13}\right) =$ ________
i) $\left(-\frac{1}{15}\right) \cdot \left(+2\frac{1}{7}\right) =$ ________
j) $\left(-2\frac{3}{4}\right) \cdot \left(-1\frac{1}{11}\right) =$ ________

41 ✱✱ Berechne den Quotienten. Kürzen nicht vergessen!

a) $\left(-\frac{4}{5}\right) : \left(+\frac{3}{10}\right) =$ ______

b) $\left(-\frac{5}{8}\right) : \left(-\frac{5}{12}\right) =$ ______

c) $\left(-\frac{2}{3}\right) : \left(+\frac{4}{9}\right) =$ ______

d) $\left(-1\frac{3}{4}\right) : \left(+\frac{7}{8}\right) =$ ______

e) $\left(+2\frac{1}{7}\right) : \left(+\frac{10}{21}\right) =$ ______

f) $\left(+3\frac{4}{7}\right) : \left(-2\frac{1}{7}\right) =$ ______

42 ✱✱✱ Berechne die Produkte und Quotienten.

a) $1{,}75 \cdot \left(-\frac{16}{21}\right) =$ ______

b) $2\frac{1}{3} : 0{,}75 =$ ______

c) $(-0{,}5) \cdot \left(-3\frac{1}{5}\right) =$ ______

d) $-\frac{5}{8} : (-1{,}25) =$ ______

e) $0{,}6 : \left(-3\frac{1}{10}\right) =$ ______

f) $\left(+1\frac{1}{7}\right) : (-1{,}4) =$ ______

43 ✱✱✱ Kreuze an, ob die Aussage richtig oder falsch ist.

	richtig	falsch
Wird eine rationale Zahl (ungleich 0) durch ihre Gegenzahl dividiert, ist das Ergebnis immer −1.	☐	☐
Wird eine rationale Zahl (ungleich 0) mit ihrer Gegenzahl multipliziert, ist das Ergebnis immer +1.	☐	☐
Das Produkt einer rationalen Zahl (ungleich 0) und ihrer Gegenzahl ist immer negativ.	☐	☐
Der Quotient einer rationalen Zahl und dem Kehrwert ihrer Gegenzahl ist immer positiv.	☐	☐

44 ✱✱ Berechne den Quotienten des Doppelbruchs.

$$\frac{\frac{3}{4}}{-\frac{1}{2}} = \frac{3}{4} : \left(-\frac{1}{2}\right) = -\frac{3}{4} \cdot \frac{2}{1} = -\frac{3}{2} = -1\frac{1}{2}$$

Doppelbruch als Division anschreiben!

a) $\dfrac{-\frac{2}{3}}{-\frac{4}{9}} =$ ______

b) $\dfrac{1\frac{4}{5}}{-2\frac{1}{4}} =$ ______

c) $\dfrac{2\frac{4}{9}}{-\frac{11}{3}} =$ ______

H Verbindung der Grundrechnungsarten

Kommen beim Rechnen mit rationalen Zahlen alle vier Grundrechnungsarten vor, gelten wie beim Rechnen mit natürlichen Zahlen die Vorrangregeln:

$\left(2\frac{4}{7} - \frac{1}{14}\right) : \left(-\frac{5}{6}\right) =$	→	Gemischte Zahlen in Brüche umwandeln und die Klammern berechnen.
$= \left(\frac{18}{7} - \frac{1}{14}\right) \cdot \left(-\frac{6}{5}\right) =$	→	Mit dem K__________ des Divisors m____________________.
$= \left(\frac{36}{14} - \frac{1}{14}\right) \cdot \left(-\frac{6}{5}\right) =$	→	Vorzeichen des P__________ bestimmen!
$= -\left(\frac{{}^{7}\cancel{35}}{{}_{7}\cancel{14}} \cdot \frac{\cancel{6}^{3}}{\cancel{5}_{1}}\right) = -3$	→	Vor dem Multiplizieren k__________.

45 Berechne unter Berücksichtigung der Vorrangregeln.

**
*

a) $\left(2\frac{7}{8} + 1\frac{1}{16}\right) \cdot \frac{2}{63} =$ ____________________

b) $3\frac{1}{6} + \left(-\frac{5}{8}\right) \cdot \left(-\frac{2}{3}\right) =$ ____________________

c) $\frac{15}{9} : \left(-\frac{5}{3}\right) + \frac{4}{9} : \left(-\frac{2}{3}\right) =$ ____________________

d) $\left[4 \cdot \left(-\frac{3}{4}\right) + 5\right] : \left[4 \cdot \left(-\frac{3}{4} - 5\right)\right] =$ ____________________

e) $\left(-2\frac{1}{4}\right) \cdot \left[1\frac{1}{3} - \frac{3}{4} : \left(-1\frac{1}{2}\right)\right] =$ ____________________

f) $\left[-2\frac{1}{2} + \frac{3}{4} : \left(-1\frac{1}{8}\right)\right] \cdot 6 =$ ____________________

g) $\left(-\frac{3}{5}\right) \cdot \left(-1\frac{1}{9}\right) : \frac{1}{3} - 5\frac{3}{4} =$ ____________________

h) $\left[-3 \cdot 1\frac{5}{9} - 2 : \frac{4}{5}\right] \cdot (-12) =$ ____________________

46 ✱✱✱ Ordne der Aussage den passenden mathematischen Ausdruck zu.

Die Summe von a und b wird halbiert.	
Der Quotient von a und b wird um 2 vergrößert.	
Die Differenz von a und 2 wird um b verkleinert.	
Das Produkt von a und b wird verdoppelt.	

A	$\frac{a}{b} + 2$
B	$(a - 2) - b$
C	$2 \cdot (a \cdot b)$
D	$(a + b) : 2$

47 ✱✱✱ Schreibe den Text als Rechnung an und bestimme das Ergebnis.

a) Die Zahl $-5{,}2$ ist um den Quotienten der Zahlen 1,2 und $-0{,}75$ zu vermindern.

b) Die Differenz der Zahlen $\frac{7}{12}$ und $\frac{5}{9}$ ist durch $\frac{5}{21}$ zu dividieren.

c) Die Summe der Zahlen $\frac{2}{9}$ und $\frac{8}{21}$ ist mit $\frac{63}{19}$ zu multiplizieren.

d) Der Quotient von $(+12{,}5)$ und $(-0{,}25)$ ist um das Produkt der Zahlen $\frac{9}{16}$ und $\frac{8}{27}$ zu vermehren.

TEST

Online-Test
Finde heraus, ob du das Thema dieses Kapitels schon drauf hast. Einfach QR-Code scannen und los geht's!

Potenzen und Terme

A Potenzschreibweise / Zehnerpotenzen

- Eine Potenz ist die Kurzschreibweise für ein **Produkt mit gleichen Faktoren**:
  $a \cdot a \cdot a \cdot a = a^4$ „*a* hoch vier"
  $2 \cdot 2 \cdot 2 = 2^3$ „zwei hoch drei"
  $x \cdot x = x^2$ „*x* hoch zwei" oder „*x* zum Quadrat"

REGEL

a^4 heißt **Potenz** **a** heißt **Basis** **4** heißt in der Potenz **Exponent**

- Beachte: **$5 \cdot a \neq a^5$**
  $5 \cdot a = a + a + a + a + a$ **Multiplizieren = Addieren gleicher Summanden**

- $a^5 = a \cdot a \cdot a \cdot a \cdot a$ **Potenzieren = Multiplizieren gleicher Faktoren**

  Ist die Basis negativ, muss eine Klammer gesetzt werden:

  Beachte: $(-2)^4 \neq -2^4$
  $(-2)^4 = (-2) \cdot (-2) \cdot (-2) \cdot (-2) = 2^4 = 16$ (= **Wert** der Potenz)
  $-2^4 = -(2 \cdot 2 \cdot 2 \cdot 2) = -16$

- **Potenzen mit negativen Basen:**
  Wird eine negative Basis mit einer **geraden** Hochzahl potenziert, ist der Wert der Potenz **positiv**, z. B.
  $(-2)^4 = (-2) \cdot (-2) \cdot (-2) \cdot (-2) = +16$

- Wird eine negative Basis mit einer **ungeraden** Hochzahl potenziert, ist der Wert der Potenz **negativ**, z. B.
  $(-2)^5 = (-2) \cdot (-2) \cdot (-2) \cdot (-2) \cdot (-2) = -32$

- Potenzen mit der Basis 10 werden als **Zehnerpotenzen** bezeichnet:
  $10 = 10^1$ $100 = 10^2$ $1\,000 = 10^3$ $10\,000 = 10^4$ usw.

- **Große Zahlen** lassen sich mit **Zehnerpotenzen** übersichtlich anschreiben:
  $7\,000 = \mathbf{7} \cdot 10^3$
  $67\,000\,000 = 67 \cdot 10^6 = \mathbf{6{,}7} \cdot 10^7$
  $15\,100\,000\,000 = 151 \cdot 10^8 = \mathbf{1{,}51} \cdot 10^{10}$
  $8\,500\,000\,000\,000 = 85 \cdot 10^{11} = \mathbf{8{,}5} \cdot 10^{12}$

- Die jeweils letzte Zahlendarstellung ist die sogenannte (normierte) **Gleitkommadarstellung**.

Wissen

48 Schreibe in der vereinfachten Form an.

✱

a) $4 \cdot 4 \cdot 4 =$ ______

b) $0{,}1 \cdot 0{,}1 \cdot 0{,}1 \cdot 0{,}1 =$ ______

c) $5 + 5 + 5 + 5 =$ ______

d) $10 + 10 + 10 + 10 + 10 =$ ______

e) $10 \cdot 10 \cdot 10 \cdot 10 \cdot 10 =$ ______

f) $\frac{1}{3} \cdot \frac{1}{3} \cdot \frac{1}{3} \cdot \frac{1}{3} =$ ______

49 Schreibe die Potenz als Produkt und berechne den Wert.

✱

a) $3^4 =$ ______

b) $2^5 =$ ______

c) $4^2 =$ ______

d) $5^3 =$ ______

e) $6^2 =$ ______

f) $1^5 =$ ______

50 Fasse gleiche Faktoren zu Potenzen zusammen.

✱

a) $2 \cdot 3 \cdot 3 \cdot 2 \cdot 2 =$ ______

b) $a \cdot a \cdot b \cdot a \cdot b \cdot b \cdot b =$ ______

c) $0{,}2 \cdot 0{,}2 \cdot x \cdot 0{,}2 \cdot x =$ ______

d) $y \cdot \frac{1}{3} \cdot \frac{1}{3} \cdot y \cdot y \cdot y =$ ______

e) $x \cdot x \cdot y \cdot x \cdot y \cdot z \cdot z =$ ______

f) $(-3) \cdot m \cdot m \cdot (-3) \cdot m =$ ______

51 Berechne den Wert der Potenz.

✱

a) $(-3)^4 =$ ______

b) $(-3)^3 =$ ______

c) $(-5)^2 =$ ______

d) $(-5)^5 =$ ______

52 Schreibe die Zahl in Gleitkommadarstellung.

✱✱

a) 9 000 = ______

b) 20 000 = ______

c) 65 000 = ______

d) 15 200 000 = ______

B Terme

- Ein **Term** ist ein **sinnvoller** mathematischer Ausdruck, in dem Klammern, Zahlen, Variable und Rechenzeichen auftreten können.

- Ein Term, der nur aus Zahlen besteht, heißt **konstanter Term**, z. B.
  $\frac{32}{5}$; 12 + 5; 77,5 usw.

- Ein Term, in dem Variable vorkommen, heißt **variabler Term**, z. B.
  $x + 3$; $a \cdot b - 3{,}5$; $x + y - 2 \cdot z$ usw.

- Man unterscheidet:
  eingliedrige Terme (**Monome**): $-3, x, a^4, -4 \cdot a \cdot b \ldots$
  zweigliedrige Terme (**Binome**): $1 + b, 2 \cdot a - 3 \cdot b, x^2 + 7 \cdot y \cdot z \ldots$
  Mehrgliedrige Terme (**Polynome**): $x^2 - 4 \cdot x + 5, a + a \cdot b - 3 \cdot c + d \ldots$

- Setzt man für die Variablen in einem Term konkrete Zahlen ein, kann der **Wert** des Terms berechnet werden, z. B.
  der Term $x^2 + 3 \cdot x - 1$ hat für $x = 2$ den Wert $2^2 + 3 \cdot 2 - 1 = 4 + 6 - 1 = \mathbf{9}$

- Mit Termen können **Sachverhalte beschrieben** werden:
  Die Summe der Zahlen x und y → $x + y$
  Der Umfang eines Rechtecks mit den Seitenlängen a und b → $2 \cdot a + 2 \cdot b$
  Der Nachfolger einer natürlichen Zahl a → $a + 1$
  Die Anzahl m der Mädchen in einer Klasse ist genauso groß wie die Anzahl b der Burschen vermehrt um 5 → $m = b + 5$

Wissen | Üben

53 * Mache eine Tabelle und ordne die Terme nach Monomen, Binomen und Polynomen.

$5{,}6 \cdot a$	$x^2 - 1$	$\frac{a \cdot b}{3}$	$2 \cdot a + b - 3$
$4 \cdot a + b$	$x \cdot y$	$5 \cdot x^2 + 3 \cdot x - 2$	$\frac{c}{2} + 1$

54 * Ordne der Beschreibung in der linken Spalte den passenden Term in der rechten Spalte zu.

Das Doppelte von a	
Das Produkt von a und b	
Der Vorgänger von a	
Die dreifache Differenz von a und b	
Die Summe von 2 und dem Quotienten von a und b	

A	$a - 1$
B	$(a - b) \cdot 3$
C	$2 \cdot a$
D	$2 + a : b$
E	$a \cdot b$

55 Berechne den Wert des Terms für $a = 1$, $b = 2$ und $c = -3$.

**

a) $a + b + c =$ ____________________

b) $2 \cdot a - 3 \cdot c =$ ____________________

c) $(a + b) \cdot c =$ ____________________

d) $\left(a + \frac{b}{2}\right) + c =$ ____________________

56 Schreibe den Text als Term.

**

a) Der Quotient von a und b wird um 5 vergrößert. ____________

b) Das Produkt von x, y und 10. ____________

c) Die Summe von $2 \cdot a$ und b wird mit c multipliziert. ____________

d) x wird durch die Differenz von y und z dividiert. ____________

e) Das Vierfache von x wird um ein Drittel von b verkleinert. ____________

57 In einer Klasse sind m Mädchen und b Burschen. Ordne dem Ausdruck in der linken Spalte die entsprechende Aussage in der rechten Spalte zu.

**

$m = b$	
$m = 8$	
$m + 1 = b$	
$2 \cdot m = b$	

A	Es gibt acht Mädchen.
B	Es gibt einen Burschen mehr als es Mädchen gibt.
C	Es gibt genauso viele Mädchen wie Burschen.
D	Es gibt doppelt so viele Burschen wie Mädchen.

58 Ein Bauer hat h Hühner und k Kühe. Beschreibe, was der Ausdruck bedeutet.

***

a) $h = k$ b) $k - 10 = h$ c) $h + 5 = k$ d) $2 \cdot h = k$ e) $k = h : 3$

59 In einem Regal liegen m Magazine und b Bücher. Schreibe die Aussage mit einem mathematischen Ausdruck an.

***

a) Es gibt doppelt so viele Magazine wie Bücher. ____________

b) Es gibt halb so viele Magazine wie Bücher. ____________

c) Es gibt genauso viele Magazine wie Bücher. ____________

d) Es gibt um drei Magazine mehr, als es Bücher gibt. ____________

e) Es gibt um fünf Bücher weniger, als es Magazine gibt. ____________

C Vereinfachung von Termen / Klammern auflösen

- **Terme mit denselben Variablen** (gleichnamige Terme) können **zusammengefasst** werden. So werden längere Ausdrücke vereinfacht und übersichtlicher.
- Der **Malpunkt** zwischen Zahlen und Variablen bzw. zwischen Variablen darf weggelassen werden.

$$4 \cdot x = 4x \qquad a \cdot b = ab$$

$3a - 5a = -2a$

$-6x + (-2x) - (-6x) = -6x - 2x + 6x =$ ______

$8a - 2b + b - 3a - 5b = 8a - 3a - 2b + b - 5b =$ ____ $a -$ ____ b

$4a + 6 - 7a + 10a - 4 =$ ______

- Treten in einem Ausdruck Klammern auf und stehen **vor den Klammern** „+", darf man die **Klammern weglassen**.
  Gleichnamige Terme werden wieder zusammengefasst.
- Es gilt: $1 \cdot x = 1x = x$

$3a + 5b + (-7a + b) = 3a + 5b + (-7a) + b = 3a + 5b - 7a + b =$ ______

$3x + (5 - 2x) + 6y - x + (7x - y) =$

$= 3x + 5 - 2x + 6y - x + 7x - y =$ ______

- Treten in einem Ausdruck Klammern auf und stehen **vor den Klammern** „–", werden nach dem **Weglassen** der **Klammern** alle **Vor- und Rechenzeichen geändert**.
  Gleichnamige Terme werden wieder zusammengefasst.

$3x - (2x + 4) = 3x - 2x - 4 = x - 4$

$5x - (-2x + 8) = 5x - (-2x) - (+8) = 5x + 2x - 8 =$ ______

$(a + 2b - c) - (5a - b + 4c) =$

$= a + 2b - c - 5a$ ______ $= -4a + 3b - 5c$

- Mehrere ineinander **verschachtelte Klammern** werden nach denselben Methoden **von innen nach außen** aufgelöst.

> $7a + b - [a + 2b - (a + b) + (6a - 2b)] =$
> $= 7a + b - [a + 2b - a - b + 6a - 2b] =$
> $= 7a + b - a - 2b + a + b - 6a + 2b =$ ______________________

60 ✱ Vereinfache den Term.

a) $3x + 4x - x =$ ______________

b) $y + 2y + 3y - 4y =$ ______________

c) $3x + 4y - y + 5x =$ ______________

d) $2a + 4b - a + 5b + 3a =$ ______________

61 ✱ Vereinfache den Term.

a) $4a + (6 - 5a) + (1 + a) =$

b) $(7a + 2b) + (3a - b) =$

c) $(8a + 4b) + (-4a - 3b) =$

d) $(a + 2b) + (-3a + 5b) + 6a =$

e) $(a + 2b + 3c) + (7a - 7b - 9c) =$

f) $10a + (a - 6b) + (-7a + 9b) =$

62 Vereinfache den Term.

a) $3x - (5x + 2) =$

b) $(x - 4) - (-7 + 3x) =$

c) $-x + 2y - (6y + 2x) =$

d) $-3x + 5y - (x + y) - (-2x + y) =$

e) $6y + (5x - 2y) - (-8y + 11x) =$

f) $11x - y - (-5x + 12y) + (2x + y) =$

63 ✱✱✱ Löse die Klammern auf und vereinfache.

a) $10a + 8b - [5a - 7b + (3a + 9b)] =$

b) $a - 8b - [a + 3b - (-4a + b)] =$

c) $(-8a + 3b) + [-2a + (4a + 3b) - (-a - 6b)] =$

d) $7a - [2a + 5b - (3a + 2b)] - (-2a + 2b) =$

64 ✱✱✱ Erkläre, wo der Fehler gemacht wurde.

a) $6a - 4a = 2$

b) $(a + 2b - 5) - (6a - 2b + 3) = a + 2b - 5 - 6a - 2b + 3 = -5a - 2$

Wissen
Üben

D Multiplikation von Termen

- Bei der Multiplikation von **Monomen** wird das Produkt der Zahlen und der Variablen getrennt voneinander berechnet:

$4x \cdot 5y = (4 \cdot 5) \cdot (x \cdot y) = 20 \cdot xy = 20xy$

$(-2x) \cdot (+7y) = (-2 \cdot 7) \cdot (x \cdot y) =$ ______________

$(-3x) \cdot (-5y) =$ ______________

$7x \cdot 8x = 56 \cdot x \cdot x = 56$ ______________ (**Potenzschreibweise** verwenden!)

- **„Punktrechnung vor Strichrechnung"!**
Nur Potenzen mit gleicher Basis und gleicher Hochzahl zusammenfassen!

$5a \cdot 2b + 3a \cdot 6b = 10ab + 18ab = 28ab$

$x \cdot 3x + 5y - 4x \cdot 2x = 3x^2 + 5y - 8x^2 = -5x^2 + 5y$

$x \cdot 2x + 4y \cdot 2z - 3x \cdot 6x = 2x^2 + 8yz - 18x^2 =$ ______________ $x^2 + 8yz$

$(-3x) \cdot 5y + 8x \cdot (-3y) - (-5x) \cdot (-4y) =$

$= -15xy + (-24xy) - 20xy =$ ______________

65 Berechne das Produkt.

*

a) $4e \cdot 5f =$ ______________

b) $6a \cdot 8b =$ ______________

c) $10x \cdot 10y =$ ______________

d) $4x \cdot 3y \cdot 2z =$ ______________

e) $x \cdot 2y \cdot 10z =$ ______________

f) $3x \cdot y \cdot 11z =$ ______________

66 Berechne das Produkt.

✱

a) $(-4x) \cdot 6y =$ ______

b) $7x \cdot (-3y) =$ ______

c) $(-3x) \cdot (-6y) =$ ______

d) $(-7x) \cdot (-y) =$ ______

e) $12x \cdot (-2y) =$ ______

f) $-7x \cdot 12y =$ ______

67 Vereinfache den Term.

✱✱

a) $7a \cdot 2b + a \cdot 6b =$ ______

b) $-9a \cdot b + 4a \cdot 2b =$ ______

c) $11a \cdot 3b + a \cdot 3b - 8a \cdot 4b =$ ______

d) $2a \cdot b \cdot 3c + a \cdot 2b \cdot 3c - 7a \cdot b \cdot 5c =$ ______

68 Finde zum Term in der linken Spalte die entsprechende Vereinfachung in der rechten Spalte.

✱✱

$4a^2 + 6a - a^2 - 7a$	
$-8a^2 - 6a + 4a - a^2$	
$5a^2 - 3a + 2a^2 - 2a$	
$9a + 6a^2 + 2a^2 - 9a$	

A	$-9a^2 - 2a$
B	$7a^2 - 5a$
C	$8a^2$
D	$3a^2 - a$

69 Vereinfache den Term.

✱✱✱

a) $(-2x) \cdot (-5y) + (-x) \cdot (+9y) - (+10x) \cdot (-2y) =$ ______

b) $11x \cdot (-6y) - (+11x) \cdot (-3y) + (-x) \cdot (+12y) =$ ______

c) $x \cdot (-2y) + (-3x) \cdot (-4y) - (+5x) \cdot (-6y) =$ ______

d) $(-2x) \cdot y \cdot (-3z) + (+6x) \cdot (-2y) \cdot (+3z) - x \cdot (-y) \cdot (+z) =$ ______

e) $x \cdot (-y) \cdot (-3z) - (-8x) \cdot (-y) \cdot z + (-x) \cdot y \cdot (-z) =$ ______

f) $(-2x) \cdot (-3y) \cdot (-z) + z \cdot (-y) \cdot x - (-x) \cdot z \cdot (-y) =$ ______

70 ✱✱✱ Welche zwei Terme sind nach der Vereinfachung gleich? Kreuze an.

- ☐ $5 \cdot x \cdot (-1) \cdot y + 3 \cdot x \cdot (-3) \cdot x \cdot 2$
- ☐ $3x \cdot 2y - 6x \cdot (-2y)$
- ☐ $6x \cdot x + 12y \cdot y$
- ☐ $6xy - 12xy$
- ☐ $6x^2 - 12y^2$
- ☐ $-3x \cdot (+2y) - (-6x) \cdot (-2y)$
- ☐ $-5xy - 18x^2$

- Wird ein **Monom** mit einem **Polynom** multipliziert, wird jeder Teil des Polynoms mit dem Monom multipliziert.
- Vorzeichenregeln beachten!

$6x \cdot (2x + 3y - 4) = 6x \cdot 2x + 6x \cdot 3y - 6x \cdot 4 = 12x^2 + 18xy - 24x$

$(-3x) \cdot (-5x + 3) = (-3x) \cdot (-5x) + (-3x) \cdot 3 =$ ______ $-$ ______

$(a + 2b) \cdot ab = a \cdot ab + 2b \cdot ab = a^2b +$ ______

$4 \cdot (a + 5b) + 3 \cdot (2a - b) =$

$= 4a + 20b + 6a - 3b =$ ______

$6 \cdot (3a - 2b) - 7 \cdot (-2a + 5b) =$ Achte auf das Minus vor der Klammer!

$= 18a - 12b + 14a - 35b =$ ______

- Wird ein **Polynom** mit einem anderen **Polynom** multipliziert, wird jeder Term des ersten Polynoms mit jedem Term des zweiten Polynoms multipliziert.
- **Vorzeichenregeln beachten!**

$(4a - 2) \cdot (5a + 4) = 4a \cdot 5a - 2 \cdot 5a + 4a \cdot 4 - 2 \cdot 4 =$

$= 20a^2 -$ ______ $a +$ ______ $a -$ ______ $=$ ______

$(-3a + 4) \cdot (6a - 2) =$

$= -3a \cdot$ ______ $+ 4 \cdot$ ______ $+ 3a \cdot 2 -$ ______ $\cdot 2 =$

$=$ ______ $+$ ______ $+$ ______ $-$ ______ $=$

$=$ ______

71 Bestimme das Produkt der Terme.

✱

a) $6r \cdot (6s - 2t) =$ ______

b) $(4a + 7b) \cdot 4c =$ ______

c) $(-2e) \cdot (-3f + 9g) =$ ______

d) $(u - 2v) \cdot (-3w) =$ ______

e) $(-5x + y) \cdot (-z) =$ ______

f) $(+5u) \cdot (-v + 6w) =$ ______

72 Bestimme das Produkt der Terme.

✱

a) $a \cdot (3a - b) =$ ______

b) $(-4x) \cdot (6x + 10) =$ ______

c) $(-9 + 5c) \cdot 10c =$ ______

d) $5x \cdot (-7x + y - 3) =$ ______

e) $(-x) \cdot (x - 12y + 5) =$ ______

f) $(a - 2b + 3c) \cdot (-3c) =$ ______

g) $(-2x) \cdot (-5x + 3) =$ ______

h) $(-u + 2v - 4) \cdot (-3v) =$ ______

73 Multipliziere die Binome.

✱✱

a) $(5x - 3) \cdot (4x + 1) =$ ______

b) $(4x + 5) \cdot (4x - 5) =$ ______

c) $(-7x + 2) \cdot (10x - 4) =$ ______

d) $(-9x + 1) \cdot (-6x - 1) =$ ______

e) $(2 - 3x) \cdot (x - 1) =$ ______

74 Schreibe die graphisch dargestellte Multiplikation an.

✱✱✱

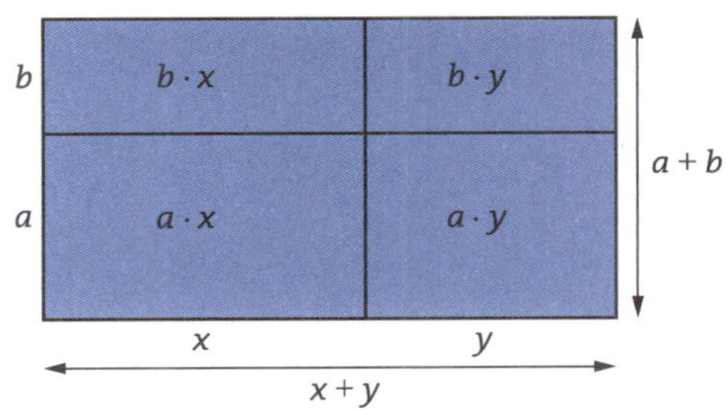

Die Fläche des großen Rechtecks setzt sich aus vier kleinen Rechteckflächen zusammen:

$(a + b) \cdot (x + y) = ax + by + ay + by$

a)

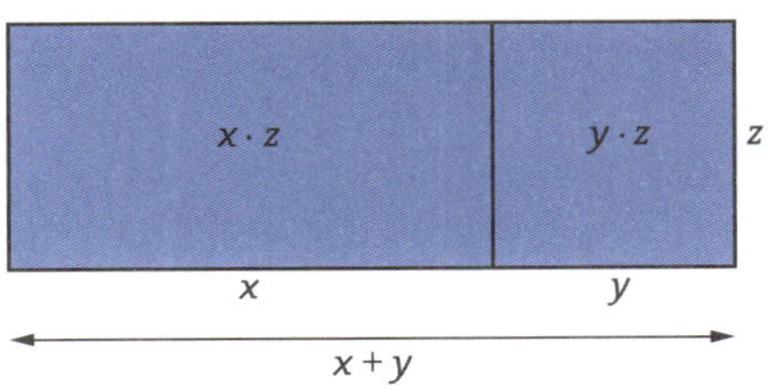

b)

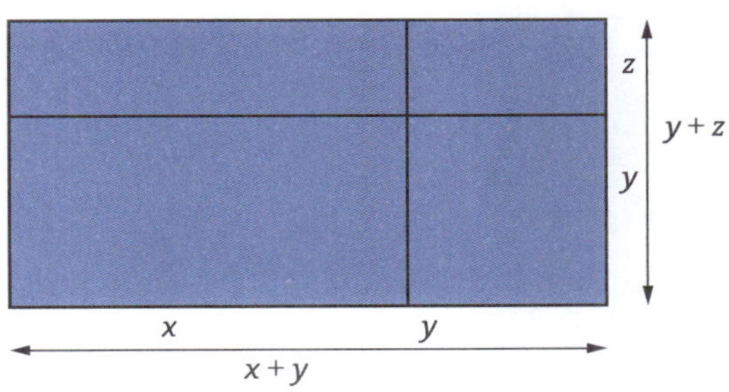

E Rechnen mit Potenzen

- Durch die Einführung der Potenzen erweitern sich die **Vorrangregeln**:
  1. **Klammern zuerst** auswerten.
  2. **Werte** von **Potenzen bestimmen**.
  3. **Punktrechnungen vor Strichrechnungen** ausführen.

$3 \cdot 4^2 - 10 : 2 = 3 \cdot 16 - 5 = 48 - 5 = 43$

$6 \cdot (3 + 4)^2 = 6 \cdot 7^2 = 6 \cdot \underline{\qquad\qquad} = \underline{\qquad\qquad}$

$(12 - 2 \cdot 5)^3 = (12 - \underline{\qquad\qquad})^3 = \underline{\qquad\qquad}^3 = \underline{\qquad\qquad}$

- **Potenzen mit gleicher Basis**:

REGEL

Addition und Subtraktion:
Es können nur **Potenzen mit gleicher Basis** und **gleicher Hochzahl addiert** bzw. **subtrahiert** werden.
Die **Hochzahlen** bleiben **unverändert**!

$4x^3 - 2x^2 + x^3 + x^2 = 5x^3 - x^2$

REGEL

Multiplikation und Division:
Potenzen mit gleicher Basis werden **multipliziert**, indem man bei gleichbleibender Basis die **Hochzahlen addiert**.

Potenzen mit gleicher Basis werden **dividiert**, indem man bei gleichbleibender Basis die **Hochzahlen subtrahiert**.

$2a^3 \cdot 3a^2 = 2 \cdot 3 \cdot a \cdot a \cdot a \cdot a \cdot a = 6a^{3+2} = 6a^5$

$\frac{a^5}{a^3} = \frac{\cancel{a} \cdot \cancel{a} \cdot \cancel{a} \cdot a \cdot a}{\cancel{a} \cdot \cancel{a} \cdot \cancel{a}} = a^{5-3} = a^2$

REGEL

Potenzen potenzieren:
Eine Potenz wird potenziert, indem man bei gleichbleibender Basis die **Hochzahlen multipliziert**.

$(a^3)^2 = a^3 \cdot a^3 = a^{3+3} = a^{3 \cdot 2} = a^6$

75 ✱ Berechne unter Berücksichtigung der Vorrangregeln.

a) $4^2 : 2 + 12 \cdot 3 =$ ______

b) $(11 - 2^3 \cdot 5 + 5^2) : 2 =$ ______

c) $40 : 2^3 - 7^2 =$ ______

d) $(3^2 - 4 \cdot 3)^2 - 2^4 =$ ______

76 ✱ Kreuze den Term mit dem größten Wert an.

☐ $(2^2 + 2 \cdot 4)^3$ ☐ $2^2 + 2 \cdot 4^3$ ☐ $(2^2 + 2) \cdot 4^3$ ☐ $2^2 + (2 \cdot 4)^3$

77 ✱✱ Vereinfache den Term so weit wie möglich.

a) $4a^2 - 6a + (6a^2 - 7a) =$

b) $6a^2 - (7 - 4a^2 + 5a) =$

c) $3 \cdot (4a^2 - 3) - 4 \cdot (2 + 6a^2) =$

d) $(-3) \cdot (a^3 - 2a^2) + 3a^3 =$

78 ✱ Stelle als eine Potenz dar.

a) $a^5 \cdot a^2 =$ ______

b) $a^3 \cdot a^4 =$ ______

c) $a^6 \cdot a^3 =$ ______

d) $a^6 \cdot a = a^6 \cdot a^1 =$ ______

e) $a \cdot a^2 \cdot a^3 =$ ______

f) $a^5 \cdot a^4 \cdot a^2 =$ ______

79 ✱ Stelle als eine Potenz dar.

a) $a^4 : a^3 =$ ______

b) $a^7 : a^5 =$ ______

c) $a^3 : a =$ ______

d) $a^8 : a^2 =$ ______

e) $a^6 : a^5 =$ ______

f) $a^{10} : a^5 =$ ______

80 ✱✱ Ordne dem Term in der linken Spalte dem entsprechenden Term in der rechten Spalte zu. Finde das Lösungswort.

$3a^2 \cdot 5a^4$	
$5a^2 \cdot (-2a^4) \cdot a$	
$-8a^3 \cdot 2a \cdot (-a^2)$	
$36a^8 : (-9a^2)$	
$(-27a^5) : (-3a^2)$	
$a^{11} : (-a^{10})$	

L	$-4a^6$
R	$-a$
E	$9a^3$
A	$15a^6$
N	$-10a^7$
G	$16a^6$

Lösungswort: ______

▪ Potenzen mit gleichen Exponenten (Hochzahlen)

REGEL

Multiplikation
Ein **Produkt** wird potenziert, indem man **die einzelnen Faktoren potenziert**.

$(3 \cdot 4)^2 = 3^2 \cdot 4^2 = 9 \cdot 16 = 144$

$2^3 \cdot 5^3 = (2 \cdot 5)^3 = 10^3 = 1000$

REGEL

Division
Ein **Bruch** (Quotient) wird potenziert, in dem man den **Zähler und** den **Nenner** (den Dividend und den Divisor) **potenziert**.

$\left(\frac{3}{4}\right)^3 = \frac{3^3}{4^3} = \frac{27}{64}$

$2^4 : 3^4 = (2 : 3)^4$

81 ✱✱ Berechne.

a) $(4 \cdot a)^3 =$ ____________
b) $(2 \cdot x \cdot y)^2 =$ ____________
c) $(x^2 \cdot y)^4 =$ ____________
d) $(2 \cdot a^2 \cdot b^3)^3 =$ ____________
e) $(x^2 \cdot y^3 \cdot z^4)^2 =$ ____________
f) $(2 \cdot x^5 \cdot y^2)^4 =$ ____________
g) $(x \cdot y^2 \cdot z^4)^5 =$ ____________
h) $(x^3 \cdot y^4 \cdot z)^5 =$ ____________

82 ✱✱ Berechne.

a) $\left(\frac{2x}{y}\right)^3 =$ ____________
b) $\left(\frac{2x^2}{y}\right)^2 =$ ____________
c) $\left(\frac{3x \cdot y^4}{2z^2}\right)^3 =$ ____________
d) $\left(\frac{3x}{y^4}\right)^4 =$ ____________
e) $\left(\frac{3x \cdot y^3}{z^2}\right)^2 =$ ____________
f) $\left(\frac{4x^2 \cdot y^3}{z}\right)^2 =$ ____________
g) $\left(\frac{2}{x \cdot y^5}\right)^3 =$ ____________
h) $\left(\frac{1}{z^2}\right)^5 =$ ____________
i) $\left(\frac{x}{3y^2 \cdot z}\right)^4 =$ ____________
j) $\left(\frac{1}{2 \cdot x^2 \cdot y^4}\right)^5 =$ ____________

F Binomische Formeln

Für alle rationalen Zahlen gelten die binomischen Formeln. Sie kommen in Berechnungen immer wieder vor und sollten unbedingt auswendig gelernt werden!

REGEL

Binomische Formeln

$(a + b)^2 = a^2 + 2 \cdot a \cdot b + b^2$

$(a - b)^2 = a^2 - 2 \cdot a \cdot b + b^2$

$(a - b) \cdot (a + b) = (a + b) \cdot (a - b) = a^2 - b^2$

83 * Berechne mit der passenden binomischen Formel.

a) $(x + 3)^2 =$ ______ **b)** $(2 + a)^2 =$ ______ **c)** $(z - 1)^2 =$ ______ **d)** $(b - 8)^2 =$ ______

84 * Berechne.

a) $(x + 4y)^2 =$ ______ **b)** $(7a + b)^2 =$ ______ **c)** $(2x - 3y)^2 =$ ______ **d)** $(4a - 2b)^2 =$ ______

85 ** Ergänze die Lücken.

$(2x + 3y^3)^2 = (2x)^2 + 2 \cdot 2x \cdot 3y^3 + (3y^3)^2 =$ ______ + ______ + ______

$(x^2 + 5y)^2 = (x^2)^2 + 2 \cdot x^2 \cdot 5y + (5y)^2 =$ ______ + ______ + ______

86 ** Berechne.

a) $(x^2 + y)^2 =$ **b)** $(a + 3b^3)^2 =$ **c)** $(x^3 - 2y^2)^2 =$ **d)** $(2a^3 - y^4)^2 =$

87 * Berechne mit der dritten binomischen Formel.

a) $(3a - 2) \cdot (3a + 2) =$ ______ **c)** $(4 + b) \cdot (4 - b) =$ ______

b) $(x - 3y) \cdot (x + 3y) =$ ______ **d)** $(5z + 1) \cdot (5z - 1) =$ ______

88 * Berechne.

a) $(3a^2 + b) \cdot (3a^2 - b) =$ **b)** $(5x^3 - 2y^2) \cdot (5x^3 + 2y^2) =$ **c)** $(a^4 - b) \cdot (a^4 + b) =$

89 *** Vervollständige die Ausdrücke.

a) $($ ______ $+ 7b)^2 =$ ______ $+ 28ab +$ ______

b) $(3a -$ ______ $)^2 =$ ______ $-$ ______ $+ 16b^2$

c) $(3x -$ ______ $) \cdot ($ ______ $+$ ______ $) =$ ______ $- 9y^2$

d) $(2c -$ ______ $)^2 =$ ______ $- 10cd +$ ______

Wissen Üben

G Faktorisieren (in ein Produkt verwandeln)

Beim **Faktorisieren** wird ein **mehrgliedriger Term** (**Polynom**), wo dies möglich ist, in ein **Produkt** verwandelt.

- Faktorisieren durch **Herausheben**:
  – Bei **Zahlen** kann der **ggT** herausgehoben werden.
  – Bei **Potenzen** mit gleichen variablen Basen kann **die kleinste Potenz** herausgehoben werden.

a) Faktorisiere $15x - 20xy$.

ggT(15, 20) = 5 x tritt im Minuend und im Subtrahend auf.

Der ggT und x werden vor die Klammer geschrieben.

In der Klammer werden die Teilterme durch den herausgehobenen Term dividiert.

$15x - 20xy = 5x \cdot \left(\frac{15x}{5x} - \frac{20xy}{5x}\right) = 5x \cdot (3 - 4y)$

b) Faktorisiere $3x^2y^4 + 9xy^3$.

ggT(3, 9) = 3 x und y^3 können herausgehoben werden.

$3xy^3 \cdot \left(\frac{3x^2y^4}{3xy^3} + \frac{9xy^3}{3xy^3}\right) = 3xy^3 \cdot (xy + 3)$

- Faktorisieren mittels einer **binomischen Formel**:
  Nach dem Herausheben können in manchen Fällen auch die **binomischen Formeln** zum Faktorisieren angewendet werden.
  Kann kein gemeinsamer Faktor herausgehoben werden, schaut man gleich, ob eine binomische Formel angewendet werden kann.

a) Faktorisiere $3x^2 - 3y^2$.

$3x^2 - 3y^2 = 3 \cdot (x^2 - y^2) = 3 \cdot (x - y) \cdot (x + y)$

b) $4x^2 - 20x + 25$. → Dieser Term ist das ausgerechnete Quadrat des Binoms:

$(a - b)^2 = a^2 - 2ab + b^2$ →

$4x^2 = (2x)^2$	$20x = 2 \cdot 2x \cdot 5$	$25 = 5^2$
a^2	$2 \cdot a \cdot b$	b^2 →

$4x^2 - 20x + 25 = (2x - 5)^2$

90 ✱ Faktorisiere.

a) $4a - 4b =$ ______
b) $21a + 21b =$ ______
c) $10a + 10b - 10c =$ ______
d) $40a - 10b =$ ______
e) $12a + 18b =$ ______
f) $28a - 14b + 7c =$ ______

91 ✱ Verwandle in ein Produkt.

a) $x^2 + x =$ ______
b) $x^3 - x^2 =$ ______
c) $2x + x^2 =$ ______
d) $4x^2 - x^2 =$ ______
e) $x^5 + 3x^4 - x^3 =$ ______
f) $6x^4 - x^3 - x =$ ______

92 ✱✱ Hebe den größten gemeinsamen Faktor heraus.

a) $10y^3 + 15y^2 =$ ______
b) $20y - 30y^2 =$ ______
c) $15y^4 + 20y^2 =$ ______
d) $2y^5 - 8y^3 =$ ______
e) $24y + 6y^2 - 12y^3 =$ ______
f) $6y^2 - 12y^3 + 18y^4 =$ ______

93 ✱✱ Kreuze die beiden äquivalenten Terme an.

- ☐ $3x \cdot (4x^2 + 2x - 1)$
- ☐ $12x^3 - 6x^2 + 9x$
- ☐ $12x^3 + 6x^2 - 3x$
- ☐ $3x \cdot (4x^2 + 2x - 3)$
- ☐ $7x^2 + 5x - 4x$

94 ✱✱ Erkläre, wo der Fehler passiert ist. Stelle richtig!

$14x^3 + 7x = 7x \cdot (2x^2 + 0) = 14x^3$

95 ✱✱ Ordne den Termen in der linken Spalte die entsprechenden Produkte in der rechten Spalte zu.

$a^4b^5 + a^2b^2$	
$a^3b^2 + ab^2$	
$a^5b^2 + a^3b^4$	
$a^4b^3 + a^5b^2$	

A	$ab^2 \cdot (a^2 + 1)$
B	$a^3b^2 \cdot (a^2 + b^2)$
C	$a^2b^2 \cdot (a^2b^3 + 1)$
D	$a^4b^2 \cdot (b + a)$

Üben

96 Schreibe als Produkt.
✱✱

a) $10a^3b^2 + 2a^2b^2 =$ ______

b) $6a^2b^4 - 18a^3b^2 =$ ______

c) $21ab^3 - 18a^2b^4 =$ ______

d) $24a^2b^3 + 16a^2b^4 =$ ______

e) $9a^4b^4 - 12a^2b =$ ______

f) $14ab + 21a^5b =$ ______

97 Hebe heraus.
✱✱✱

a) $24a^4b^3 - 12a^3b^3 + 8a^5b^2 =$ ______

b) $9a^5b^3 - 12a^3b^3 - 27a^4b^2 =$ ______

c) $16ab^3 + 20a^2b^2 - 24a^3b =$ ______

d) $24a^3b^3c^3 - 12a^2b^4c^4 + 8a^3b^4c^3 =$ ______

e) $-36a^3b^4c^2 - 27a^2b^3c^4 + 45a^3b^2c^2 =$ ______

f) $18a^4b^5c^2 - 42a^2b^2c^2 - 54a^5b^4c^5 =$ ______

98 Faktorisiere. Ergänze die Lücken
✱

a) Faktorisiere $36x^2 - 100y^2$.

Man verwendet die dritte binomische Formel: $a^2 - b^2 =$ ______

$36x^2 =$ (______ $x)^2$ $100y^2 =$ (______ $y)^2$

$36x^2 - 100y^2 =$ (______ $x +$ ______ $y) \cdot$ (______ $-$ ______)

b) Faktorisiere $16x^2 + 24xy + 9y^2$.

Man verwendet die binomische Formel $(a + b)^2 =$ ______

$16x^2 =$ (______ $x)^2$ $24xy = 2 \cdot$ ______ $\cdot$ ______ $9y^2 =$ (______ $y)^2$

$16x^2 + 24xy + 9y^2 =$ (______ $+$ ______$)^2$

c) Faktorisiere $25y^2 - 90yz + 81z^2$.

Man verwendet die binomische Formel $(a - b)^2 =$ ______

$25y^2 =$ (______$)^2$ $90yz = 2 \cdot$ ______ $\cdot$ ______ $81z^2 =$ (______$)^2$

$25y^2 - 90yz + 81z^2 =$ (______ $-$ ______$)^2$

d) Faktorisiere $\frac{x^2}{4} - 121y^2$.

$\frac{x^2}{4} =$ (______$)^2$ $121y^2 =$ (______$)^2$

$\frac{x^2}{4} - 121y^2 =$ ______

99 Verwandle den Term in ein Produkt.

✱✱

a) $a^2 - 16b^2 =$ ____________

b) $4a^2 - b^2 =$ ____________

c) $25a^2 - 9b^2 =$ ____________

d) $100a^2 - 81b^2 =$ ____________

100 Faktorisiere.

✱✱✱

$8a^2 - 50b^2 = 2 \cdot (4a^2 - 25b^2) = 2 \cdot (2a - 5b) \cdot (2a + 5b)$

a) $2a^2 - 18b^2 =$ ____________

b) $48a^2 - 3b^2 =$ ____________

c) $72a^2 - 162b^2 =$ ____________

d) $147a^2 - 12b^2 =$ ____________

101 Verwandle in ein Produkt.

✱✱✱

a) $4x^2 + 28xy + 49y^2 =$ ____________

b) $\frac{1}{4}x^2 - xy + y^2 =$ ____________

c) $18x^2 - 60xy + 50y^2 =$ ____________

d) $128x^2 + 320xy + 200y^2 =$ ____________

102 Verbinde äquivalente Terme.

✱✱✱

$20x^2 - 5y^2$

$5(x - 2y)(x + 2y)$

$2(x - y)^2$

$2x^2 - 20xy + 50y^2$

$2(x - 5y)^2$

$5x^2 - 20y^2$

$4x^2 - 25y^2$

$5(2x - y)\,(2x + y)$

$2x^2 - 4xy + 2y^2$

$(2x + 5y)(2x - 5y)$

TEST

Online-Test
Finde heraus, ob du das Thema dieses Kapitels schon drauf hast. Einfach QR-Code scannen und los geht's!

Üben

Gleichungen

A Gleichungen lösen

- Werden zwei Terme durch ein Gleichheitszeichen verbunden, entsteht eine **Gleichung**.
- Eine Gleichung hat einen bestimmten **Wahrheitswert**:
  $17 = 13 + 4$ → Die Gleichung stimmt. Sie hat den Wahrheitswert **wahr**.
  $25 - 12 = 10$ → Die Gleichung ist falsch. Sie hat den Wahrheitswert **falsch**.
- In einer Gleichung können auch eine oder mehrere **Variablen** auftreten:
  $15 + x = 25$, $2a + 3b = 8$
- Setzt man für die Variable(n) Zahlen ein, nennt man die Zahl(en), die zu einer wahren Aussage führt/führen, **Lösung(en)** der Gleichung.

$x = 10$ ist die Lösung der Gleichung $15 + x = 25$, da $15 + 10 = 25$ eine wahre Aussage ist.

$x = 12$ ist keine Lösung der Gleichung $15 + x = 25$, da $15 + 12 = 25$ eine falsche Aussage ist.

$a = 1$ und $b = 2$ bzw. $a = 4$ und $b = 0$ sind Lösungen der Gleichung $2a + 3b = 8$, da $2 \cdot 1 + 3 \cdot 2 = 8$ bzw. $2 \cdot 4 + 3 \cdot 0 = 8$ wahre Aussagen sind.

- Durch **Äquivalenzumformungen** kann die Lösung einer Gleichung rechnerisch ermittelt werden: Auf beiden Seiten der Gleichung werden **dieselben Ausdrücke addiert** bzw. **subtrahiert** oder mit **denselben Ausdrücken (ungleich Null) multipliziert** bzw. **dividiert**.
- Ziel ist es, die **Variable** auf einer Seite zu **isolieren**.
- Durch Äquivalenzumformungen ändert sich die Lösung einer Gleichung nicht!

$5x - 24 + 3x + 10 = 2 + 4x$ → Wenn möglich, die Terme links und rechts des Gleichheitszeichens vereinfachen!

$8x - 14 = 2 + 4x \quad | -4x$

$8x - 4x - 14 = 2 + 4x - 4x$

$4x - 14 = 2 \quad | +14$

$4x - 14 + 14 = 2 + 14$

$4x = 16 \quad | :4$

$4x : 4 = 16 : 4$

$x = 4$

Die **Lösung** der Gleichung ist **4**.

Wissen

103 ✱ Gegeben ist die Gleichung $4 \cdot (3x - 1) + 5 = 9x + 10$. Kreuze die Lösung der Gleichung an.

☐	☐	☐	☐	☐	☐
$x = 1$	$x = -2$	$x = 3$	$x = 0$	$x = 4$	$x = -3$

104 ✱ Kreuze die Gleichung(en) an, die die Lösung 5 hat/haben.

☐ $4x + 11 = 31$

☐ $x + 3 = (2x + 6) : 2$

☐ $(x - 3) \cdot 2 = 20 : x$

☐ $5x - 3 = x + 15$

☐ $3x - 4 = 2x + 1$

105 ✱ Welche der Gleichungen hat die Lösung 2? Kreuze an!

☐ $4x - 7 = 2x + 5$

☐ $4x + 2 = 8x - 14$

☐ $6x + 7 = 25$

☐ $2x = 0$

☐ $2 \cdot (x - 4) + 5 = 1$

106 ✱ Gib die entsprechende Äquivalenzumformung an.

a) $3x + 15 = 21$ | ______
$3x = -6$

b) $9x = 81$ | ______
$x = 9$

c) $3x + 6 = 7x - 1$ | ______
$3x = 7x - 7$

d) $x : 4 = 12$ | ______
$x = 48$

107 ✱ Löse die Gleichung mittels Äquivalenzumformungen. Vereinfache vorher, wenn möglich.

a) $5x - 31 = 29$

b) $6 - 2x = 22$

c) $3x + 4 = 2x - 15$

d) $-5x + 10x + 40 = 5$

108 Löse die Gleichung mittels Äquivalenzumformungen. Vereinfache vorher.

a) $5x - 4 + 2x = x + 10 + 2x - 2$

d) $x + 2x = -3x - 4x + 120$

b) $8 + 2x - 10 + 3x = 12 - 5x + 7x + 1$

e) $20 - 5x - 4x = 10 - 4x$

c) $-4x + 3x = 3x + 5x - 20$

f) $-30 + 2x - 9x = 20 - 5x$

109 Löse mittels Äquivalenzumformungen.

a) $x : 3 + 45 = 65$

d) $\frac{2}{3} \cdot x - 7 = \frac{1}{2}$

b) $43 - x : 2 = 51$

e) $-5 + \frac{3}{7} \cdot x = \frac{1}{4}$

c) $80 + x : 11 = 89$

f) $\frac{4}{5} \cdot x - 4 = \frac{2}{5}$

- In einer Gleichung können auch mehrere **unterschiedliche Variablen** vorkommen. Es muss dann angegeben werden, welche der Variablen durch die anderen ausgedrückt werden soll:

Drücke aus der Gleichung $5b - 2x = 13b$ die Variable x aus!

$5b - 2x = 13b \quad | -5b$

$-2x = 13b - 5b$

$-2x = 8b \quad | : (-2)$

$x = 8b : (-2)$

$x = -4b$

110 Drücke x aus.

a) $x - a = b$

c) $a - b - x = a$

b) $a = x + b$

d) $x - 2b = 5a$

111 Drücke x aus.

a) $5a + 2x = 15a$

c) $5a - 4x + 2b = 20a - 10b$

b) $3x - 9b = 21b$

d) $5x + 6a - 7b = 36a - 17b$

112 Kreuze die Lösung der Gleichung $20a = 24b - 3x + 5a$ an.

☐	☐	☐	☐
$x = 5a + 8b$	$x = 8b + 5a$	$x = 8b - 5a$	$x = 5a - 8b$

B Gleichungen mit Klammern und Brüchen lösen

- Treten in einer Gleichung **Klammerausdrücke** auf, werden
  – die **Klammern** auf beiden Seiten des Gleichheitszeichens zuerst **aufgelöst**,
  – gleichnamige **Terme zusammengefasst** und dann wird
  – durch **Äquivalenzumformungen** die gesuchte Variable isoliert (explizit gemacht).

$5 \cdot (x + 5) - 2 \cdot (x - 3) = x + 7 - (-x + 4)$ Das Minus vor den Klammern beachten!

$5x + 25 - 2x + 6 = x + 7 + x - 4$

$\underline{\qquad}\, x + \underline{\qquad} = \underline{\qquad}\, x + \underline{\qquad}$ $\quad | - \underline{\qquad}\, x$

$\underline{\qquad} + \underline{\qquad} = \underline{\qquad}$ $\quad | - \underline{\qquad}$

$x = -28$

- In Gleichungen können die **binomischen Formeln** auftreten:

$(2x + 3)^2 + (2x - 5)^2 = (2x - 1) \cdot (4x + 1) - 1$

$4x^2 + \underline{\qquad}\, x + \underline{\qquad} + 4x^2 - \underline{\qquad}\, x + 25 = 8x^2 - 4x + \underline{\qquad}\, x - \underline{\qquad} - 1$

$8x^2 - \underline{\qquad}\, x + \underline{\qquad} = 8x^2 - \underline{\qquad}\, x - \underline{\qquad}$ $\quad | - 8x^2$

$-\underline{\qquad}\, x + \underline{\qquad} = -\underline{\qquad}\, x - \underline{\qquad}$ $\quad | + 8x$

$\underline{\qquad} = 6x - \underline{\qquad}$ $\quad | + 2$

$\underline{\qquad} = 6x$ $\quad | : \underline{\qquad}$

$6 = x$

- Treten in einer Gleichung Brüche auf, wird die Gleichung mit dem **kleinsten gemeinsamen Vielfachen** (kgV) aller Nenner **multipliziert**.
  Die Gleichung wird dadurch **bruchfrei**.
- Gemischte Darstellungen werden vorher in unechte Brüche umgewandelt.

$\frac{3x + 6}{18} = \frac{x}{9} + \frac{2}{3}$ $\quad | \cdot 18 = kgV(18, 9, 3)$

$\frac{\cancel{18} \cdot (3x + 6)}{\cancel{18}} = \frac{{}^{2}\cancel{18} \cdot x}{\cancel{9}} + \frac{{}^{6}\cancel{18} \cdot 2}{\cancel{3}}$

$3x + 6 = 2x + 12$ $\quad | -2x - 6$

$x = 6$

- Zur **Probe** kann man die berechnete Lösung in die Ausgangsgleichung einsetzen und die **Termwerte** berechnen.

Linke Seite der Gleichung: $\frac{3 \cdot 6 + 6}{18} = \frac{18 + 6}{18} = \frac{24}{18} = \frac{4}{3}$

Rechte Seite der Gleichung: $\frac{6}{9} + \frac{2}{3} = \frac{2}{3} + \frac{2}{3} = \frac{4}{3}$

Die Werte sind gleich, daher ist die Gleichung richtig gelöst.

113 Löse die Gleichung und mache die Probe.

*

a) $6x - (-5x + 2) = 2 \cdot (5x + 3)$

b) $2 \cdot (x - 1) + 3 \cdot (x + 2) = 2 \cdot (2x - 5)$

c) $15 - 3 \cdot (2x - 1) = 5 \cdot (-x + 2) - 3$

114 Bestimme die Lösung der Gleichung und mache die Probe.

✱✱

a) $(x - 2) \cdot (3x + 1) = 3 \cdot (-4 + x^2)$

b) $(4 + 3x) \cdot (-3 + 4x) = (6x - 5) \cdot (2x + 3)$

c) $(x - 7) \cdot (x + 4) = (x + 4) \cdot (x - 8)$

d) $(2x + 1) \cdot (3x - 2) = 6x^2 + 5$

115 Löse die Gleichung und mache die Probe.

✱✱

a) $(x - 3)^2 = (x + 5)^2$

b) $(2x - 1)^2 + (3x + 2)^2 = x \cdot (13x + 10) + 1$

c) $5x \cdot (x - 2) + 26 = (x - 5)^2 + (2x - 1) \cdot (2x + 1) - 2x$

d) $(3x - 2) \cdot (3x + 2) - 1 = (3x - 5)^2$

116 ✱✱✱ Löse die Gleichung und mache die Probe.

a) $\frac{2x}{3} - \frac{7}{6} = \frac{2x-1}{6}$

c) $\frac{x}{6} - \frac{5}{24} = \frac{x}{12} + \frac{7}{24}$

b) $\frac{2x-3}{3} + \frac{5x-3}{6} = \frac{9x-3}{8}$

d) $\frac{28-3x}{4} - \frac{5x}{6} = -12$

C Besondere Lösungsfälle bei Gleichungen

- Beim Lösen einer Gleichung können spezielle Lösungsfälle auftreten:

$$(3x + 2)^2 - (x + 1) \cdot (x + 2) = 8x^2 + 9x + 2$$
$$9x^2 + 12x + 4 - (x^2 + 3x + 2) = 8x^2 + 9x + 2$$
$$9x^2 + 12x + 4 - x^2 - 3x - 2 = 8x^2 + 9x + 2$$
$$8x^2 + 9x + 2 = 8x^2 + 9x + 2$$

Nach dem Ausrechnen und Vereinfachen der Klammern stehen ***links und rechts*** *des Gleichheitszeichens* ***dieselben Terme!***

REGEL

Jede beliebige Zahl kann für die Variable eingesetzt werden.
Es gibt **unendlich viele Lösungen.**

$$(2x + 1) \cdot (2x - 1) - 3x^2 + 7x + 2 = x \cdot (x + 7) - 3$$
$$4x^2 - 1 - 3x^2 + 7x + 2 = x^2 + 7x - 3$$
$$x^2 + 7x + 1 = x^2 + 7x - 3 \qquad | -x^2 - 7x$$
$$1 = -3$$
$$\downarrow$$

Die Umformung führt zu einer ***falschen Aussage****.*

ACHTUNG

Die Gleichung hat **keine Lösung**.

Wissen

Üben

117 ✱ Kreuze die Gleichung an, die keine Lösung hat.

- ☐ $6x = 12$
- ☐ $3x - 5 = 4 + 3x$
- ☐ $6x - 3 = 3$
- ☐ $4x - 12 = 3x + 12$

118 ✱ Kreuze die zwei Gleichungen an, die unendlich viele Lösungen haben.

- ☐ $4x - x + 5 = 2x + 6$
- ☐ $3 \cdot (x - 1) + 2 = 3x - 1$
- ☐ $-x + 3 = -(-x - 3)$
- ☐ $4x - 3 = 2x + 3$
- ☐ $2x - 10 = -2 \cdot (-x + 5)$

119 ✱ Ergänze den Text.

Eine Gleichung hat unendlich viele Lösungen, wenn auf beiden Seiten des Gleichheitszeichens ______________________________.

Erhält man nach der Vereinfachung der Terme einer Gleichung eine falsche Aussage, gibt es ______________ Lösung.

120 ✱✱ Zeige, dass die Gleichung unendlich viele Lösungen besitzt.

a) $(4x + 2)^2 - 4 \cdot (4x^2 + 4x + 1) = 0$

b) $(x + 2)^2 + 2x - 5 = x \cdot (x + 7) - (x + 1)$

c) $(3x - 2)^2 + 4 = 3x \cdot (3x - 4) + 8$

d) $(4x - 5) \cdot (4x + 5) + 4x = 4x \cdot (4x + 1) - 25$

121 ✱✱ Zeige, dass die Gleichung keine Lösung besitzt.

a) $5x \cdot (5x + 6) - 9 = (5x + 3)^2$

b) $(2x + 1)^2 + (x - 4)^2 = x \cdot (5x - 4) + 10$

c) $3x \cdot (x - 1) + 2x \cdot (x + 1) = 5x^2 - x + 2$

d) $(x - 2)^2 + 4x = (x + 2) \cdot (x - 2)$

D In Texten verpackte Gleichungen

Viele (auch alltägliche) Fragestellungen sind in Textform gegeben und lassen sich mittels einer Gleichung mathematisch beschreiben.

1. Lies dir den Text sorgfältig durch und finde heraus, was du genau berechnen sollst. Für die gesuchte (unbekannte) Größe schreibe eine Variable, z. B. x.
2. „Übersetze" den Text in die Sprache der Mathematik und stelle die Gleichung auf.
3. Löse die Gleichung.
4. Überprüfe, ob die Lösung sinnvoll ist, und mache die Probe mit Hilfe des Angabetextes.
5. Schreibe einen Antwortsatz.

1. *Gerda und ihr Bruder Gerald sind zusammen 25 Jahre alt. Gerda ist um drei Jahre jünger als Gerald. Wie alt ist jeder von beiden?*

   x *... Alter von Gerald* — $x - 3$ *... Alter von Gerda, da sie ja 3 Jahre jünger ist*

2. $x + (x - 3) = 25$ → *„zusammen" bedeutet eine Addition*

3. $2x - 3 = 25 \quad | + \_\_\_\_$

   $2x = \_\_\_\_ \quad | : \_\_\_\_$

   $x = 14$

4. *Probe anhand des Angabetextes:*

   Zusammen sind Gerda und Gerald 25 Jahre. $11 + 14 = 25$ ✓

   Gerda ist um drei Jahre jünger. ✓

5. *Gerald ist 14 Jahre alt und Gerda ist um drei Jahre jünger, also 11 Jahre.*

Wissen

122 Schreibe den Text als Gleichung an und bestimme die Lösung.

✱✱

a) Addiert man zu einer Zahl die um 7 kleinere Zahl, erhält man die Zahl 5. Wie lautet die Zahl?

b) Verkleinert man 30 um eine bestimmte Zahl und vergrößert 20 um dieselbe Zahl, sind die neuen Zahlen gleich. Um welchen Wert wurden 30 und 20 verändert?

c) Addiert man zum Achtfachen einer Zahl 5, erhält man dasselbe, wie wenn man zum Fünffachen der Zahl 2 addiert.

d) Tom hat 20 Bonbons und Tina 14. Wie viele Bonbons muss Tom Tina geben, damit beide gleich viele haben?

TIPP

Spezielle **Formulierungen** und ihre **mathematischen Ansätze**:
„ist um fünf kleiner als" → „+ 5 ="
„ist um sieben größer als" → „– 7 ="

123 Löse die Aufgabe durch Ansetzen einer Gleichung.

✱✱✱

a) Das Fünffache einer Zahl ist um 8 kleiner als das Siebenfache derselben Zahl. Wie lautet die Zahl?

b) Das Doppelte einer Zahl ist um 3 größer als 41. Wie lautet die Zahl?

c) Eine Zahl ist um 10 kleiner als das um 17 verkleinerte Doppelte dieser Zahl. Wie lautet die Zahl?

d) Das Dreifache einer Zahl ist um 15 größer als 15. Welche Zahl ist gemeint?

Üben

E Formeln umstellen

- Formeln sind **Gleichungen**, in denen **mehrere Variablen** (Größen) auftreten können.
- Jede der auftretenden Variablen kann auf einer Seite isoliert werden.
- Dabei geht man genauso vor wie beim Lösen einer Gleichung.

a) *Für den Umfang eines Rechtecks mit den Seitenlängen a und b gilt:*

$$u = 2 \cdot (a + b)$$

Drücke b aus (mache b explizit)!

$u = 2 \cdot (a + b) \quad | : 2$

$\frac{u}{2} = a + b \quad | - a$

$\frac{u}{2} - a = b$

Drücke a aus!

$u = 2 \cdot (a + b) \quad | : \_\_\_$

$\frac{u}{\_\_\_} = a + b \quad | - \_\_\_$

$\_\_\_ - \_\_\_ = a$

b) *Drücke aus der Formel* $a = b + \frac{c}{2}$ *die Variable c aus!*

$a = b + \frac{c}{2} \quad | - b$

$a - \_\_\_ = \frac{c}{2} \quad | \cdot \_\_\_$

$(a - \_\_\_) \cdot \_\_\_ = c$

Wissen

124 ✱ Drücke die gesuchten Größen aus.

a) Umfang des Quadrats … $u = 4a$ — $a = ?$

b) Geschwindigkeit = $\frac{\text{Weg}}{\text{Zeit}}$ … $v = \frac{s}{t}$ — $s = ?, t = ?$

c) Arbeit = Kraft mal Weg … $W = F_s \cdot s$ — $F_s = ?, s = ?$

d) Leistung = $\frac{\text{Arbeit}}{\text{Zeit}}$ … $P = \frac{W}{t}$ — $W = ?, t = ?$

125 ✱✱ Drücke jede Variable durch die anderen aus.

a) $a \cdot b = c$ — $a =$ ______ $b =$ ______

b) $a + b = c$ — $a =$ ______ $b =$ ______

c) $\frac{a}{b} = c$ — $a =$ ______ $b =$ ______

d) $a \cdot b + c = 2$ — $a =$ ______ $b =$ ______ $c =$ ______

126 ✱✱✱ Stelle eine Formel auf und drücke jede Variable durch die anderen aus.

a) Der Strompreis P setzt sich aus dem Grundpreis G, der verbrauchten Strommenge x (in Kilowattstunden) und dem Preis k für eine Kilowattstunde zusammen.

b) Das Einkommen E eines Vertreters setzt sich aus einem fixen Betrag F und der Provision P zusammen.

127 ✱✱✱ Stelle eine Formel für den Flächeninhalt A auf und drücke jede Variable durch die anderen aus.

a)

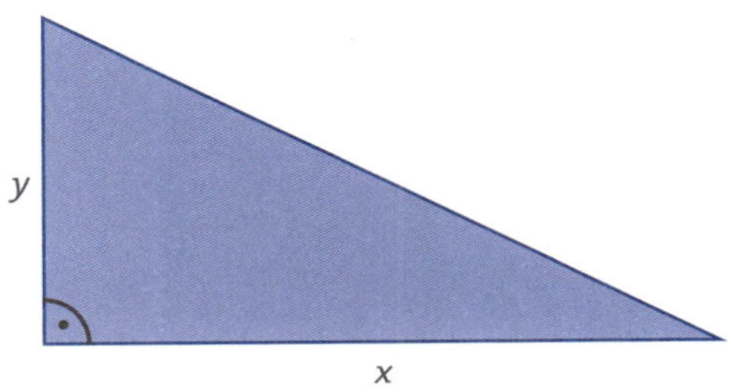

b)

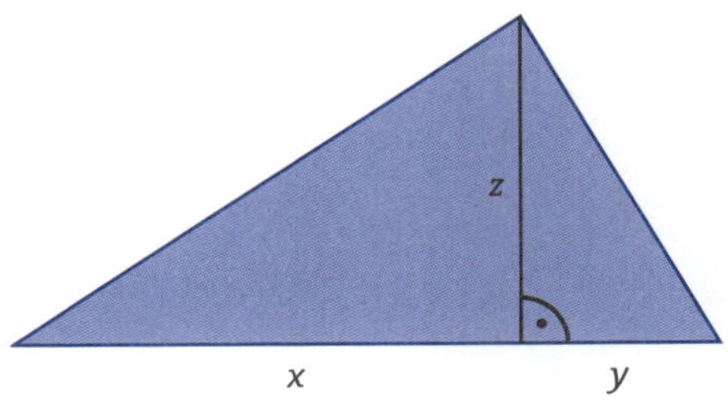

TEST

Online-Test
Finde heraus, ob du das Thema dieses Kapitels schon drauf hast. Einfach QR-Code scannen und los geht's!

Ebene Figuren

A Umfang und Flächeninhalt von Rechteck und Quadrat

Für den Umfang und den Flächeninhalt eines Rechtecks bzw. Quadrats mit den Seitenlängen a und b gelten folgende Formeln:

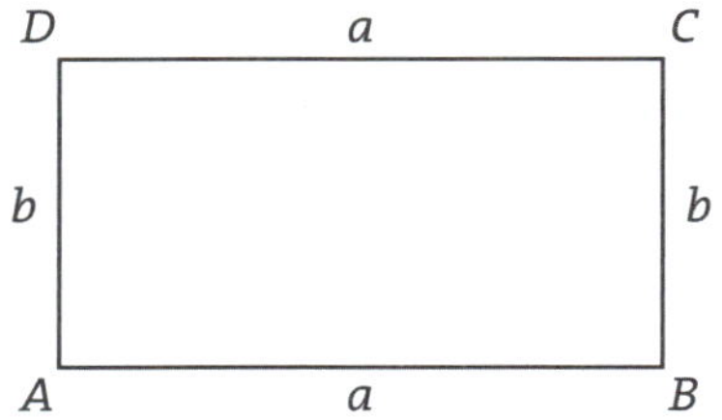

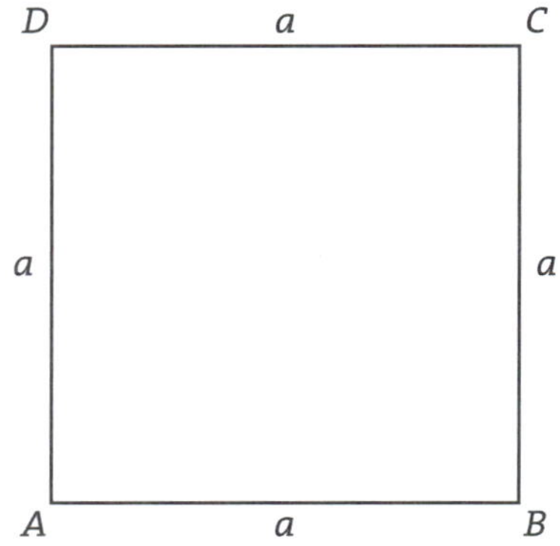

Rechteck	Quadrat
$u = 2 \cdot a + 2 \cdot b = 2 \cdot (a + b)$	$u = 4 \cdot a$
$A = a \cdot b$	$A = a \cdot a = a^2$

Gib eine Formel für den Umfang und den Flächeninhalt des färbigen Flächenstücks an.

a) $u = 2 \cdot (b - d) + 2 \cdot (a - c)$

$A = (b - d) \cdot (a - c)$

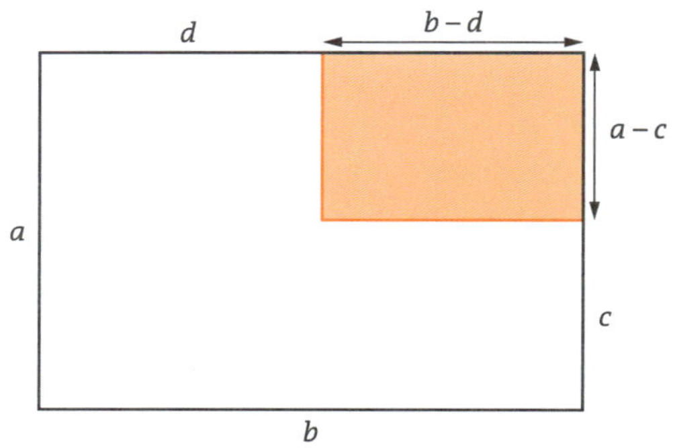

b) $u =$ ______

$A =$ ______

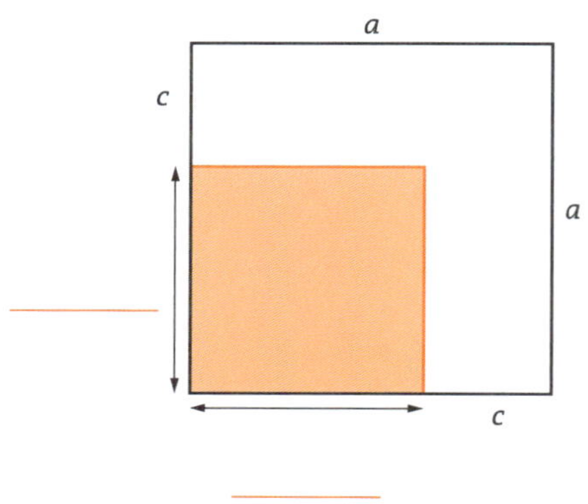

128 *
Kreuze die beiden Formeln an, die zur Berechnung des Umfangs eines Rechtecks mit den Seitenlängen m und n verwendet werden können.

☐	☐	☐	☐
$m + 2n$	$2n + 2m$	$m + m + n + n$	$2m + n$

129 *
Kreuze die beiden Formeln an, die zur Berechnung des Flächeninhalts eines Quadrats mit der Seitenlänge z verwendet werden können.

☐	☐	☐	☐
$z + z$	z^2	$2z + 2z$	$z \cdot z$

130 **
Zeichne das Rechteck bzw. das Quadrat im gegebenen Maßstab und berechne jeweils den Flächeninhalt und den Umfang in Wirklichkeit.

a) 3,8 m × 4,5 m Maßstab 1 : 100
b) 30 m × 30 m Maßstab 1 : 500
c) 100 cm × 80 cm Maßstab 1 : 20
d) 180 m × 180 m Maßstab 1 : 5 000

131 ***
Berechne die fehlende Größe.

a) Rechteck mit den Seitenlängen a und b: $A = 17{,}92$; $a = 3{,}2$; $b =$ ______________

b) Quadrat mit der Seitenlänge x: $u = 31{,}2$; $x =$ ______________

c) Rechteck mit den Seitenlängen r und s: $u = 80$; $r = 14$; $s =$ ______________

d) Quadrat mit der Seitenlänge a: $A = 144$; $a =$ ______________

132 ***
Gib eine Formel für den Umfang und den Flächeninhalt der färbigen Fläche an.

a)

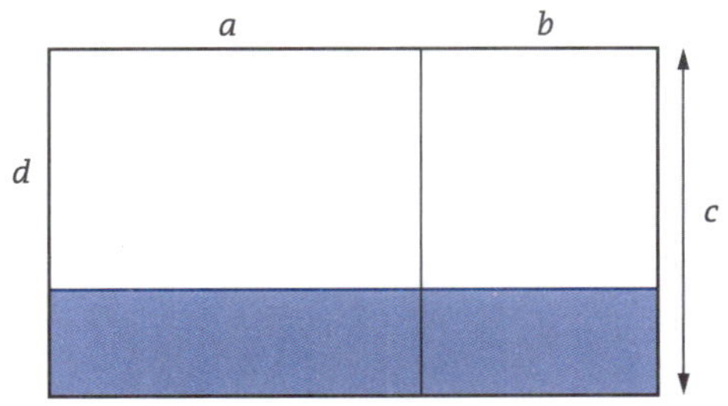

$u =$ ______________________

$A =$ ______________________

b)

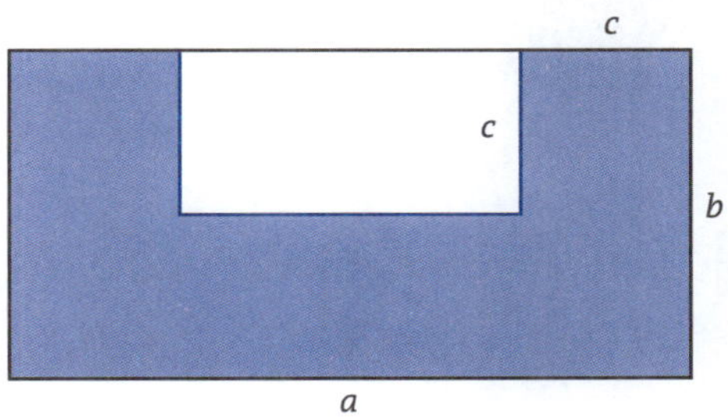

$u =$ ______________________

$A =$ ______________________

B Umfang und Flächeninhalt des rechtwinkligen Dreiecks

- Teilt man ein Rechteck der Diagonale entlang in zwei gleich große Teile, entstehen zwei deckungsgleiche (kongruente) **rechtwinklige Dreiecke**:

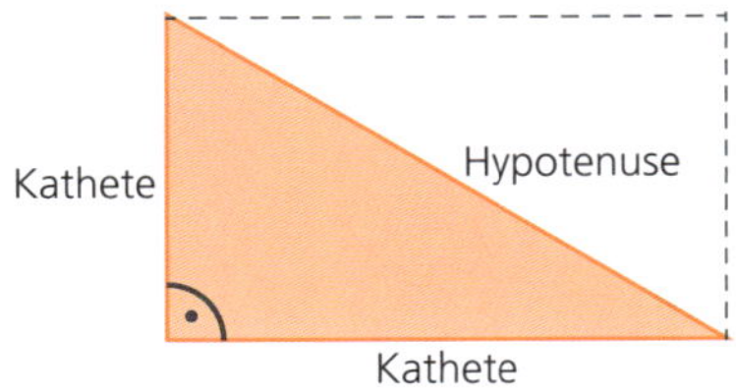

- Die Seiten des Dreiecks, die den rechten Winkel bilden, heißen **Katheten**, die längste Seite (gegenüber des rechten Winkels) heißt **Hypotenuse**.
- Für den Flächeninhalt eines Rechtecks mit den Seitenlängen a und b gilt: $A = a \cdot b$
  Das rechtwinklige Dreieck ist die Hälfte eines Rechtecks.

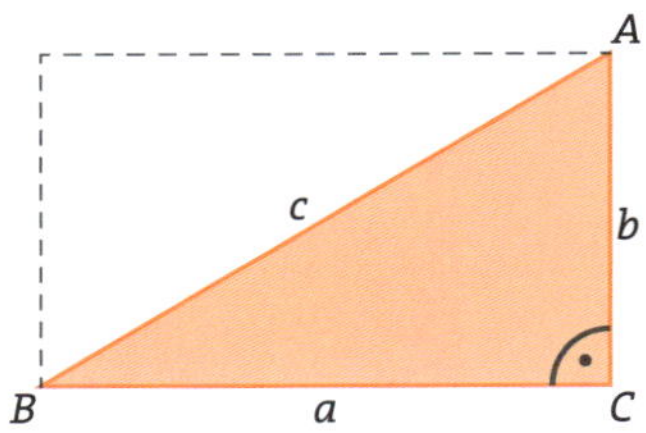

Daher gilt für den Flächeninhalt eines rechtwinkligen Dreiecks mit den Katheten a und b:

REGEL

$$A = \frac{1}{2} \cdot a \cdot b = \frac{a \cdot b}{2}$$

- Für den **Umfang eines rechtwinkligen Dreiecks** gilt:

REGEL

$$u = a + b + c$$

133 Benenne die Katheten und die Hypotenuse des rechtwinkligen Dreiecks.

*

a)

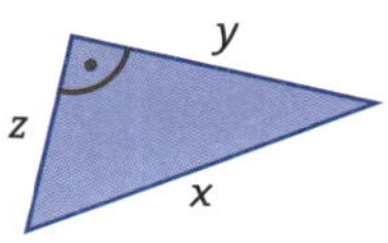

Katheten: ___________

Hypotenuse: ________

b)

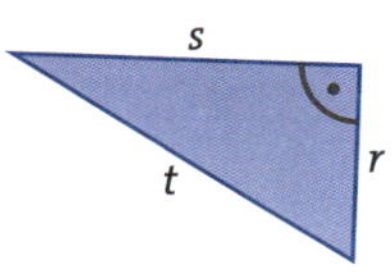

Katheten: ___________

Hypotenuse: ________

c)

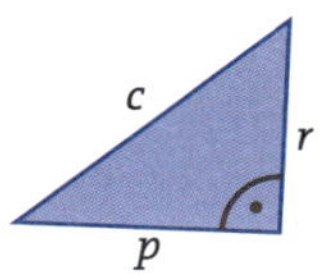

Katheten: ___________

Hypotenuse: ________

134 *

Gegeben sind die Seitenlängen eines rechtwinkligen Dreiecks. Gib die Längen der Katheten und die Länge der Hypotenuse an und berechne den Umfang des Dreiecks.

a) 11,6 cm; 14,5 cm; 8,7 cm

Katheten: ______________ Hypotenuse: ______________ Umfang: ______________

b) 7,3 cm; 5,5 cm; 4,8 cm

Katheten: ______________ Hypotenuse: ______________ Umfang: ______________

c) 39 mm; 89 mm; 80 mm

Katheten: ______________ Hypotenuse: ______________ Umfang: ______________

135 *

Gib eine Formel zur Berechnung des Flächeninhalts A des rechtwinkeligen Dreiecks an.

a) 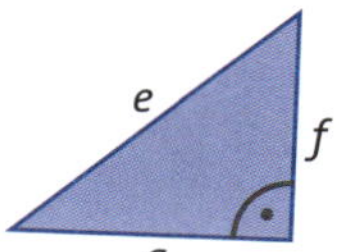

$A =$ ______________

b) 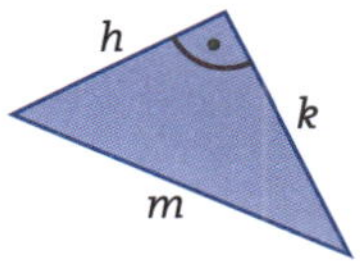

$A =$ ______________

c) 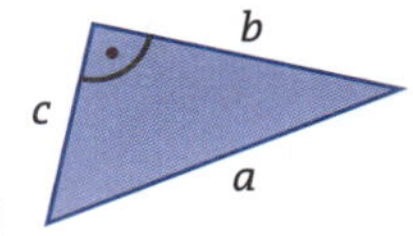

$A =$ ______________

136 * *

Berechne den Flächeninhalt des rechtwinkligen Dreiecks mit den gegebenen Seitenlängen.

a) 40 cm; 58 cm; 42 cm $A =$ ______________________

b) 6,5 cm; 6 cm; 2,5 cm $A =$ ______________________

c) 6,5 cm; 9,7 cm; 7,2 cm $A =$ ______________________

a = 60 cm ist die Länge einer Kathete und A = 330 cm² der Flächeninhalt eines rechtwinkligen Dreiecks. Berechne die Länge der anderen Kathete b.

Für den Flächeninhalt gilt $A = \frac{a \cdot b}{2}$

$$A = \frac{a \cdot b}{2} \quad | \cdot 2 \quad \rightarrow \quad 2 \cdot A = a \cdot b \quad | : a \quad \rightarrow \quad \frac{2 \cdot A}{a} = b$$

Das heißt: $b = \frac{2 \cdot 330}{60} = \frac{660}{60} = 11$ cm

Die Länge der anderen Kathete ist 11 cm.

137 * *

Berechne die Länge der unbekannten Kathete des rechtwinkligen Dreiecks mit den Katheten a und b und dem Flächeninhalt A.

a) $a = 6{,}3$ cm; $A = 18{,}9$ cm²

b) $b = 8{,}8$ cm; $A = 59{,}4$ cm²

c) $a = 4{,}8$ cm; $A = 21{,}6$ cm²

d) $b = 16$ cm; $A = 240$ cm²

Üben

C Flächeninhalt des Dreiecks

- Der **Flächeninhalt** eines Dreiecks wird mit einer **Seitenlänge** und der dazugehörigen **Höhe** berechnet:

  Ergänzt man das Dreieck auf ein Rechteck mit z. B. den Seitenlängen c und h_c, ist der Flächeninhalt des Rechtecks doppelt so groß wie der des Dreiecks. Gleiche Überlegungen gelten für die anderen Seiten und Höhen.

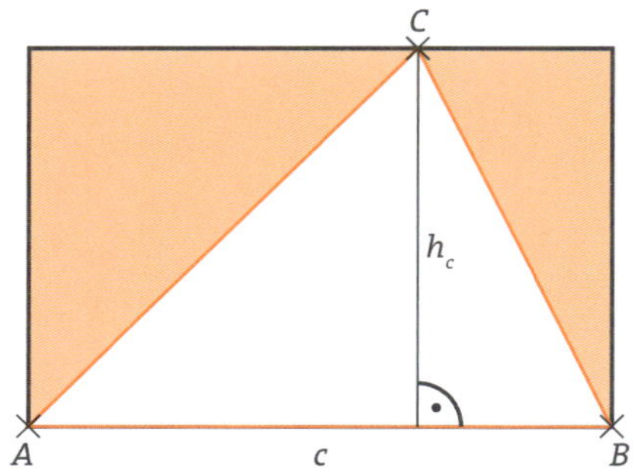

REGEL

Flächeninhalt des Dreiecks: $A = \frac{c \cdot h_c}{2} = \frac{a \cdot h_a}{2} = \frac{b \cdot h_b}{2}$

Drücke aus der Flächenformel c bzw h_c aus.

$A = \frac{c \cdot h_c}{2} \quad | \cdot 2$ $\qquad$ $A = \frac{c \cdot h_c}{2} \quad | \cdot$ ______

$2A = c \cdot h_c \quad | : h_c$ $\qquad$ ______ $= c \cdot h_c \,|\, :$ ______

$\frac{}{} = c$ $\qquad$ $\frac{}{} = h_c$

Von einem Dreieck kennt man den Flächeninhalt $A = 19{,}95\ cm^2$ und die Länge der Höhe $h_a = 4{,}2$ cm. Welche Seitenlänge a hat das Dreieck?

$A = \frac{ \cdot h_a}{2}$ $\qquad$ $a = \frac{}{}$

$a = 9{,}5$ cm

138 ✱ Berechne den Flächeninhalt des Dreiecks.

a) $a = 22$ cm, $h_a = 8$ cm $A =$ ____________

b) $b = 13{,}2$ cm, $h_b = 10$ cm $A =$ ____________

c) $c = 50$ cm, $h_c = 23$ cm $A =$ ____________

139 ✱ Berechne den Flächeninhalt des Dreiecks.

a)

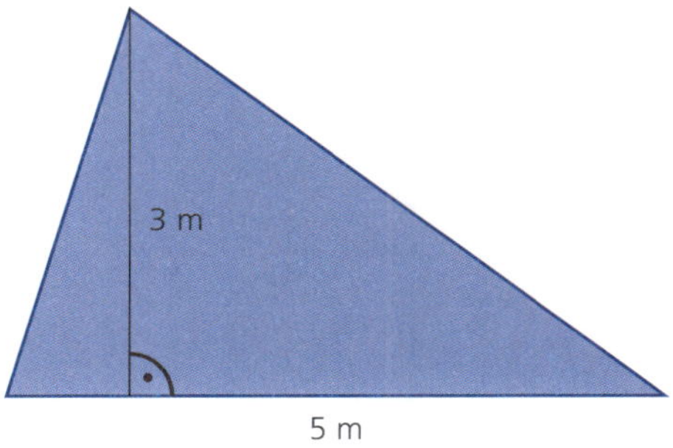

b)

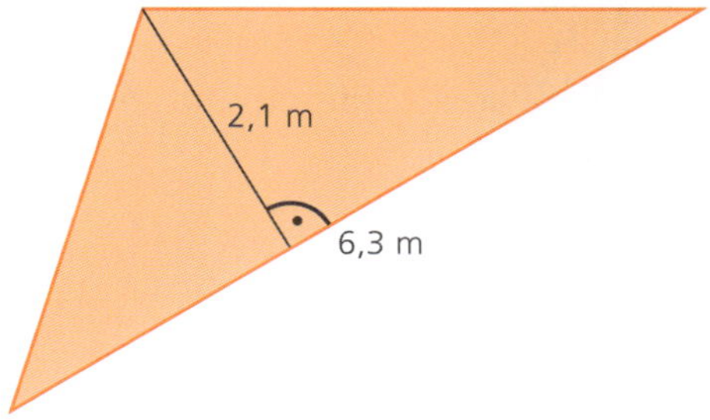

140 ✱ Berechne den Flächeninhalt des Dreiecks. Lies benötigte Längen aus der Zeichnung ab. ($\overline{01} \mathrel{\hat=} 1$ cm)

a)

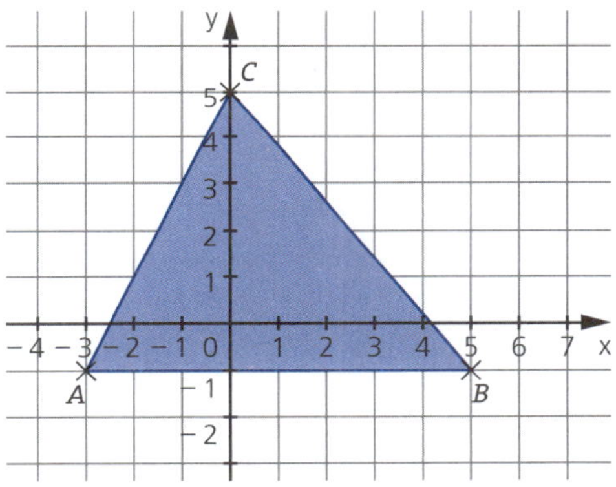

b)

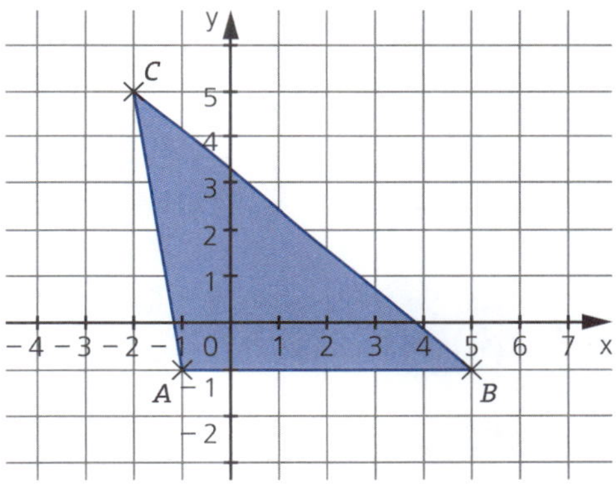

141 ✱✱ Ordne dem Flächeninhalt und der Seite in der linken Spalte die zugehörige Höhe in der rechten Spalte zu. Gib das Lösungswort an.

$A = 281{,}25\ \text{cm}^2$, $a = 45$ cm	
$A = 217\ \text{cm}^2$, $a = 14$ cm	
$A = 178{,}75\ \text{cm}^2$, $a = 32{,}5$ cm	
$A = 588\ \text{cm}^2$, $a = 56$ cm	
$A = 168\ \text{cm}^2$, $a = 30$ cm	

E	11,2 cm
D	31 cm
N	21 cm
U	12,5 cm
I	11 cm

Lösungswort: ____________________

D Flächeninhalt des Parallelogramms

- Sind in einem Viereck **gegenüberliegende Seiten** jeweils **parallel und gleich lang**, heißt das Viereck **Parallelogramm**.

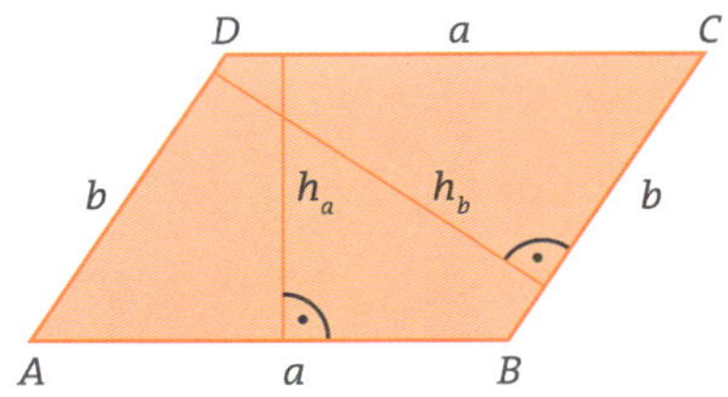

- Ein Parallelogramm mit **vier gleich langen Seiten** heißt **Raute** (**Rhombus**).

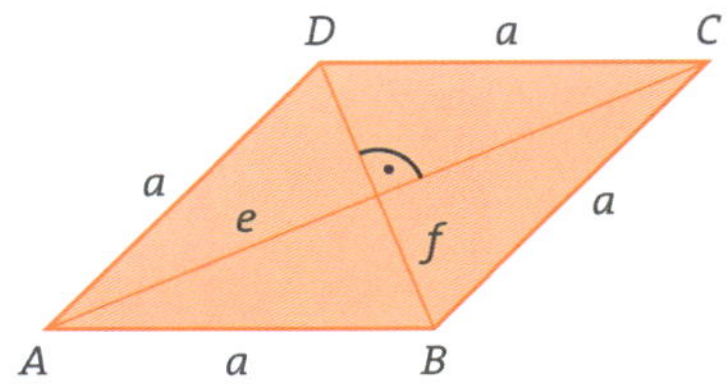

- Um den **Flächeninhalt** eines Parallelogramms zu bestimmen, kann man es in ein Rechteck umwandeln:

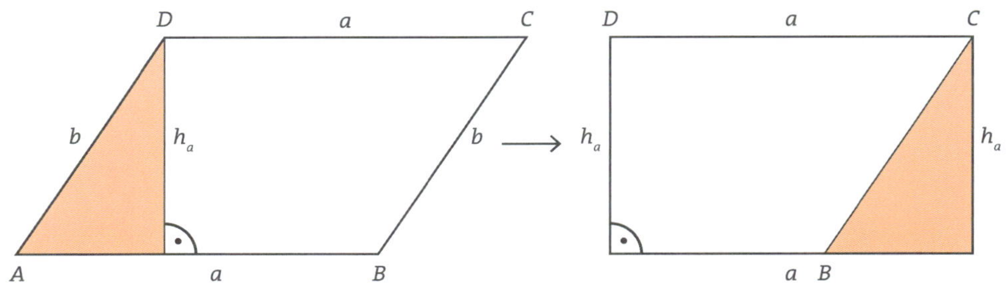

- Die Seitenlängen des Rechtecks sind a und h_a.
- (Mit der Seite b und der Höhe h_b kann man die gleichen Überlegungen anstellen!)

REGEL

Flächeninhalt des Parallelogramms: $A = a \cdot h_a = b \cdot h_b$

Berechne den Flächeninhalt der Parallelogramme.

$a = 5{,}6$ cm; $h_a = 3{,}5$ cm

$A = a \cdot h_a =$ ______ $\cdot$ ______ $=$ ______ cm²

$b = 3{,}7$ cm; $h_b = 8{,}5$ cm

$A =$ ____________________

142 ✱ Berechne den Flächeninhalt des Parallelogramms in der größten vorkommenden Einheit.

a) $a = 6{,}5$ cm, $h_a = 35$ mm $A =$ ____________

b) $a = 33$ dm, $h_a = 52$ cm $A =$ ____________

c) $b = 0{,}4$ m, $h_b = 9$ cm $A =$ ____________

d) $b = 120$ mm, $h_b = 0{,}8$ dm $A =$ ____________

143 ✱ Berechne den Flächeninhalt des Grundstücks.

a)

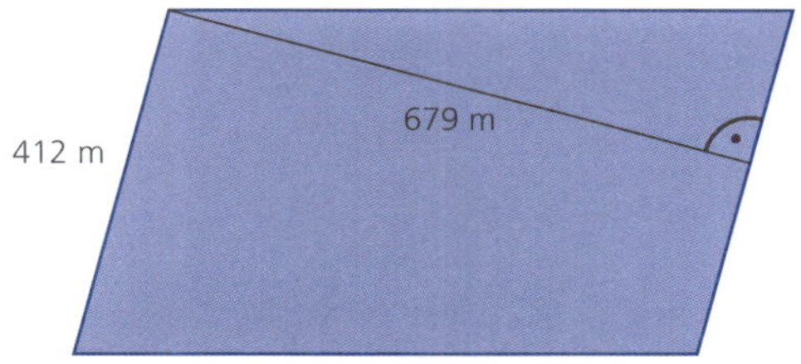

b)

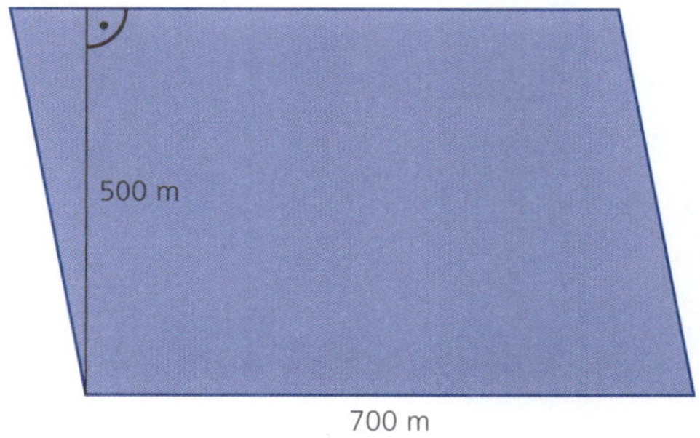

144 ✱✱ Zeichne das Parallelogramm in ein Koordinatensystem. Gib die Koordinaten des fehlenden Eckpunkts an und berechne den Flächeninhalt. Entnimm benötigte Längen der Zeichnung!

a) $A = (-2|-1)$, $B = (4|-1)$, $C = (2|3)$, D

b) $A = (0|-1)$, $B = (5|-1)$, C, $D = (1|3)$

c) $A = (-1|1)$, B, $C = (5|2)$, $D = (1|3)$

145 ✱✱ Drücke jede Variable durch die anderen aus.

a) $A = a \cdot h_a$ $a =$ ____________ $h_a =$ ____________

b) $A = b \cdot h_b$ $b =$ ____________ $h_b =$ ____________

146 ✱ Berechne die zugehörige Höhe des Parallelogramms.

a) $A = 120\ \text{cm}^2$, $a = 15$ cm $h_a =$ ____________

b) $A = 134{,}85\ \text{cm}^2$, $a = 15{,}5$ cm $h_a =$ ____________

c) $A = 79{,}52\ \text{cm}^2$, $b = 14{,}2$ cm $h_b =$ ____________

d) $A = 322\ \text{cm}^2$, $b = 23$ cm $h_b =$ ____________

E Flächeninhalt des Deltoids (Drachenfigur)

- Setzt man zwei gleichschenklige Dreiecke entlang der gleichlangen Basis zusammen, entsteht ein **Deltoid**.
- Die **Diagonalen** e und f **bilden** einen **rechten Winkel**.
- Um den **Flächeninhalt** eines Deltoids zu bestimmen, kann man es in ein Rechteck umwandeln:

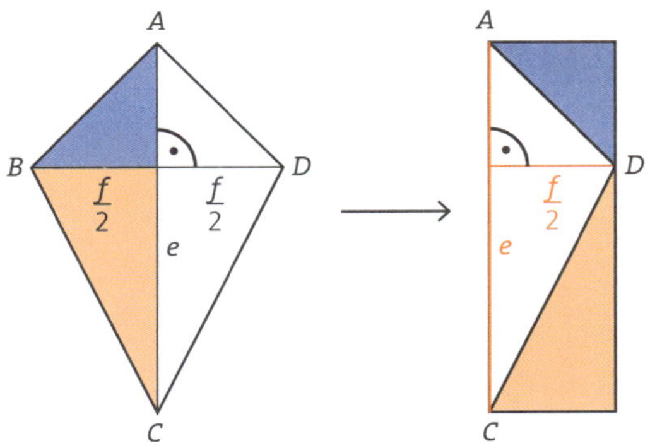

- Die **Seitenlängen** des Rechtecks sind e und $\frac{f}{2}$.

REGEL

Flächeninhalt des Deltoids: $A = e \cdot \frac{f}{2} = \frac{e \cdot f}{2}$

- Hat ein Deltoid vier **gleich lange** Seiten und sind alle Winkel 90°, ist es ein **Quadrat**. Die **Diagonalen** sind gleich lang und werden mit d bezeichnet.

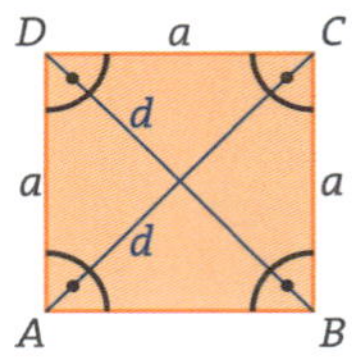

REGEL

Flächeninhalt des Quadrats (Seite a, Diagonale d):

$$A = a^2 = \frac{d \cdot d}{2} = \frac{d^2}{2}$$

Berechne den Flächeninhalt des Deltoids und Quadrats.

$e = 6{,}4$ cm; $f = 4{,}8$ cm $\quad A = \frac{e \cdot f}{2} =$ ____________________

Quadrat: $d = 12$ cm $\quad A =$ ____________________

147 * Berechne den Flächeninhalt des Deltoids mit den Diagonalen e und f.

a) $e = 16$ cm, $f = 21$ cm

b) $e = 30$ cm, $f = 17$ cm

c) $e = 21{,}2$ cm, $f = 8{,}8$ cm

d) $e = 8{,}4$ cm, $f = 6{,}2$ cm

148 * Berechne den Flächeninhalt des Quadrats mit der Diagonale d.

a) $d = 23$ cm $A =$ ____________

b) $d = 66$ cm $A =$ ____________

c) $d = 0{,}4$ dm $A =$ ____________

d) $d = 3{,}6$ dm $A =$ ____________

149 * Drücke jede Variable durch die anderen aus.

$A = \frac{e \cdot f}{2}$ $e =$ ____________ $f =$ ____________

150 ** Ergänze die Tabelle.

Deltoid	a)	b)	c)	d)
A		26,1 cm^2	50,02 cm^2	116,44 cm^2
e	11 cm		12,2 cm	
f	9 cm	6 cm		14,2 cm

151 *** Ergänze die Tabelle durch Umformen und Probieren.

Quadrat	a)	b)	c)	d)	e)
A	4,5 cm^2	8 cm^2	12,5 cm^2	32 cm^2	50 cm^2
d					

152 *** Kreuze an, ob die Aussage richtig oder falsch ist.

	richtig	falsch
Jede Raute ist ein Deltoid.	☐	☐
Jedes Parallelogramm ist ein Rechteck.	☐	☐
Jedes Rechteck ist ein Parallelogramm.	☐	☐
Der Flächeninhalt einer Raute ist die Hälfte des Produkts der Diagonalenlängen.	☐	☐

F Flächeninhalt des Trapezes

- Ein Trapez ist ein Viereck mit **zwei parallelen Seiten.** Die **nicht parallelen Seiten** werden als **Schenkel** bezeichnet.
- Sind die **Schenkel gleich lang**, spricht man von einem **gleichschenkligen Trapez**.
- Um den **Flächeninhalt** eines Trapezes zu bestimmen, kann man es in ein Parallelogramm umwandeln:

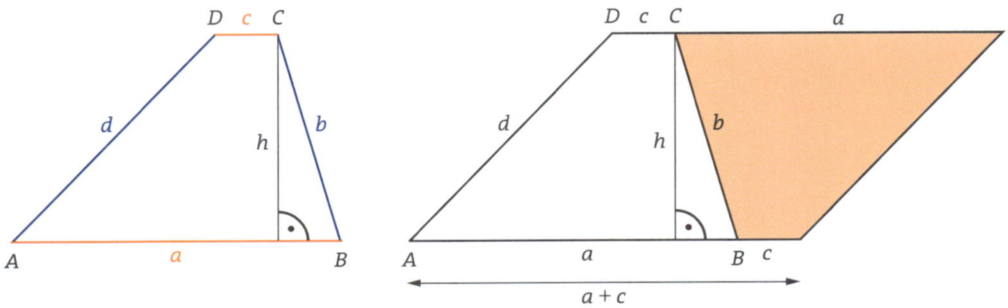

- Der **Flächeninhalt** des **Parallelogramms** wird mit $A = (a + c) \cdot h$ berechnet. Er ist doppelt so groß wie der des Trapezes.

REGEL

Flächeninhalt des Trapezes: $A = \frac{(a + c) \cdot h}{2} = \frac{1}{2} \cdot (a + c) \cdot h$

Berechne den Flächeninhalt des Trapezes.

a) $a = 70$ mm; $c = 80$ mm; $h = 55$ mm

$A = \frac{1}{2} \cdot (\_\_\_\_ + \_\_\_\_) \cdot \_\_\_\_ = \frac{1}{2} \cdot \_\_\_\_ \cdot \_\_\_\_ = \_\_\_\_$ mm²

b)

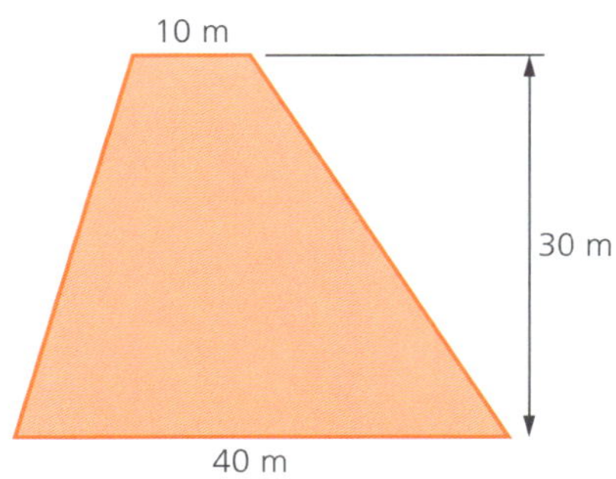

A = ____________________

153 Berechne den Flächeninhalt des Trapezes.

✱ **a)** $a = 65$ mm, $c = 34$ mm, $h = 21$ mm

$A =$ ____________________

b) Die beiden Parallelseiten sind 67 cm und 21 cm lang. Der Normalabstand der Parallelseiten ist 43 cm.

$A =$ ____________________

154 Bestimme die Querschnittsfläche des 15 m tiefen Kanals.

✱ **a)**

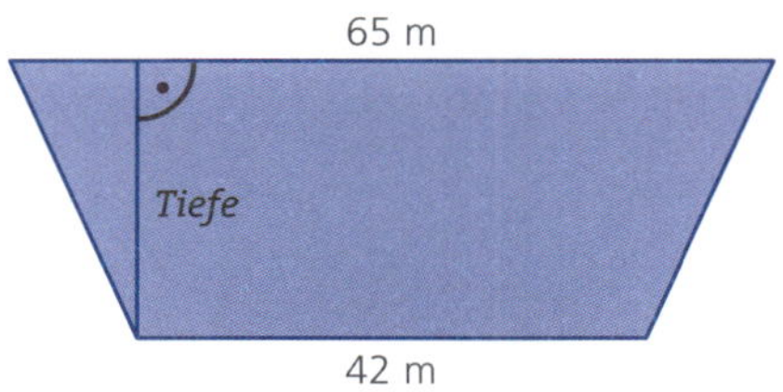

$A =$ ____________________

b)

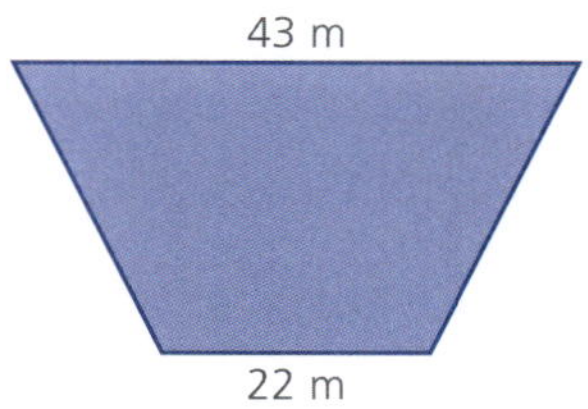

$A =$ ____________________

155 Berechne den Flächeninhalt der Trapeze und begründe, warum die Flächeninhalte gleich groß sind.

✱✱

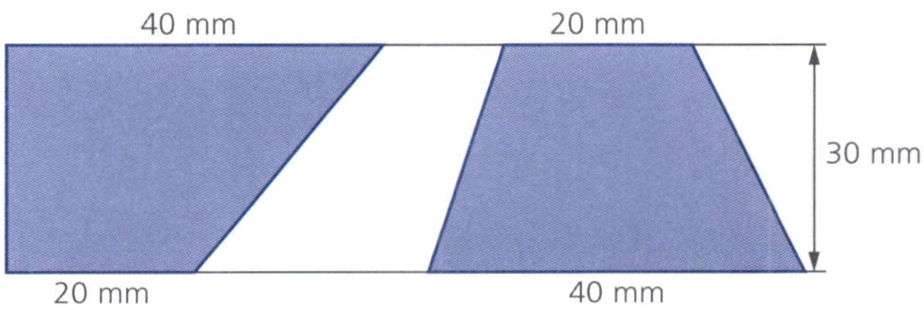

Zwischen den Größen A, a, c, und h gelten die folgenden Beziehungen:

$$h = \frac{2 \cdot A}{a + c} \qquad a = \frac{2 \cdot A}{h} - c \qquad c = \frac{2 \cdot A}{h} - a$$

156 Berechne die fehlende Größe des Trapezes.

✱ **a)** $A = 47{,}5\ \text{cm}^2$, $a = 11$ cm, $c = 8$ cm $\qquad h =$ ____________________

b) $A = 42\ \text{cm}^2$, $c = 7{,}5$ cm, $h = 4{,}2$ cm $\qquad a =$ ____________________

c) $A = 218{,}4\ \text{cm}^2$, $a = 25{,}3$ cm, $h = 11{,}2$ cm $\qquad c =$ ____________________

Wissen
Üben

G Änderung des Flächeninhalts ebener Figuren

- Für den Flächeninhalt bestimmter ebener Figuren gelten die folgenden Formeln:

Rechteck	$A = a \cdot b$
Quadrat	$A = a \cdot a = a^2$
rechtwinkliges Dreieck	$A = \frac{a \cdot b}{2}$
allgemeines Dreieck	$A = \frac{1}{2} \cdot a \cdot h_a = \frac{1}{2} \cdot b \cdot h_b = \frac{1}{2} \cdot c \cdot h_c$
Parallelogramm	$A = a \cdot h_a = b \cdot h_b$
Raute (Rhombus)	$A = a \cdot h = \frac{e \cdot f}{2}$
Deltoid (Drachenfigur)	$A = \frac{e \cdot f}{2}$
Trapez	$A = \frac{(a + b) \cdot h}{2}$

- Ändert sich zumindest eine der in den Formeln auftretenden Größen, ändert sich auch der Flächeninhalt:

Wie ändert sich Flächeninhalt A einer Raute, wenn a verdoppelt und h verdreifacht werden?

1. *Schritt: Man setzt in der Formel $A = a \cdot h$ für a den doppelten Wert (2a) und für h den dreifachen Wert (3h) ein, um eine Formel für den neuen Flächeninhalt A_{neu} zu erhalten:*

$$A_{neu} = (2 \cdot a) \cdot (3 \cdot h)$$

2. *Schritt: Man formt so um, dass die ursprüngliche Formel für A deutlich zu erkennen ist:*

$$A_{neu} = 2 \cdot 3 \cdot a \cdot h = 6 \cdot a \cdot h = 6 \cdot A$$

*Der **Faktor** gibt an, wie sich der ursprüngliche Flächeninhalt verändert:*
*Wird a verdoppelt und wird h verdreifacht, **versechsfacht** sich der ursprüngliche Flächeninhalt A.*

157 ✱ Wie ändert sich der Flächeninhalt A eines Rechtecks mit den Seitenlängen a und b, wenn die angegebenen Änderungen gemacht werden?

a) a und b werden verdoppelt

b) a und b werden verdreifacht

c) a wird verdoppelt und b wird vervierfacht

d) a und b werden halbiert

158 * *
Zeige allgemein, dass der Flächeninhalt A eines Rechtecks mit den Seitenlängen a und b unverändert bleibt, wenn a halbiert und b verdoppelt werden.

159 * *
Die Seitenlänge a eines Quadrats wird verdreifacht. Wie ändert sich der Flächeninhalt A? Kreuze die zutreffende Antwort an.

☐	☐	☐	☐	☐
A wird verdreifacht	A wird versechsfacht	A bleibt unverändert	A wird verneunfacht	A wird verdoppelt

160 * *
Wie ändert sich der Flächeninhalt eines allgemeinen Dreiecks, wenn die Seitenlänge c und die Höhe h_c wie angegeben verändert werden?

a) Die Seitenlänge c wird halbiert und die Höhe h_c wird verdreifacht.

b) Die Seitenlänge c und die Höhe h_c werden halbiert.

c) Die Seitenlänge c wird vervierfacht und die Höhe h_c wird geachtelt.

161 * *
Wie ändert sich der Flächeninhalt A eines Deltoids, wenn die Länge der Diagonale e verdoppelt und die Länge der Diagonale f verdreifacht werden? Kreuze die zutreffende Antwort an.

☐	☐	☐	☐	☐
A wird doppelt so groß	A wird dreimal so groß	A wird verfünffacht	A wird versechsfacht	A wird halb so groß

162 * * *
Gib zwei mögliche Änderungen der Seite a und der Höhe h_a eines Parallelogramms an, sodass sich der Flächeninhalt wie angegeben ändert.

a) A wird zehnmal so groß. ______________________

b) A wird halb so groß. ______________________

c) A bleibt unverändert. ______________________

163 * * *
Zeige allgemein, dass sich der Flächeninhalt A eines Trapezes nicht ändert, wenn die Parallelseiten a und c verdoppelt und die Höhe h halbiert werden.

Üben

H Flächeninhalte allgemeiner Vielecke

- Ein allgemeines Vieleck ist eine Figur, die durch mehr als vier Seiten und ebenso vielen Ecken definiert wird.
- Ein allgemeines Vieleck ist ein geschlossener Streckenzug mit mehr als vier Strecken.

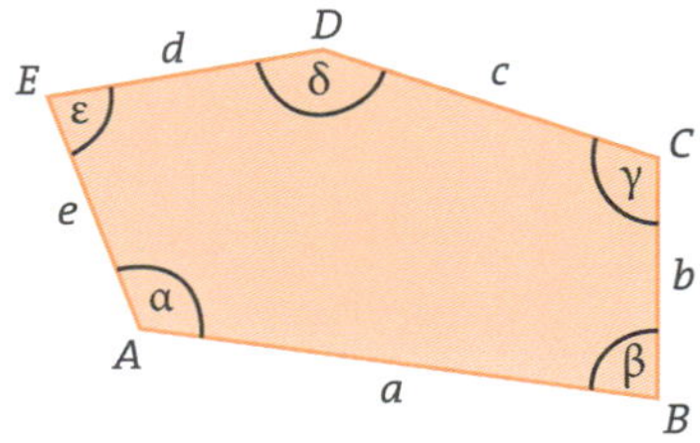

- Die Form eines allgemeinen Vielecks kann unterschiedlich sein.
- Die Summe der Innenwinkel in einem n-Eck wird mit der Formel $(n - 2) \cdot 180°$ berechnet.
- Der **Flächeninhalt allgemeiner Vielecke** wird berechnet, indem man das Vieleck in passende spezielle Vierecke oder Dreiecke unterteilt und die Summe der Flächeninhalte dieser Figuren berechnet.
- Spezielle Arten von Vierecken:
  - Rechteck
  - Quadrat
  - Parallelogramm
  - Raute (Rhombus)
  - Deltoid (Drachenfigur)
  - Trapez
- Arten von Dreiecken:
  - allgemeines Dreieck
  - gleichschenkliges Dreieck
  - gleichseitiges Dreieck
  - rechtwinkliges Dreieck

Berechne den Flächeninhalt der dargestellten Figur. (Maße in cm)
Die Figur kann z. B. in ein rechtwinkliges Dreieck (A_1) und ein Quadrat (A_2) unterteilt werden.

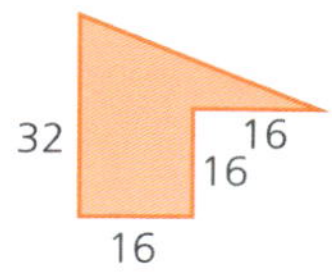

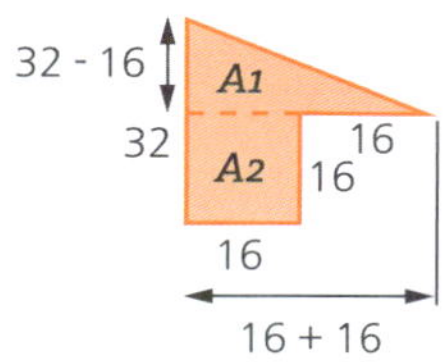

Es gilt:

$A_1 = \frac{1}{2} \cdot (32 - 16) \cdot (16 + 16) = \frac{1}{2} \cdot$ ______ $\cdot$ ______ $= 256\ cm^2$

$A_2 = 16 \cdot 16 =$ ______ cm^2

Gesamtfläche $A = A_1 + A_2 =$ ______ + ______ $= 512\ cm^2$

164 Berechne die Summe der Innenwinkel des dargestellten Vielecks.

✱

a)

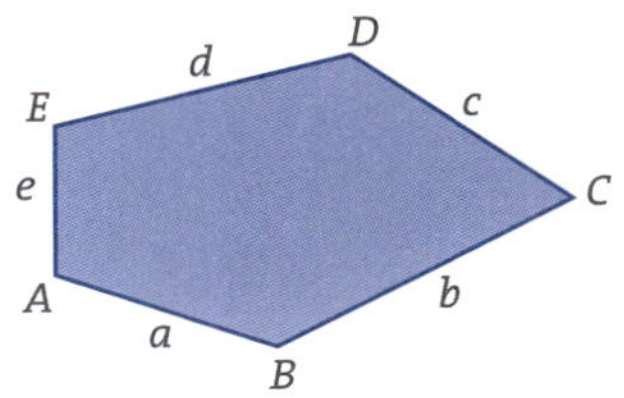

Winkelsumme: ______________

b)

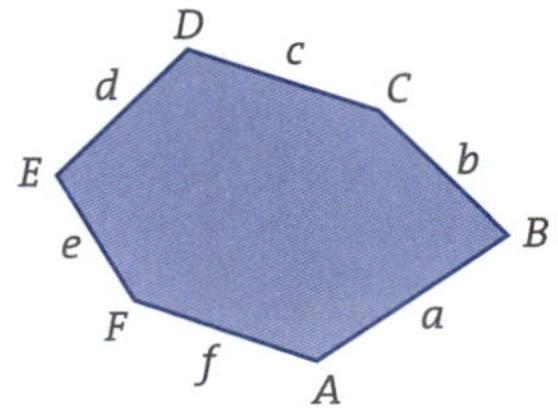

Winkelsumme: ______________

165 Berechne den Flächeninhalt des dargestellten Vielecks.

✱✱

a)

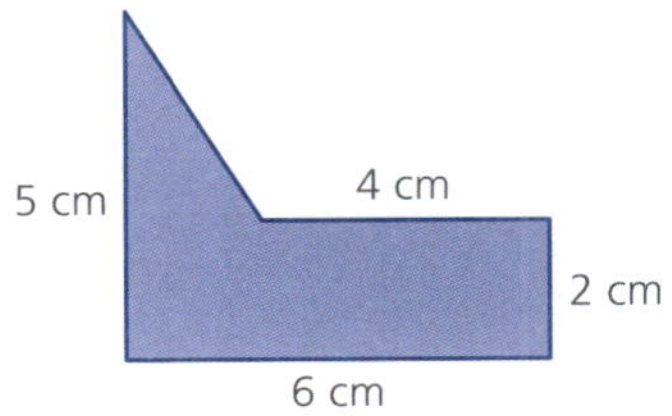

b)

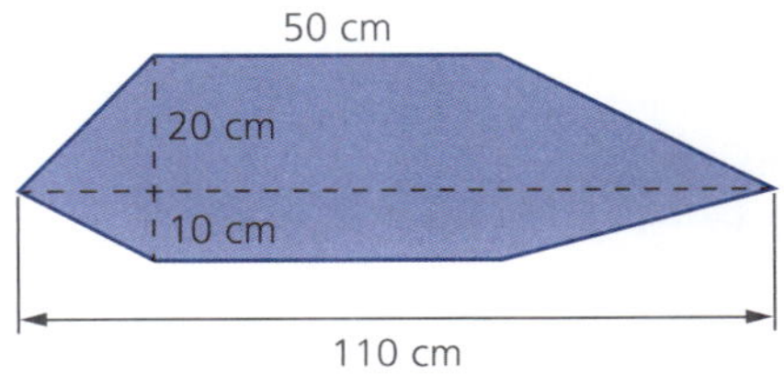

c)

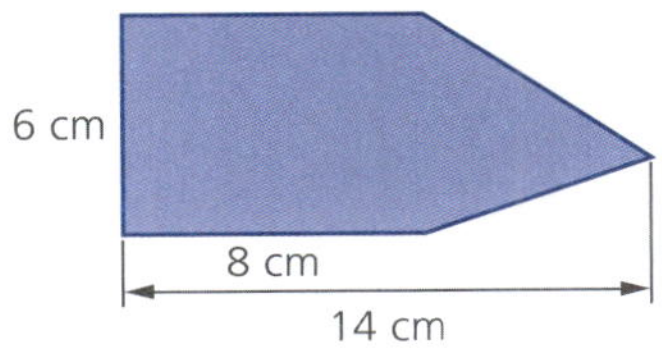

d)

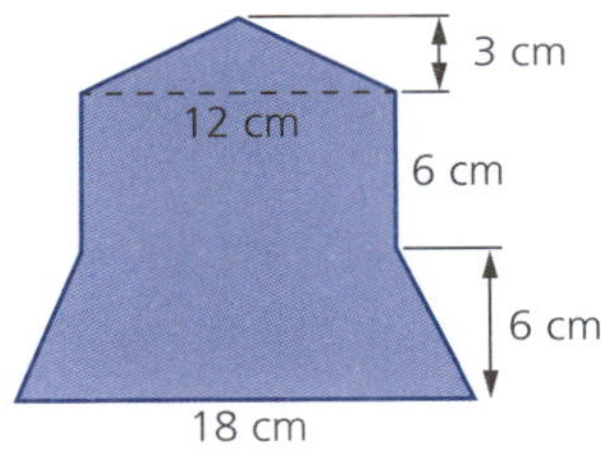

166 Wie groß ist der Flächeninhalt der abgebildeten Figur?

✱✱✱

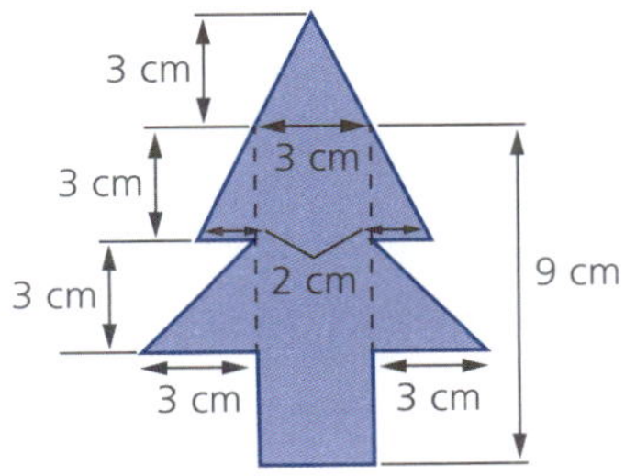

I Regelmäßige Vielecke

- Bei regelmäßigen Vielecken sind alle Seiten a gleich lang und alle Winkel α gleich groß.
  z. B.

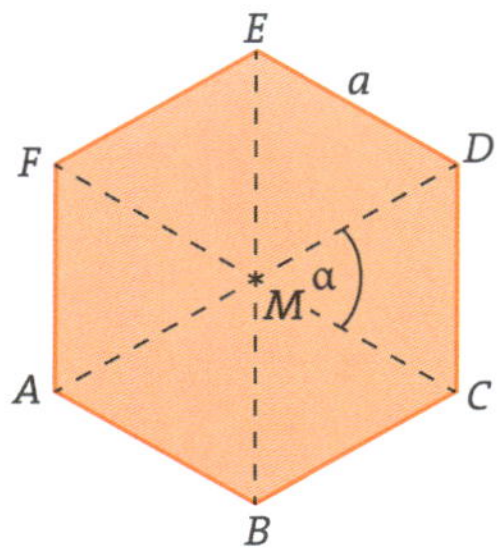

regelmäßiges Sechseck

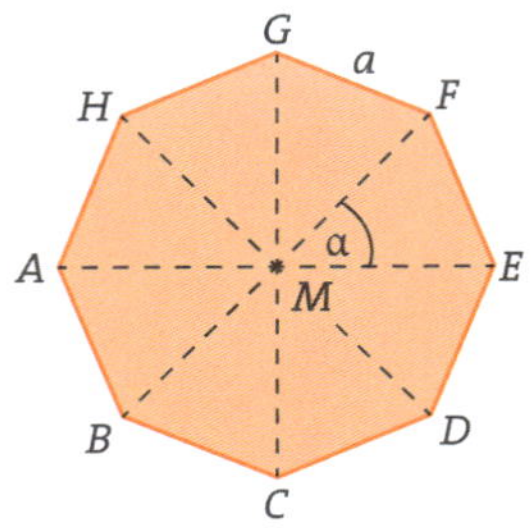

regelmäßiges Achteck

- Der Winkel α wird als Zentriwinkel bezeichnet.
- Ein regelmäßiges n-Eck besteht aus n gleichschenkligen Dreiecken.
- Ein regelmäßiges Sechseck ($n = 6$) setzt sich aus sechs gleichseitigen Dreiecken zusammen.
- Jedes regelmäßige Vieleck hat einen Umkreis.
- Der Umkreisradius entspricht der Schenkellänge der gleichschenkligen Dreiecke, aus denen sich das regelmäßige Vieleck zusammensetzt.
- Bei einem regelmäßigen Sechseck ($n = 6$) entspricht der Umkreisradius der Seitenlänge des Sechsecks.

Konstruiere das regelmäßige Sechseck mit der Seitenlänge a = 2 cm:

1. Schritt: Zeichne einen Kreis mit dem Radius r = a = 2 cm

2. Schritt: Wähle eine Punkt A auf der Kreislinie und schlage mit dem Zirkel sechsmal die Länge a = 2 cm darauf ab.

3. Schritt: Verbinde die Punkte zu einem Sechseck.

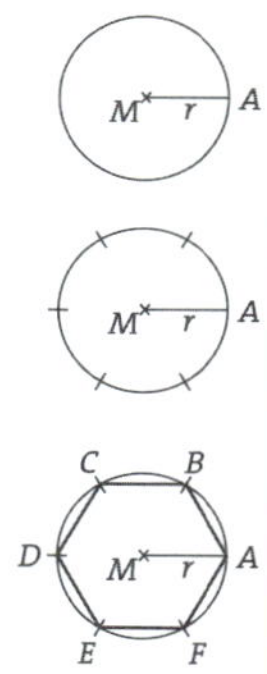

167 ✱ Konstruiere ein regelmäßiges Sechseck mit der angegebenen Seitenlänge. Wie groß ist der Zentriwinkel α?

a) $a = 3$ cm **b)** $a = 3{,}5$ cm **c)** $a = 4$ cm **d)** $a = 1{,}5$ cm

Wissen
Üben

168 ✱

**Konstruiere in einem Koordinatensystem ein regelmäßiges Sechseck mit dem Mittelpunkt M und dem Eckpunkt A.
Gib die Länge des Umkreisradius r und die Seitenlänge a an.**

a) $M = (2|3)$, $A = (5|2)$ **b)** $M = (-1|2)$, $A = (2|2)$ **c)** $M = (2|5)$, $A = (2|1)$

169 ✱✱

Führe die Konstruktionsschritte der Reihe nach aus. Welches regelmäßige Vieleck entsteht?

1. Schritt: Zeichne einen Kreis mit dem Radius $r = 2{,}5$ cm.
2. Schritt: Zeichne zwei Kreisdurchmesser ein, die senkrecht aufeinander stehen.
3. Schritt: Zeichne die Winkelsymmetralen der rechten Winkel ein.
4. Schritt: Verbinde die Punkte, die durch die senkrechten Durchmesser und die Winkelsymmetralen auf der Kreislinie entstehen.

Es entsteht ein regelmäßiges ______________________________.

170 ✱✱

Konstruiere ein regelmäßiges Achteck mit dem angegebenen Umkreisradius r.

a) $r = 2$ cm **b)** $r = 2{,}5$ cm **c)** $r = 3$ cm **d)** $r = 4$ cm

171 ✱✱

**Konstruiere in einem Koordinatensystem ein regelmäßiges Achteck mit dem Mittelpunkt M und dem Eckpunkt A.
Gib die Länge des Umkreisradius r und die Seitenlänge a an.**

a) $M = (3|3)$, $A = (6|0)$ **b)** $M = (3|0)$, $A = (5|2)$ **c)** $M = (4|3)$, $A = (7|3)$

172 ✱✱

Bestimme das Maß des Zentriwinkels α des regelmäßigen n-Ecks und das Maß des Winkels β, den der Umkreisradius r mit einer Seite a des regelmäßigen n-Ecks einschließt.

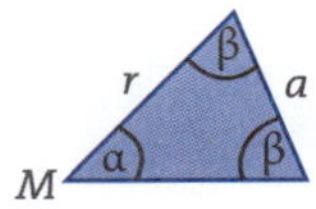

a) Achteck: $\alpha = 360° : \_\_\_\_ = \_\_\_\_°$ $\beta = (180° - \_\_\_\_) : 2 = \_\_\_\_°$

b) Sechseck: $\alpha = 360° : \_\_\_\_ = \_\_\_\_°$ $\beta = (180° - \_\_\_\_) : \_\_\_\_ = \_\_\_\_°$

c) Fünfeck: $\alpha = 360° : \_\_\_\_ = \_\_\_\_°$ $\beta = (180° - \_\_\_\_) : \_\_\_\_ = \_\_\_\_°$

d) Neuneck: $\alpha = 360° : \_\_\_\_ = \_\_\_\_°$ $\beta = (180° - \_\_\_\_) : \_\_\_\_ = \_\_\_\_°$

e) n-Eck: $\alpha = 360° : \_\_\_\_$ $\beta = (180° - \_\_\_\_) : \_\_\_\_$

TEST

Online-Test
Finde heraus, ob du das Thema dieses Kapitels schon drauf hast. Einfach QR-Code scannen und los geht's!

Üben

Verhältnisse und Proportionen

A Verhältnis

- Möchte man die Beziehung zwischen zwei Größen ausdrücken, gibt man den Quotienten der Größen an.

  Der Quotient wird als **Verhältnis** bezeichnet.

REGEL

Verhältnis der Größen a und b

=

$a : b$

„a verhält sich zu b"

- Das Verhältnis mehrerer Größen heißt **fortlaufendes Verhältnis**.

REGEL

Fortlaufendes Verhältnis der Größen a, b, c, d usw.

=

$a : b : c : d : \ldots$

- Verhältnisse darf man wie Brüche **kürzen** und **erweitern**.
- Verhältnisse gibt man mit möglichst **kleinen natürlichen** Zahlen an.

a) Anton hat 80 € gespart, Birgit 100 €.

Verhältnis der Sparguthaben: 80 : 100 → Die Einheiten € lässt du weg!

8 : 10 → gekürzt durch ______

4 : 5 → nochmal gekürzt durch ______

b) 2,5 kg : 5 kg = (2,5 · 10) : (5 · 10) = → Erweitern mit 10!

= 25 : 50 = gekürzt durch ______

= 1 : 2

173 Gib das Verhältnis mit möglichst kleinen natürlichen Zahlen an.

*

a) 40 m : 20 m = ____________________

b) 100 Liter : 20 Liter = ______________

c) 300 kg : 50 kg = _______________

d) 35 t : 15 t = ____________________

174 Gib das Verhältnis mit möglichst kleinen natürlichen Zahlen an.

**

3 t : 4,5 t → Erweitere mit 10, sodass beide Verhältniszahlen natürlich sind.
30 : 45 → Kürze durch 15.
2 : 3

a) 5 kg : 7,5 kg = __________________

b) 3 Liter : 0,5 Liter = _______________

c) 0,3 hl : 1,5 hl = __________________

d) 0,4 mm : 0,2 mm = _______________

175 Kürze das fortlaufende Verhältnis so weit wie möglich.

**

a) 10 dm : 20 dm : 30 dm = _________________________

b) 16 cm : 12 cm : 20 cm = __________________________

c) 50 kg : 100 kg : 70 kg : 40 kg = __________________

d) 12 t : 16 t : 8 t : 20 t = ___________________________

176 Finde zwei Strecken, die sich wie angegeben verhalten.

***

Zwei Strecken sollen sich wie 3 : 5 verhalten. Wähle dazu eine beliebige Streckenlänge und multipliziere sie mit den Verhältniszahlen, z. B.
2,5 cm   2,5 cm · 3 = 7,5 cm   2,5 cm · 5 = 12,5 cm
Die Strecken 7,5 cm und 12,5 cm verhalten sich wie 3 : 5.

a) 1 : 5

b) 2 : 7

c) 8 : 3

d) 12 : 5

e) 11 : 12

B Verhältnisgleichung

- Werden zwei Verhältnisse gleichgesetzt, entsteht eine **Verhältnisgleichung** (**Proportion**).

REGEL

$a : b = c : d$ bzw. $\frac{a}{b} = \frac{c}{d}$

„a verhält sich zu b wie c zu d"

- Man multipliziert die Proportion mit b und d und erhält eine **Produktgleichung**.

REGEL

$a \cdot d = b \cdot c$

Produkt der Außenglieder = Produkt der Innenglieder

Überprüfe mit der Regel für das Auflösen von Proportionen, ob die Proportionen richtig sind. Ergänze bzw. streiche durch.

a) $36 : 24 = 1{,}8 : 1{,}2$ $\quad 36 \cdot 1{,}2 = 24 \cdot 1{,}8$

$43{,}2 = 43{,}2$ ✓ d. h., die Proportion stimmt

b) $7{,}7 : 5{,}6 = 39 : 28$ $\quad$ ______ · ______ = ______ · ______

______ = ______

richtige / falsche Aussage

d. h., die Proportion stimmt / stimmt nicht

- Fehlende Verhältniszahlen lassen sich durch **Lösen der** entsprechenden **Produktgleichung** bestimmen.

$3{,}5 : x = 2 : 5$ → Proportion auflösen

$3{,}5 \cdot 5 = 2 \cdot x$ → Gleichung lösen

______ : ______ $= x$ → $x = 8{,}75$

177 ✱ Kreuze an, ob die Proportion richtig oder falsch ist. Finde das Lösungswort.

	richtig	falsch
28 : 6 = 70 : 15	☐ E	☐ R
3,6 : 4,8 = 6,6 : 8,8	☐ C	☐ U
8 : 9 = 15 : 8	☐ B	☐ H
16 : 9,6 = 5 : 3	☐ S	☐ E
4,5 : 1,2 = 0,8 : 9,8	☐ L	☐ E

Lösungswort: ____________________

178 ✱ Verwandle in eine Produktgleichung und bestimme die fehlende Verhältniszahl.

a) $x : 3 = 5 : 2$ ____________________

b) $6 : x = 2 : 7$ ____________________

c) $4 : 5 = x : 9$ ____________________

d) $1 : 2 = 13 : x$ ____________________

179 ✱✱ Ordne den Proportionen in der linken Spalte die passende fehlende Verhältniszahl zu.

$\frac{1}{3} : a = \frac{2}{3} : \frac{1}{4}$	
$\frac{2}{5} : \frac{1}{6} = b : \frac{3}{4}$	
$c : \frac{1}{4} = \frac{1}{5} : \frac{1}{6}$	
$\frac{2}{7} : 5 = \frac{3}{8} : d$	

A	0,3
B	$\frac{1}{8}$
C	$\frac{105}{16}$
D	$\frac{9}{5}$

180 ✱✱✱ Berechne die fehlende Zahl.

$(2x + 1) : 4 = 1 : 3 \rightarrow 3(2x + 1) = 4 \rightarrow 6x + 3 = 4 \rightarrow 6x = 1 \rightarrow x = \frac{1}{6}$

a) $2 : (x - 1) = 3 : 5$ ____________________

b) $5 : 4 = (2x - 1) : 3$ ____________________

c) $(3x + 6) : 5 = 6 : 1$ ____________________

C Schlussrechnungen

- **Schlussrechnungen** können mittels **Proportionen** gelöst werden.
- Man muss herausfinden, in welchem **Verhältnis** die im Beispiel vorkommenden Größen stehen:

REGEL

Direkte Proportionalität: Dem n-fachen der ersten Größe wird das n-fache der zweiten Größe zugeordnet:
„je mehr, desto mehr"

Indirekte Proportionalität: Dem n-fachen der ersten Größe wird der n-te Teil der zweiten Größe zugeordnet:
„je mehr, desto weniger"

Ein Auto braucht auf 100 km rund 6 Liter Benzin. Wie weit kommt man mit 45 Liter Treibstoff?

***Je mehr** Kilometer man fährt, **desto mehr** Liter Benzin werden verbraucht. Die Größen „Kilometer" und „Liter" sind **direkt** proportional.*

*Ansatz mit einer **Tabelle**:*

km	l
100	6
x	45

Mache bei einer direkten Proportionalität zwei Pfeile, die in dieselbe Richtung zeigen, von oben nach unten oder von unten nach oben.

*Setze in Pfeilrichtung eine **Verhältnisgleichung** an und löse sie.*

$$100 : x = 6 : 45$$
$$x = (100 \cdot 45) : 6$$
$$x = 750 \text{ km}$$

Mit 45 Liter Benzin kommt man 750 km weit.

181 Löse mittels Proportionen.
✱✱✱

Fährt man eine Strecke im Mittel mit 90 km/h, braucht man dafür 30 min. Wie lang braucht man für diese Strecke, wenn man im Mittel mit 100 km/h unterwegs ist? Ergänze.

Je mehr km/h (d. h. je schneller) man fährt, **desto** ______________ Minuten braucht man.

Die Größen „km/h" und „Minuten" sind ______________ proportional.

km/h	min
90	30
100	x

Bei einer indirekten Proportionalität zeigen die **Pfeile** in **entgegengesetzte Richtungen**.

90 : 100 = __________ : __________

x = ____________________

Fährt man mit durchschnittlich 100 km/h, braucht man __________ Minuten.

a) Für eine bestimmte Arbeit brauchen 24 Arbeiter 18 Tage. Wie lange brauchen 18 Arbeiter für dieselbe Arbeit?

b) Für 15 dag Wurst zahlt man in einem Supermarkt 1,40 €. Wie viel muss man bezahlen, wenn man 20 dag derselben Wurst nimmt?

c) Ein Auto legt in 1,5 Stunden eine Strecke von 135 km zurück. Welchen Weg legt es bei derselben mittleren Geschwindigkeit in 2 Stunden zurück?

d) Ein Hund läuft mit durchschnittlich 14,4 km/h und braucht für eine Strecke 6 Minuten. In welcher Zeit legt ein Pferd, das durchschnittlich 32,4 km/h schnell ist, dieselbe Strecke zurück?

e) Für 300 km braucht ein PKW rund 24,6 Liter Benzin. Wie weit kommt der PKW, wenn sich im Tank 41 Liter Treibstoff befinden?

f) Ist ein Auto mit durchschnittlich 70 km/h unterwegs, erreicht es sein Ziel nach 3,25 Stunden. Wie lang braucht es mit einer durchschnittlichen Geschwindigkeit von 91 km/h?

TEST

Online-Test
Finde heraus, ob du das Thema dieses Kapitels schon drauf hast. Einfach QR-Code scannen und los geht's!

Ähnlichkeit

A Ähnliche und kongruente Figuren

REGEL

Ähnliche Figuren:
- haben **gleiche Gestalt**, aber **unterschiedliche Größe**
- entsprechende **Längen stehen im selben Verhältnis**
- entsprechende **Winkel sind gleich groß**

Die Rechtecke ABCD und $A_1B_1C_1D_1$ sind ähnlich. Es gilt:

$\overline{AB} : \overline{A_1B_1}$ = 4 cm : 6 cm = 2 : 3

$\overline{BC} : \overline{B_1C_1}$ = = 6 cm : 9 cm = 2 : 3

Alle Winkel sind 90°.

Man schreibt:
$ABCD \sim A_1B_1C_1D_1$

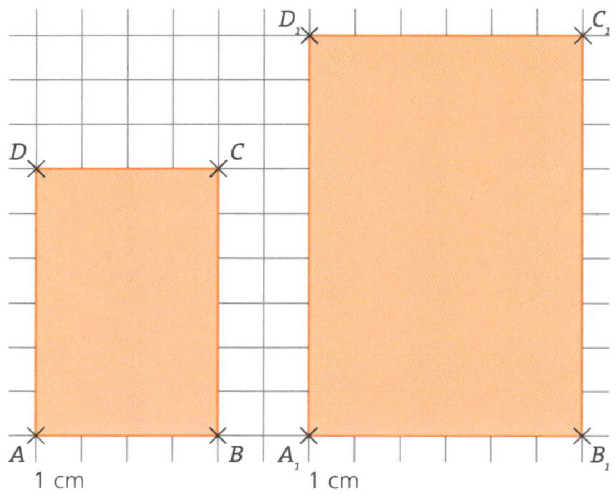

REGEL

Kongruente Figuren :
- haben **gleiche Gestalt** und **gleiche Größe**
- **Kongruenz** = Spezialfall der Ähnlichkeit

Die Dreiecke ABC und $A_1B_1C_1$ sind kongruent.

Man schreibt:
$ABC \approx A_1B_1C_1$

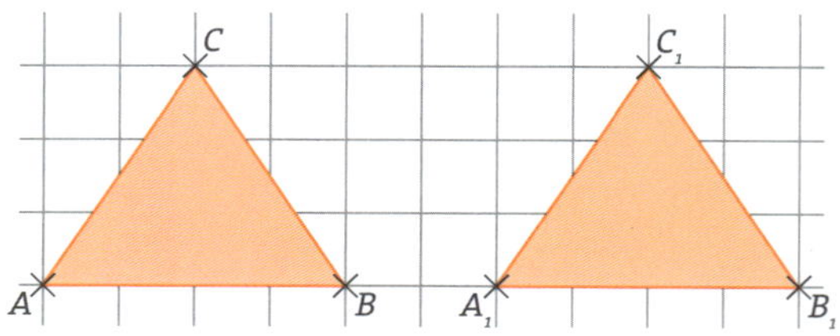

182 Sind die Figuren ähnlich bzw. kongruent? Begründe deine Antwort.

a)

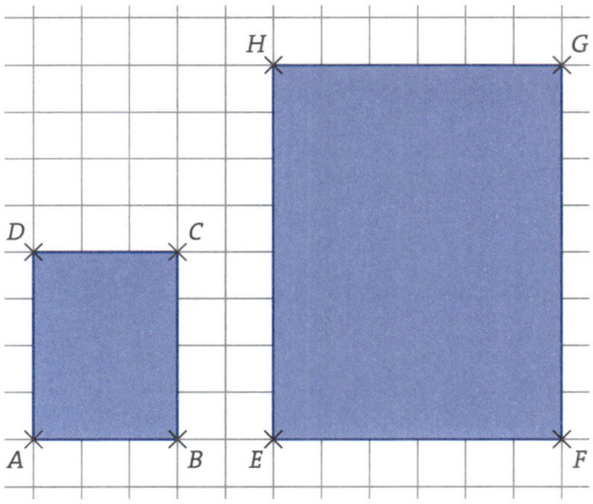

b)

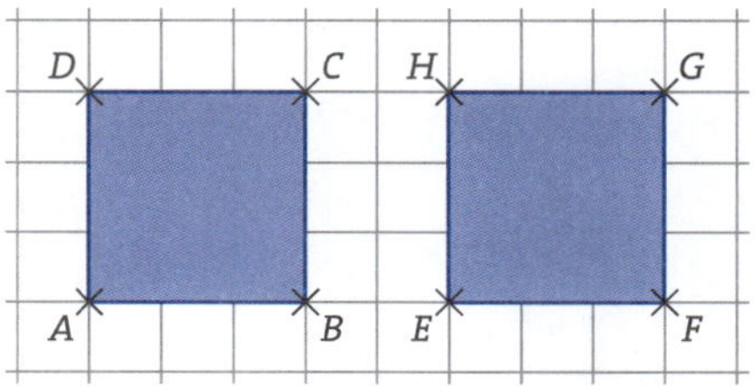

c)

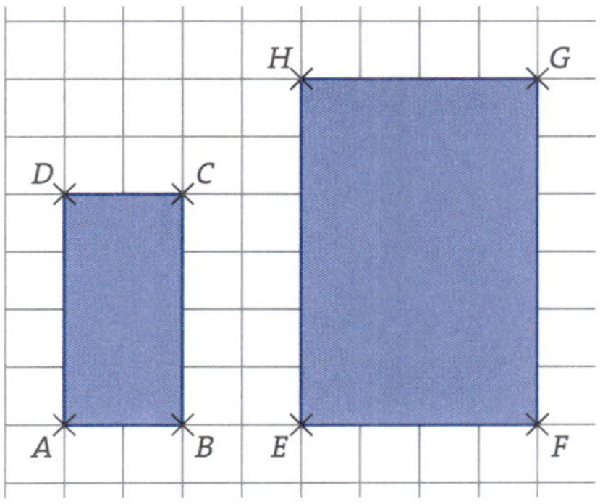

d)

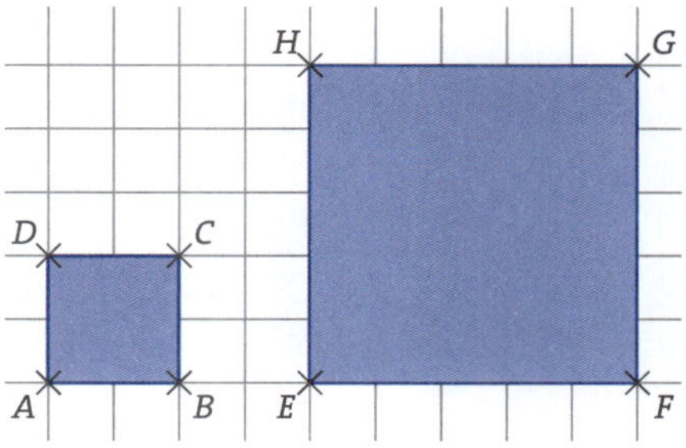

183 In einem Dreieck ist das Verhältnis der Seitenlängen bekannt, $a : b : c = 4 : 5 : 6$. Überprüfe, ob die gegebenen Dreiecke dazu ähnlich sind, d. h., es gilt: $a : b : c = a_1 : b_1 : c_1$.

a) $a_1 = 12$ cm, $b_1 = 15$ cm, $c_1 = 18$ cm ☐ ja ☐ nein

b) $a_1 = 48$ cm, $b_1 = 60$ cm, $c_1 = 75$ cm ☐ ja ☐ nein

c) $a_1 = 804$ cm, $b_1 = 1\,005$ cm, $c_1 = 1\,206$ cm ☐ ja ☐ nein

184 Das Dreieck mit den Seitenlängen a, b und c ist ähnlich zum Dreieck mit den Seitenlängen a_1, b_1, und c_1. Berechne die fehlenden Seitenlängen.

Tipp: Setze mit entsprechenden Seitenlängen eine Verhältnisgleichung an.

a) $a = 8$ cm, $b = 5$ cm, $c = 6$ cm; $b_1 = 3$ cm

b) $a = 8{,}5$ cm, $b = 6{,}8$ cm, $c = 11{,}9$ cm; $a_1 = 8$ cm

c) $a = 5$ cm, $b = 8$ cm, $c = 7$ cm; $a_1 = 43$ cm

B Umfänge und Flächeninhalte ähnlicher Figuren

- Bei der Berechnung von Umfängen und Flächeninhalten ähnlicher Figuren treten gleichbleibende Verhältnisse auf:

REGEL

Umfänge verhalten sich wie entsprechende Seitenlängen:
$u : u_1 = a : a_1 = b : b_1 = c : c_1 = \ldots$

Flächeninhalte verhalten sich wie die Quadrate entsprechender Seitenlängen:
$A : A_1 = a^2 : a_1^2 = b^2 : b_1^2 = c^2 : c_1^2 = \ldots$

a) Ein gleichschenkliges Dreieck ABC hat die Seitenlängen $a = b = 11$ cm und $c = 8$ cm; $u_1 = 78$ cm ist der Umfang eines dazu ähnlichen Dreiecks.

Es gilt $u : u_1 = a : a_1 = b :$ ______ = ______ : ______

Umfang des Dreiecks ABC:
$u = a + b + c =$ ______ + ______ + ______ + ______

Verhältnis berechnen: $u : u_1 =$ ______ $: 78 =$ ______ : ______

Seiten von $A_1B_1C_1$:

$a : a_1 = 5 : 13$

$11 : a_1 = 5 : 13$ $a_1 =$ ______ cm $= b_1$

$c : c_1 = 5 : 13$

______ $: c_1 = 5 : 13$ $c_1 =$ ______ cm

b) Von einem Rechteck ABCD kennt man die Seitenlängen $a = 4$ cm und $b = 5$ cm. Ein dazu ähnliches Rechteck hat den Flächeninhalt $A_1 = 125\text{ cm}^2$.

Es gilt $A : A_1 = a^2 : a_1^2 =$ ______ : ______

Flächeninhalt des Rechtecks ABCD: $A = a \cdot b =$ ______ · ______ = ______ cm^2

Verhältnis berechnen: $A : A_1 =$ ______ $: 125 =$ ______ : ______

Seiten von $A_1B_1C_1D_1$:

$a^2 : a_1^2 = 4 : 25$

$16 : a_1^2 = 4 : 25$ $a_1 =$ ______ cm

$b^2 : b_1^2 = 4 : 25$

______ $: b_1^2 = 4 : 25$ $b_1 =$ ______ cm

185 ✱ Ein Dreieck hat die Seitenlängen $a = 7{,}5$ cm, $b = 13{,}1$ cm und $c = 10{,}2$ cm. Ergänze die Seitenlängen eines dazu ähnlichen Dreiecks mit dem Umfang u_1.

u_1	a_1	b_1	c_1
27,81 cm			
46,35 cm			
77,25 cm			

186 ✱ Ein Viereck hat die Seitenlängen $a = 3{,}2$ dm, $b = 2$ dm, $c = 1{,}4$ dm und $d = 2{,}6$ dm. Ergänze die Seitenlängen eines dazu ähnlichen Vierecks mit dem Umfang u_1.

u_1	a_1	b_1	c_1	d_1
4,6 dm				
23 dm				
80,5 dm				

187 ✱✱ Ein Dreieck hat die Seitenlängen $a = 120$ cm, $b = 180$ cm und $c = 150$ cm. Ein dazu ähnliches Dreieck hat die Seitenlänge $a_1 = 180$ cm.

a) Bestimme b_1 und c_1.

b) Berechne die Umfänge u und u_1 und gib das Verhältnis $u : u_1$ an.

188 ✱✱ Bestimme den Flächeninhalt A_1 des ähnlichen Vierecks.

a) $a = 10$ cm, $A = 256$ cm^2, $a_1 = 6$ cm **b)** $b = 5$ cm, $A = 121$ cm^2, $b_1 = 13$ cm

189 ✱✱ Für den Flächeninhalt zweier ähnlicher Dreiecke gilt $A : A_1 = 9 : 25$. Bestimme das entsprechende Bestimmungsstück des ähnlichen Dreiecks.

a) $a = 2{,}7$ dm **b)** $c = 2{,}4$ cm **c)** $h_a = 3{,}9$ cm

190 ✱✱✱ Die Seitenlängen eines Rechtecks sind $a = 6$ cm und $b = 11$ cm. Ergänze die Seitenlängen eines dazu ähnlichen Rechtecks mit dem Flächeninhalt A_1.

A_1	a_1	b_1
148,5 cm^2		
16,5 cm^2		
412,5 cm^2		

Üben

C Der Strahlensatz

Von einem Punkt S gehen zwei Strahlen aus (daher auch der Name der Satzgruppe), die von zwei Parallelen geschnitten werden.

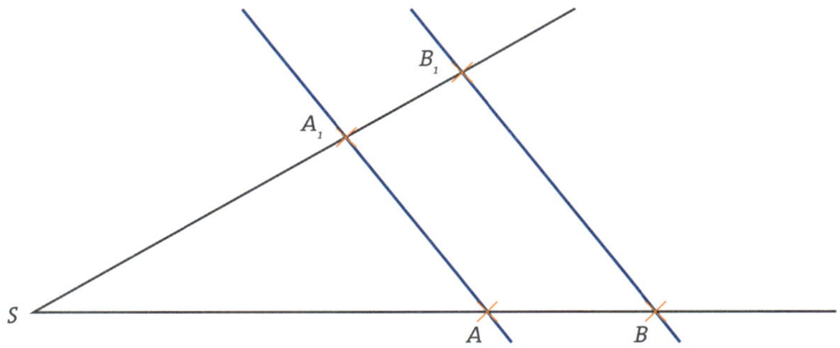

REGEL

1. Strahlensatz:
Die Abschnitte auf dem ersten Strahl verhalten sich wie entsprechende Abschnitte auf dem anderen Strahl.
$\overline{SA} : \overline{SB} = \overline{SA_1} : \overline{SB_1}$ $\overline{SA} : \overline{AB} = \overline{SA_1} : \overline{A_1B_1}$

2. Strahlensatz:
Die Abschnitte auf den Parallelen verhalten sich wie die entsprechenden von S aus gemessenen Abschnitte auf den Strahlen:
$\overline{AA_1} : \overline{BB_1} = \overline{SA} : \overline{SB}$ $\overline{AA_1} : \overline{BB_1} = \overline{SA_1} : \overline{SB_1}$

Berechne die fehlende Länge x. Runde auf 2 Nachkommastellen.

$5{,}75 : 2{,}38 = 4{,}88 : x$

_______ · x = _______ · _______

$x \approx$ _______

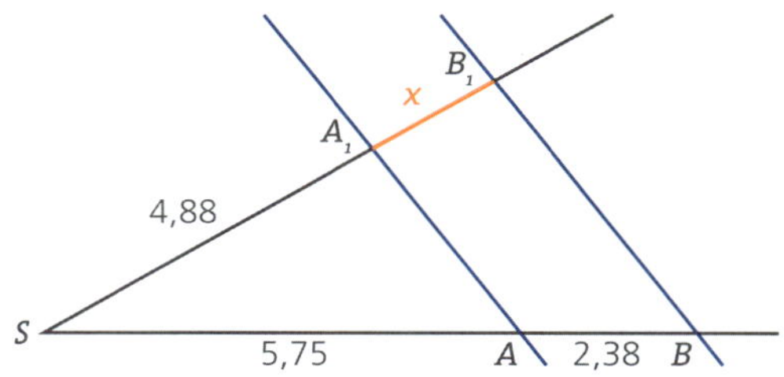

191 Berechne die Länge der Strecke *x*. Runde auf 2 Nachkommastellen.

*

a)

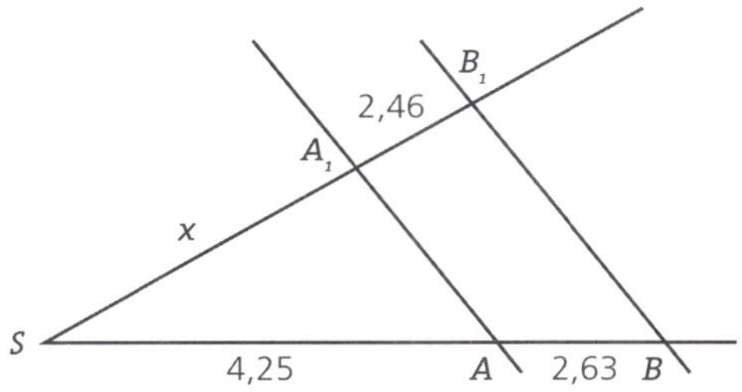

b)

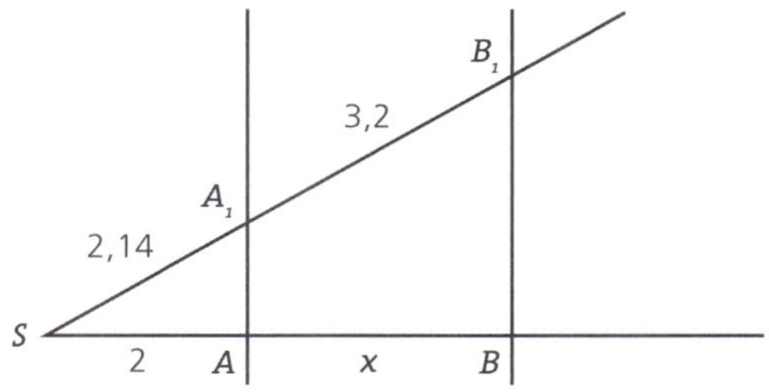

192 Berechne die Länge der Strecken *x* und *y*. Runde auf 2 Nachkommastellen.

**

a)

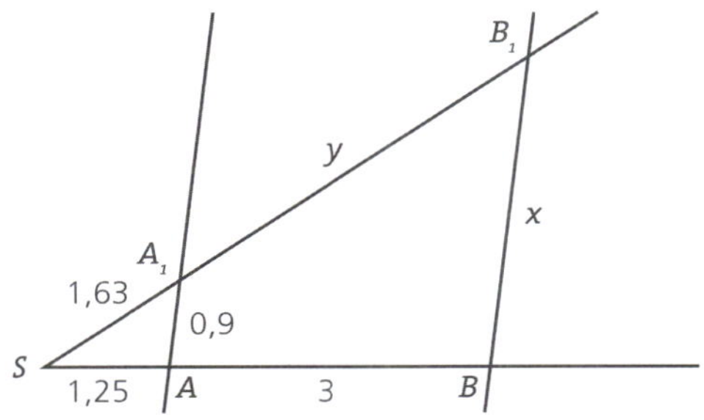

b)

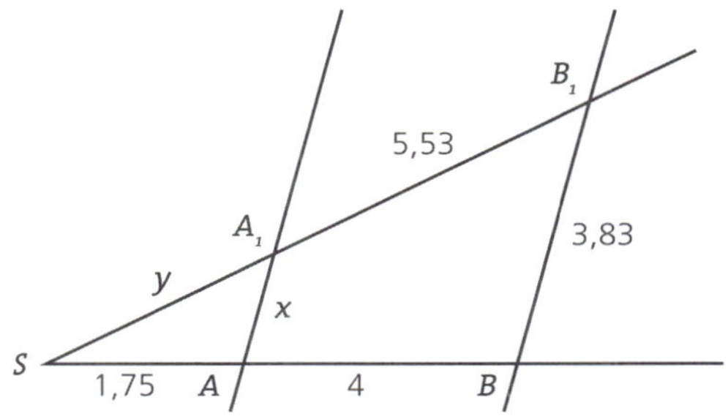

193 Berechne die Länge der Strecke *x*. Achte auf einander entsprechende Strecken!

***

a)

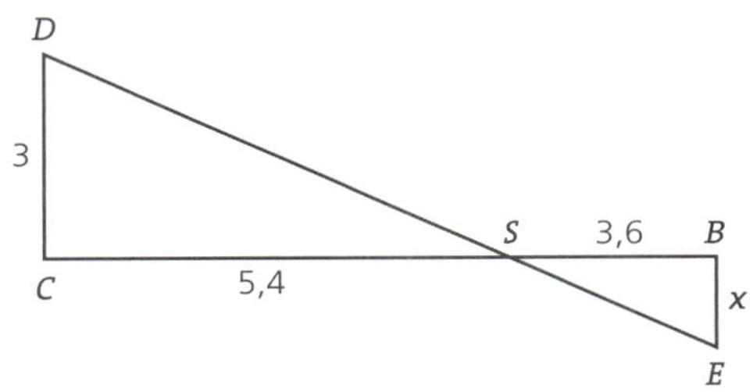

b)

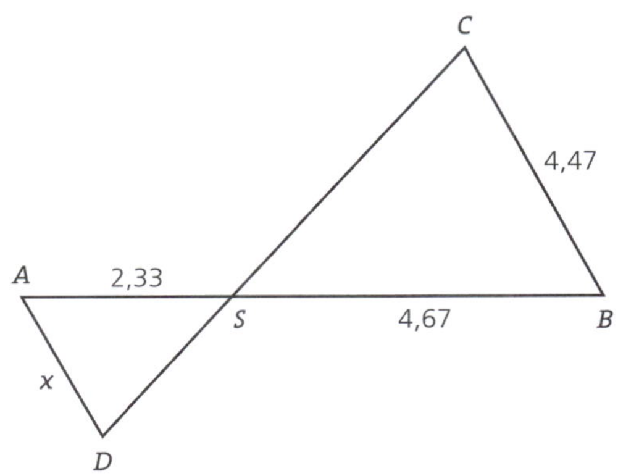

D Teilen von Strecken

- Strecken können **graphisch** in eine bestimmte Anzahl von gleich langen Teilstrecken bzw. in einem bestimmten Verhältnis geteilt werden.
- Die Grundlage dafür bildet der **Strahlensatz**.

a) Teile die Strecke $\overline{AB}$ = 5 cm in 3 gleich lange Teilstrecken.

- *Zeichne die Strecke AB und ziehe von A aus einen Strahl s (der Winkel ist egal!).*
- *Trage auf s von A aus 3 gleich lange Strecken auf und verbinde den letzten Punkt E mit B.*
- *Zieh durch die Punkte C und D Parallele zu EB.*

AB ist in drei gleich lange Teilstrecken geteilt.

Die Länge einer Teilstrecke beträgt 1,7 cm.

Kontrolle durch eine Rechnung:

5 cm : 3 ≈ ________ cm

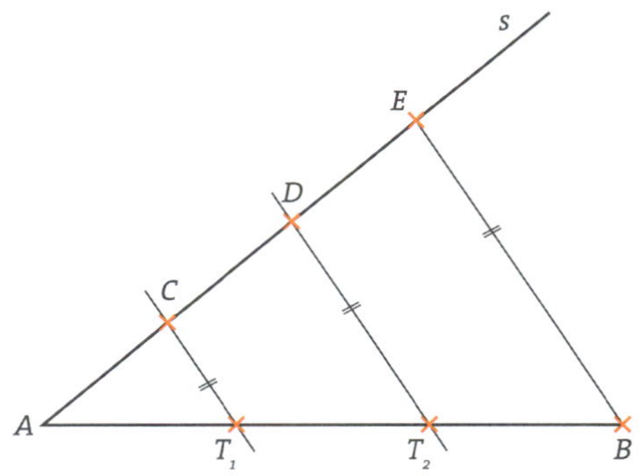

b) Teile die Strecke $\overline{AB}$ = 65 mm im Verhältnis 3 : 4.

- *Zeichne die Strecke AB und von A aus einen Strahl s.*
- *Zeichne auf s 3 + 4 = 7 (Summe der Verhältniszahlen) Teile ein.*
- *Verbinde B mit D.*
- *Verschiebe die Strecke BD parallel bis C.*
- *T teilt AB im Verhältnis 3 : 4.*

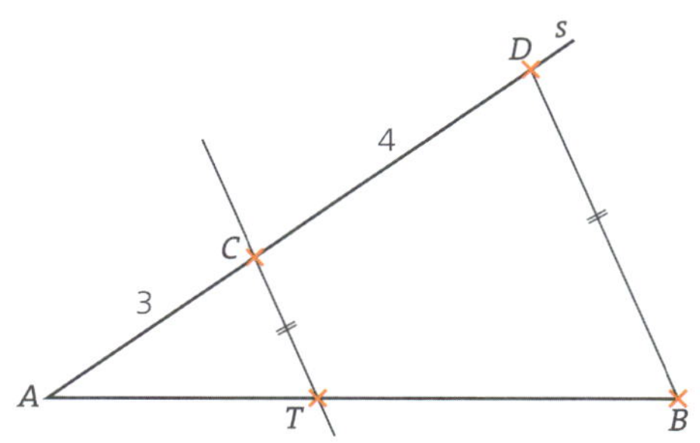

$\overline{AT}$ = 28 mm

Kontrolle durch Rechnung: $\overline{AB}$ = (65 : 7) · 3 ≈ ________ mm

Wissen

194 Lies das Verhältnis ab, in dem die Strecke geteilt wird.
✱

a)

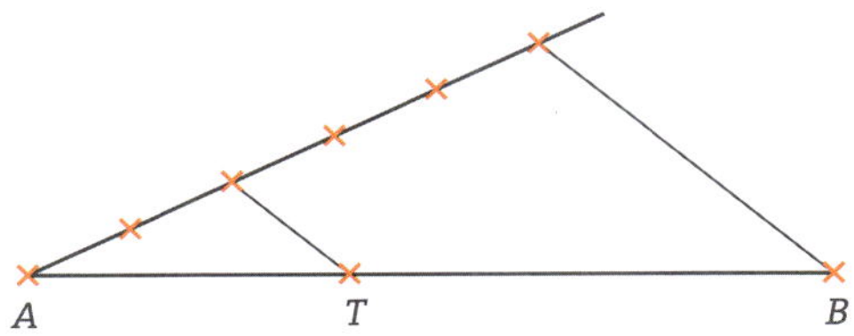

______ : ______

c)

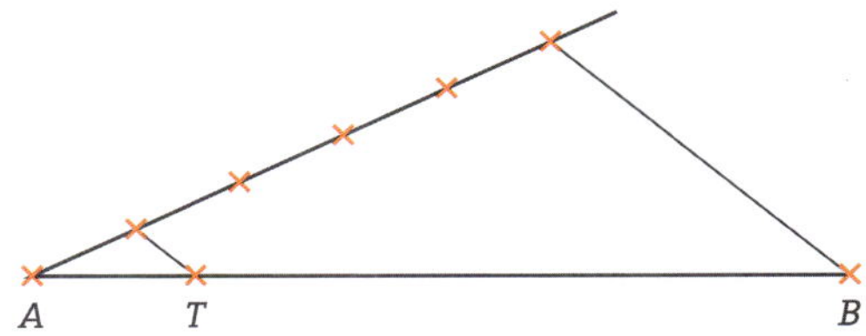

______ : ______

b)

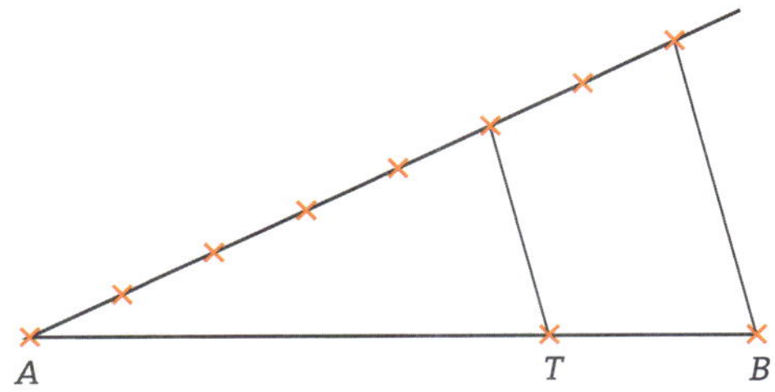

______ : ______

d)

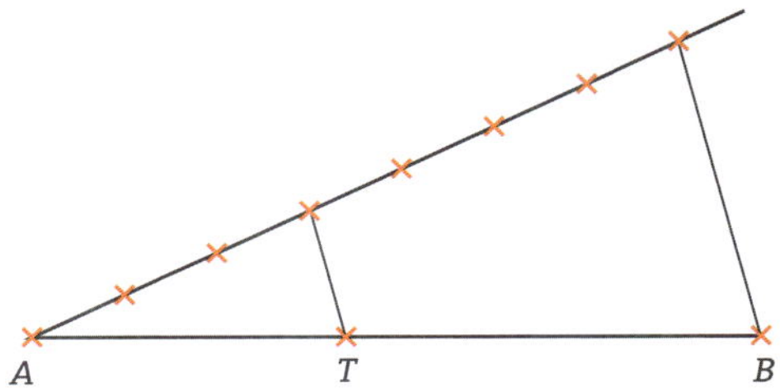

______ : ______

195 Teile die Strecke $\overline{AB} = 8{,}5$ cm graphisch in die angegebenen gleich langen Teilstrecken.
✱

a) 3 Teilstrecken **b)** 5 Teilstrecken **c)** 8 Teilstrecken

196 Teile die Strecke graphisch im angegebenen Verhältnis.
✱

a) $\overline{AB} = 9$ cm, 5 : 3 **b)** $\overline{AB} = 10$ cm, 3 : 2 **c)** $\overline{AB} = 7$ cm, 1 : 5

197 Teile die Strecke graphisch im angegebenen Verhältnis.
✱✱

a) $\overline{AB} = 14$ cm, 3 : 4 : 5 **b)** $\overline{AB} = 9$ cm, 4 : 1 : 5 **c)** $\overline{AB} = 11$ cm, 1 : 3 : 4

198 Konstruiere die Strecke AB. T ist der Teilungspunkt von AB.
✱✱✱

a) $\overline{AT} = 2{,}7$ cm, das Teilungsverhältnis von AB ist 3 : 7.

b) $\overline{AT} = 6$ cm, das Teilungsverhältnis von AB ist 3 : 1.

Skizze zu **a)**

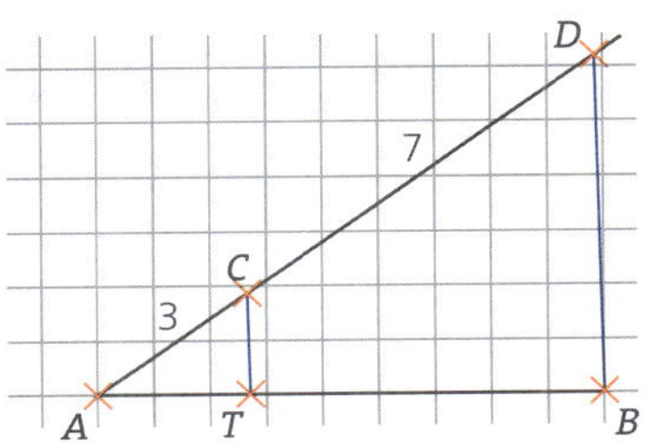

E Vergrößern und Verkleinern von Strecken und Figuren

- Strecken können in einem vorgegebenen Verhältnis vergrößert und verkleinert werden.
- Steht im Verhältnis die kleinere Zahl zuerst, wird **vergrößert**, z. B. **2 : 6**.
- Steht im Verhältnis die größere Zahl zuerst, wird **verkleinert**, z. B. **8 : 3**.

a) Vergrößere die Strecke $\overline{AB}$ = 32 mm im Verhältnis 2 : 3.

- Zeichne die Strecke und von A aus einen Strahl s.
- Trage auf s von A aus 2 und 3 gleich lange Teile auf.
- Verbinde B mit Punkt 2.
- Verschiebe die Linie parallel durch den Punkt 3.
- $\overline{AB_1}$ ist die vergrößerte Strecke.

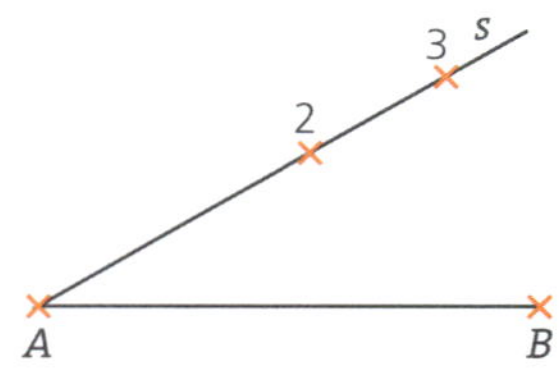

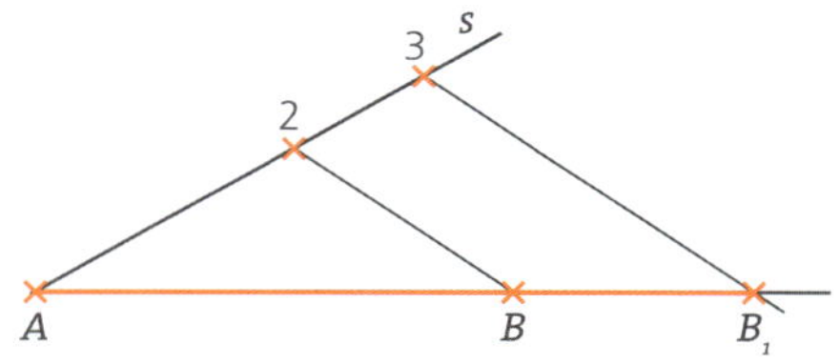

b) Verkleinere die Strecke $\overline{AB}$ = 29 mm im Verhältnis 6 : 4.

- Zeichne die Strecke und von A aus einen Strahl s.
- Trage auf s von A aus 6 und 4 gleich lange Teile auf.
- Verbinde B mit dem Punkt 6.
- Verschiebe die Linie parallel durch den Punkt 4.
- AB_1 ist die verkleinerte Strecke.

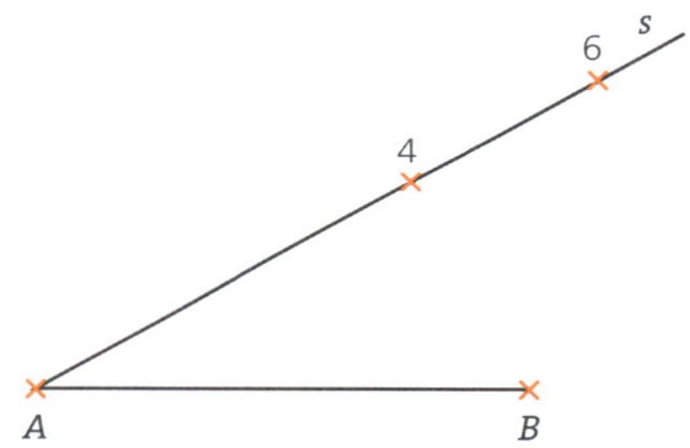

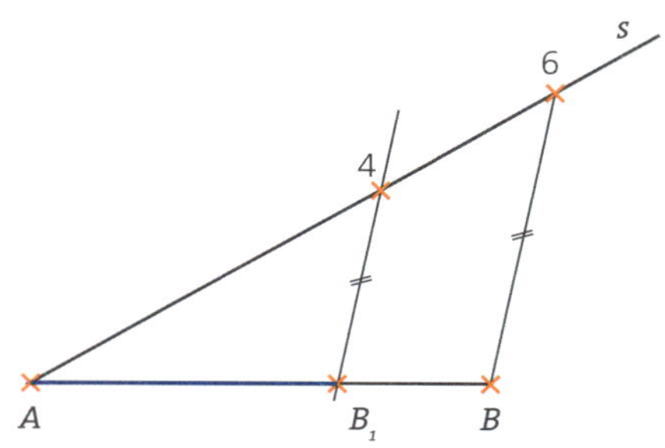

- Auch **ebene Figuren** können auf diese Weise **vergrößert** bzw. **verkleinert** werden.

Vergrößere das Rechteck ABCD mit $a = 3{,}5$ cm und $b = 2$ cm im Verhältnis 1 : 2.

- *Zeichne das Rechteck ABCD und wähle einen beliebigen Punkt S als Ähnlichkeitszentrum (Streckungszentrum).*
- *Zeichne durch jeden Punkt einen Strahl, der durch S geht.*
- *Zeichne eine Hilfslinie durch S und zeichne darauf einen und zwei (1 : 2) gleich große Teile ein.*
- *Beginne zB mit B und vergrößere die Strecke SB im gegebenen Verhältnis.*
- *Verschiebe nun sämtliche Strecken parallel. Durch B_1 ziehe die Parallele zu AB. Dort, wo sie den Strahl durch A schneidet, ist A_1 usw.*

Skizze:

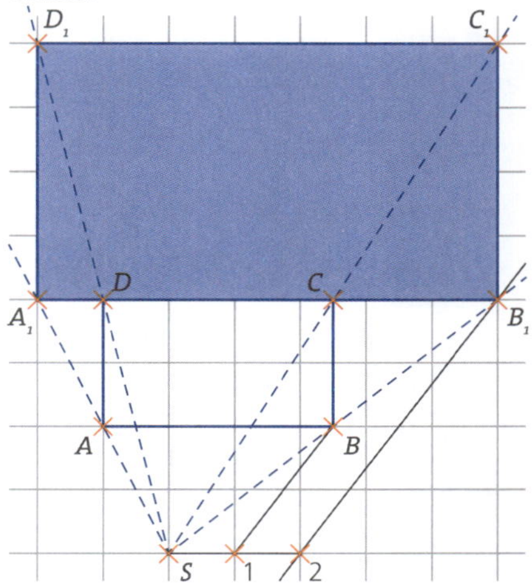

- Eine **Verkleinerung** funktioniert auf dieselbe Weise.

Wissen
Üben

199 Vergrößere die Strecke graphisch.

a) $\overline{AB} = 3$ cm, 2 : 5 **b)** $\overline{AB} = 5$ cm, 5 : 7 **c)** $\overline{AB} = 4{,}5$ cm, 3 : 5

200 ✱✱ Verkleinere die Strecke graphisch.

a) $\overline{AB} = 11$ cm, 7 : 3 **b)** $\overline{AB} = 9$ cm, 10 : 4 **c)** $\overline{AB} = 13$ cm, 9 : 4

201 ✱✱✱ Zeichne die Figur und vergrößere bzw. verkleinere sie.

a) Dreieck: $a = 3$ cm, $b = 4$ cm, $c = 2{,}5$ cm; 1 : 2

b) Rechteck: $a = 8$ cm, $b = 5$ cm; 6 : 5

c) Quadrat: $a = 9$ cm; 7 : 2

TEST

Online-Test
Finde heraus, ob du das Thema dieses Kapitels schon drauf hast. Einfach QR-Code scannen und los geht's!

Zinsrechnung

A Prozentrechnung

- Ein Prozent ist **ein Hundertstel des Ganzen**: $1\% = 0{,}01 = \frac{1}{100}$
- Bei der Prozentrechnung kann man eine von **drei Größen** berechnen:

Grundwert *G*: Der **Grundwert** gibt die Grundgesamtheit an (Preis, Fläche, Volumen usw.)

Prozentsatz *p*: Gibt an, **wie viele Hundertstel von *G*** gemeint sind.

Prozentwert *W*: Gibt den **Wert** an, den der **Prozentsatz in Bezug auf** den **Grundwert** ausmacht.

REGEL

$$W = G \cdot \frac{p}{100} \qquad p = \frac{W}{G} \cdot 100 \qquad G = \frac{W}{p} \cdot 100$$

a) Welche Zahl entspricht dem Grundwert, dem Prozentsatz und dem Prozentwert?
40% (__________) von 25 Schülerinnen und Schülern (__________) einer Klasse lieben Mathematik. Das sind 10 Schülerinnen und Schüler (__________).

b) Helene hat von 40 € Taschengeld bereits 15% ausgegeben. Wie viel Euro sind das?
40 € ist der G __________, 15% der P __________.
Gesucht ist der P __________.

W = ________ · $\frac{}{100}$ = ________ · ________ = 6 €

202 Ergänze die Bezeichnungen und berechne die fehlenden Größen.

✱ **a)** Tom hat von seinen 50 € Taschengeld schon 30 € ausgegeben.

50 € = ______________ 30 € = ______________

Gesucht ist der ______________. p = ______________

b) Gerda hat von ihren Hausübungsbeispielen bereits 3 gemacht. Das sind 75%.

3 = ______________ 75% = ______________

Gesucht ist der ______________. G = ______________

203 Kreuze die Schreibweisen an, die 56% entsprechen.

✱

☐	☐	☐	☐	☐
5,6	0,56	$\frac{56}{10}$	$\frac{56}{100}$	0,0056

204 Berechne die fehlende Größe.

✱ **a)** 25% von 840 m

✱ **b)** Tina hebt von ihrem Sparbuch 120 € ab. Das sind 40% des aktuellen Guthabens. Berechne das Guthaben vor der Behebung.

c) Auf einem LKW sind 8 Tonnen Sand. 2,5 Tonnen werden abgeladen. Wieviel Prozent sind das?

d) Ein Gärtner hat bereits 550 m² eines Gartens gemäht. Das sind 40% der gesamten Gartenfläche. Berechne die Gesamtfläche des Gartens.

e) Emmi gibt beim Kauf einer 200 € teuren Ware eine Anzahlung von 19%. Wie viel Euro zahlt Emmi an?

205 Bestimme den ursprünglichen Preis. Überlege: Wie viel Prozent entsprechen dem Geldbetrag?

✱✱✱

a) 52,20 € ist der um 10% verbilligte Preis. ______________

b) 156 € ist der um 30% verteuerte Preis. ______________

c) 132 € ist der Preis inklusive 20% Mehrwertsteuer. ______________

d) 513 € ist der Preis nach Abzug von 5% Skonto. ______________

e) 663 € ist der Preis nach Abzug von 15% Rabatt. ______________

B Promillerechnung

- Ein Promille ist ein Tausendstel des Ganzen: $1‰ = 0{,}001 = \frac{1}{1000}$
- Bei der Promillerechnung kann man eine von drei Größen berechnen:

Grundwert *G*: Der Grundwert gibt die Grundgesamtheit an (Preis, Länge, Volumen …)

Promillesatz *p*: Gibt an, wie viele Tausendstel von *G* gemeint sind.

Promillewert *W*: Gibt den Wert an, den der Promillesatz in Bezug auf den Grundwert ausmacht.

REGEL

$W = G \cdot \frac{p}{1000}$ $\quad p = \frac{W}{G} \cdot 1000$ $\quad G = \frac{W}{p} \cdot 1000$

a) Gib an, welche Zahl dem Grundwert, dem Promillesatz bzw. Promillewert entspricht.

Ein Haus wird auf 2 000 000 € (____________________) gegen einen Brandschaden versichert. Die jährliche Versicherungsprämie in der Höhe von 5‰ (________________) der Versicherungssumme beträgt 10 000 € (________________).

b) Gib an, was dem Grundwert, dem Promillesatz bzw. Promillewert entspricht, und berechne die fehlende Größe.

2 000 kg (________________) einer Flüssigkeit enthalten 35‰ (________________) Salz. Wie viel Kilogramm Salz (________________) sind in der Flüssigkeit?

$W = \_\_\_\_\_\_ \cdot \frac{\_\_\_}{1000} = \_\_\_\_\_\_ \cdot \_\_\_\_\_\_ = 70$ kg

206 * Schreibe den angegebenen Promillesatz in gekürzter Bruchschreibweise bzw. als Dezimalzahl.

	2‰	25‰	50‰	950‰
Bruchschreibweise				
Dezimalzahl				

207 Schreibe den Bruch in Promilleschreibweise.
*

a) $\frac{57}{1000}$ = ____________ **b)** $\frac{254}{1000}$ = ____________ **c)** $\frac{670}{1000}$ = ____________

208 Schreibe die Dezimalzahl in Promilleschreibweise.
*

a) 0,354 = ____________ **b)** 0,72 = ____________ **c)** 0,07 = ____________

209 Kreuze die Schreibweisen an, die 850‰ entsprechen.
*

☐	☐	☐	☐	☐
0,085	$\frac{17}{20}$	0,85	$\frac{850}{1000}$	8,50

210 Berechne den Promillewert.
*

a) 2‰ von 3 000 € sind ____________ €.

b) 10‰ von 5 000 kg sind ____________ kg.

c) 500‰ von 10 000 € sind ____________ €.

d) 750‰ von 12 000 dag sind ________ dag.

211 Berechne den Promillesatz.
**

a) 400 € von 1 000 € sind ____________‰.

b) 500 € von 20 000 € sind ____________‰.

c) 8 000 kg von 10 000 kg sind ________‰.

d) 4 dag von 4 000 dag sind ____________‰.

212 Berechne den Grundwert.
**

a) 27 m^3 sind 6‰ von ____________ m^3.

b) 18 t sind 2‰ von ____________ t.

c) 168 € sind 12‰ von ____________ €.

d) 12 500 € sind 250‰ von ____________ €.

213 Berechne die fehlende Größe.
**

a) Ein Gericht wiegt 500 Gramm und enthält insgesamt 10 Gramm Salz. Wie viele Promille Salz enthält das Gericht?

b) Ein Wohnhaus ist auf 1 500 000 € gegen Brand versichert. Die jährliche Versicherungsprämie beträgt 3‰ der Versicherungssumme. Berechne die Jahresprämie.

c) 225 € sind 5‰ von wie viel Euro?

Üben

C Jahres- / Monats- / Tageszinsen

- Der **Zinsrechnung** liegen die Formeln der Prozentrechnung zugrunde.
- Legt man einen Geldbetrag K (Kapital) auf ein Sparbuch, das mit $p\%$ $p.a.$ ($p.a.$ steht für den lateinischen Ausdruck „pro anno" und heißt „pro Jahr) verzinst ist, bekommt man dafür von der Bank Z Zinsen.
  Das **Kapital K** entspricht dem **Grundwert**.
  Der **Zinssatz p** entspricht dem **Prozentsatz**.
  Die **Zinsen Z** entsprechen dem **Prozentwert**.
- Verwendet man die neuen Bezeichnungen, erhält man die **Formeln** der **Zinsrechnung**:

REGEL

Jahreszinsen

$$W = G \cdot \frac{p}{100}$$

$$\downarrow \quad \downarrow \quad \downarrow$$

$$Z = K \cdot \frac{p}{100}$$

Wie hoch sind die Jahreszinsen für 290 €, die zu 2% p.a. verzinst werden?

$$Z = 290 \cdot \frac{2}{100} = 290 \cdot 0{,}02 = \_\_\_\_\_\_ €$$

- Für die **monatlichen Zinsen** dividiert man die Jahreszinsen durch 12. Die **Zinsen** für **m Monate** erhält man, indem man die Zinsen für ein Monat mit m multipliziert.

REGEL

Zinsen für m Monate

$$Z = K \cdot \frac{p}{100} \cdot \frac{m}{12}$$

- Zur Vereinfachung rechnet eine Bank jedes Monat mit 30 Tagen, d. h., ein (Bank-)Jahr hat 360 Tage. Für die **Zinsen pro Tag** dividiert man die Jahreszinsen durch 360. Die **Zinsen für d Tage** erhält man, indem man die Zinsen für einen Tag mit d multipliziert.

REGEL

Zinsen für d Tage

$$Z = K \cdot \frac{p}{100} \cdot \frac{d}{360}$$

214 ✱ Wie viel Euro Jahreszinsen bringt ein Kapital von 6 700 €, das zum gegebenen Zinssatz angelegt ist? Orden den Zinssätzen in der linken Spalte die Zinsen in der rechten Spalte zu.

0,5% *p.a.*	
1,2% *p.a.*	
0,9% *p.a.*	
2% *p.a.*	

A	60,30 €
B	33,50 €
C	134 €
D	80,40 €

215 ✱ Berechne die Zinsen, die das angegebene Kapital nach den gegebenen Monaten einbringt.

a) $K = 3\,400$ €, 1,75% *p.a.*, $m = 3$ $Z =$ ______

b) $K = 900$ €, 0,8% *p.a.*, $m = 8$ $Z =$ ______

c) $K = 6\,000$ €, 2% *p.a.*, $m = 5$ $Z =$ ______

216 ✱ Berechne die Zinsen, die ein Kapital von 4 500 € in den angegebenen Tagen bringt, wenn es zu 2,5% *p.a.* angelegt ist.

a) $d = 140$ Tage $Z =$ ______ **c)** $d = 220$ Tage $Z =$ ______

b) $d = 85$ Tage $Z =$ ______ **d)** $d = 310$ Tage $Z =$ ______

217 ✱✱ Bestimme das Kapital K, das bei 1,9% *p.a.* die angegebenen Zinsen bringt. Runde auf 2 Nachkommastellen.

a) $Z = 40$ € $K \approx$ ______ **c)** $Z = 120$ € $K \approx$ ______

b) $Z = 67{,}50$ € $K \approx$ ______ **d)** $Z = 190{,}30$ € $K \approx$ ______

218 ✱✱ Bestimme den Jahreszinssatz.

	Kapital	jährliche Zinsen
a)	€ 480	€ 5,76
b)	€ 1 100	€ 27,50
c)	€ 3 000	€ 82,50
d)	€ 7 400	€ 259
e)	€ 9 000	€ 135

Üben

D Zinseszinsen

- In der Regel legt man sein **Geld** nicht nur für einige Tage, Monate oder höchstens ein Jahr **auf** ein **Sparbuch**, sondern **für mehrere Jahre**.
- Am Ende eines Jahres werden die Zinsen zum Kapital dazugerechnet.
  Im nächsten Jahr erhält man nicht nur für das Anfangskapital Zinsen, sondern auch für die Zinsen des Vorjahres – sogenannte **Zinseszinsen**.

Es sollen 400 € zu einem Zinssatz von 1,25% p.a. 3 Jahre lang angelegt werden. Auf welchen Betrag wächst das Kapital an?

Allgemeine Überlegung: Zinsen für das 1. Jahr ↘ ↙ K herausheben

Kapital K_1 nach 1 Jahr: $K + K \cdot \frac{p}{100} = K \cdot \left(1 + \frac{p}{100}\right)$

Kapital K_2 nach 2 Jahren: $K \cdot \left(1 + \frac{p}{100}\right) + K \cdot \left(1 + \frac{p}{100}\right) \cdot \frac{p}{100} =$

↗ $K \cdot \left(1 + \frac{p}{100}\right)$ herausheben ↖ Zinsen für das 2. Jahr

$= K \cdot \left(1 + \frac{p}{100}\right) \cdot \left(1 + \frac{p}{100}\right) =$

$= K \cdot \left(1 + \frac{p}{100}\right)^2$

Kapital K_3 nach 3 Jahren: $K \cdot \left(1 + \frac{p}{100}\right)^3$

Setze ein: $400 \cdot (1 +$ ______ $)^3 \approx$ ______ €

Die 400 € wachsen in 3 Jahren auf rund 415,19 € an.

- $1 + \frac{p}{100}$ nennt man **Aufzinsungsfaktor**.

REGEL

Guthaben ist **Anfangskapital** mal **Aufzinsungsfaktor** hoch **Laufzeit**.

$$K_n = K \cdot \left(1 + \frac{p}{100}\right)^n$$

219 * Ergänze das Guthaben nach den angegebenen Jahren.

Kapital K	Jahre n	Zinssatz p% p.a.	Guthaben K_n
670 €	6	1,24%	
3 450 €	9	3%	
1 300 €	13	0,75%	
780 €	2	2,01%	

220 * Chiara bekommt von ihrer Oma einen Geldbetrag K und legt das Geld auf ein mit dem angegebenen Jahreszinssatz verzinstes Sparbuch. Berechne den Betrag B, den sie nach dem angegebenen Zeitraum abheben kann.

Geldbetrag K	Jahre n	Zinssatz p% p.a.	Guthaben B
120 €	2	1,5%	
250 €	3	0,9%	
300 €	4	1,2%	
100 €	5	2%	

221 ** Luca legt 200 € auf ein mit 1,9% $p.a.$ verzinstes Sparbuch. Nach genau drei Jahren legt er noch einmal 200 € dazu. Berechne den Betrag, den Luca nach dem angegebenen Zeitraum beheben kann. Runde auf zwei Nachkommastellen.

a) insgesamt 5 Jahre:

b) insgesamt 7 Jahre:

c) insgesamt 9 Jahre:

d) insgesamt 11 Jahre:

222 ** Helene legt 3 400 € auf ein mit 2% $p.a.$ verzinstes Sparbuch. Nach genau drei Jahren hebt sie 1 200 € ab. Berechne den Betrag, den Helene nach dem angegebenen Zeitraum beheben kann. Runde auf zwei Nachkommastellen.

a) insgesamt 4 Jahre:

b) insgesamt 6 Jahre:

c) insgesamt 8 Jahre:

d) insgesamt 10 Jahre:

E Kapitalertragssteuer

- **25% von** jedem **Zinsertrag** müssen in Österreich an das **Finanzamt** abgeliefert werden.
- Diese Steuer bezeichnet man als **Kapitalertragssteuer** (**KESt**.).
- Der Betrag, den die Kapitalertragssteuer ausmacht, wird von der Bank direkt an das Finanzamt überwiesen.
- Man erhält für seine Spareinlagen also nicht den ganzen jährlichen (vereinbarten) Zinssatz p (100%), sondern um 25% weniger, d. h. nur mehr

100% – 25% = 75%

REGEL

Zinssatz nach Berücksichtigung der KESt. = **effektiver Zinssatz**

$$p_{eff} = p \cdot 0{,}75$$

- Die tatsächlich pro Jahr gutgeschriebenen Zinsen sind die **effektiven Zinsen.**

REGEL

effektive Zinsen: $Z_{eff} = K \cdot \frac{p_{eff}}{100}$

a) Wie hoch sind für 450 € und einem (vereinbarten) Zinssatz von 2,4% p.a. die jährlichen effektiven Zinsen? Runde auf 2 Nachkommastellen.

Berechne zuerst den effektiven Zinssatz p_{eff} = 2,4 · 0,75 = ______

Effektive Zinsen Z_{eff} = ______ · $\frac{}{100}$ = ______ · ______ ≈ ______ €

b) 1 200 € werden zu einem (vereinbarten) Zinssatz von 3% auf ein Sparbuch gelegt. Welchen Betrag kann man unter Berücksichtigung der KESt nach 5 Jahren beheben? Runde auf 2 Nachkommastellen.

p_{eff} = ______ · ______ = ______

K_5 = 1200 · (1 + ______$)^5$ ≈ ______ €

223 Gib den effektiven Zinssatz an.

✱

a) 1,3% p_{eff} = ____________ **c)** 4% p_{eff} = ____________

b) 3% p_{eff} = ____________ **d)** 0,85% p_{eff} = ____________

224 Ergänze die Tabelle.

✱

Kapital	p% p.a.	p_{eff} p.a.	Z_{eff}
800 €	2%		
1 230 €	1,5%		
11 000 €	3,2%		
3 340 €	0,85%		

225 Ergänze die Tabelle mit dem effektiven Zinssatz und die effektiven Zinsen für den angegebenen Zeitraum.

✱✱

Kapital	p% p.a.	Zeitraum	p_{eff} p.a.	Z_{eff}
3 400 €	2,2%	5 Monate		
700 €	1,7%	200 Tage		
10 000 €	3,4%	4 Monate		
20 500 €	3%	1 Jahr		

226 Berechne das Endkapital nach dem angegebenen Zeitraum.

✱✱

Kapital	p% p.a.	Jahre	p_{eff} p.a.	Endkapital
4 000 €	1,75%	3		
470 €	2,1%	6		
2 364 €	3,75%	8		
12 000 €	4%	11		

227 Bestimme die Höhe des Kapitals, das man zu einem vereinbarten Zinssatz von 2,2% $p.a.$ anlegen muss, um nach einem Jahr die gegebenen effektiven Zinsen zu erhalten.

✱✱

a) 20 € K = ____________ **c)** 50 € K = ____________

b) 18,50 € K = ____________ **d)** 234 € K = ____________

F Kredite

- Einen **Kredit** oder ein **Darlehen aufnehmen** heißt, dass sich jemand bei einer Bank (oder einer Privatperson) Geld borgt.
- Für das ausgeborgte Geld werden (Schuld-, Kredit-)**Zinsen** genauso berechnet wie die Zinsen für ein Sparguthaben.
- Ein Kredit wird auf einmal oder in regelmäßigen Zahlungen (**Raten**) zurückgezahlt.
- Der Betrag, der noch nicht zurückgezahlt ist, erhöht sich um die Kreditzinsen.
- Der Zinssatz für Kredite ist im Allgemeinen wesentlich höher als der Zinssatz für Spareinlagen.

Wie viel Zinsen fallen für einen Kredit von 9 000 € nach einem Jahr an, wenn der Zinssatz 11% p.a. beträgt? Wie viel Zinsen bekommt man für ein Sparguthaben von 9 000 €, für das der Zinssatz 3% p.a. beträgt?

Kreditzinsen: $9\,000 \cdot \frac{11}{100} = \_\_\_\_ \cdot \_\_\_\_ = \_\_\_\_$ €

Sparzinsen: $9\,000 \cdot \frac{3}{100} = \_\_\_\_ \cdot \_\_\_\_ = \_\_\_\_$ €

- Für Kredite fallen auch Kosten (**Spesen**) an, die der Kreditnehmer bezahlen muss und die sich nach der Höhe der Kreditsumme richten.

Zum Beispiel ist eine **Bearbeitungsgebühr** von 0,5% – 2% der Kreditsumme zu bezahlen.

Berechne die Höhe der Bearbeitungsgebühr (0,9%) für einen Kredit von 12 000 €.
0,9% von 12 000 € = 12 000 · 0,009 = 108 €
Es ist eine Bearbeitungsgebühr von 108 € zu bezahlen.

228 * **Eine Bank verrechnet für das Überziehen eines Kontos (d. h., man hebt mehr Geld ab, als man auf dem Konto zur Verfügung hat) Überziehungszinsen in der Höhe von 15%. Berechne die Zinsen für den angegebenen Zeitraum.**

Überziehung	Zeitraum	Zinsen
1 500 €	25 Tage	
1 200 €	3 Monate	
640 €	14 Tage	
200 €	2 Monate	

229 ✱

Berechne unter Berücksichtigung der Bearbeitungsgebühr die Höhe des zurückzuzahlenden Kreditbetrags.

a) Kreditsumme: 8 000 €, Bearbeitungsgebühr: 2% ____________

b) Kreditsumme: 23 000 €, Bearbeitungsgebühr: 1,5% ____________

c) Kreditsumme: 50 000 €, Bearbeitungsgebühr: 0,8% ____________

d) Kreditsumme: 60 000 €, Bearbeitungsgebühr: 1% ____________

e) Kreditsumme: 75 000 €, Bearbeitungsgebühr: 0,5% ____________

230 ✱✱

Berechne die Kreditsumme, wenn die Bearbeitungsgebühr den angegebenen Betrag ausmacht.

a) Bearbeitungsgebühr: 144 € (0,9%) Kreditsumme: ____________

b) Bearbeitungsgebühr: 630 € (1,5%) Kreditsumme: ____________

c) Bearbeitungsgebühr: 231 € (1,1%) Kreditsumme: ____________

d) Bearbeitungsgebühr: 256 € (0,8%) Kreditsumme: ____________

e) Bearbeitungsgebühr: 880 € (1,1%) Kreditsumme: ____________

231 ✱✱✱

Am Anfang eines Jahres wird ein Kredit in der Höhe von 15 000 € mit einem Zinssatz von 9% *p.a.* aufgenommen. Es werden Raten von 5 000 € jeweils am Jahresende fällig. Ergänze den Tilgungsplan für den Kredit. Runde die Eintragungen auf zwei Nachkommastellen. Rechne mit dem Taschenrechner und den nicht gerundeten Werten.

	Jahresanfang Schuld plus Zinsen	Jahresende Rate	Jahresende Restschuld
1. Jahr	15 000 + 1 350 = ______	5 000	
2. Jahr	______ + 1 021,50 = ______	5 000	7 371,50
3. Jahr	7 371,50 + ______ = ______	5 000	
4. Jahr	______ + ______ = 3 308,08	3 308,08	0

Insgesamt werden ____________ € zurückbezahlt.

TEST

Online-Test
Finde heraus, ob du das Thema dieses Kapitels schon drauf hast. Einfach QR-Code scannen und los geht's!

Statistik und arbeiten mit Modellen

A Mittelwert / Spannweite / Modalwert / Median

- Die **Statistik** ist eine **Methode**, um **Daten** zu **analysieren**, zu **interpretieren** und **graphisch darzustellen**.

REGEL

Statistische Kennzahlen:

- **Mittelwert** (arithmetisches Mittel) $\overline{x}$:
  Die Summe der Einzelwerte x_1, x_2, … x_n wird durch die Anzahl n der Einzelwerte dividiert.

$$\overline{x} = \frac{x_1 + x_2 + \ldots x_n}{n}$$

- **Maximum** x_{max}: der größte Wert der Datenreihe
- **Minimum** x_{min}: der kleinste Wert der Datenreihe
- **Spannweite** R: die Differenz von Maximum und Minimum

$$R = x_{max} - x_{min}$$

- **Modalwert** (**Modus**): der am häufigsten in der Datenreihe vorkommende Wert.
  Es kann mehrere Modalwerte geben.
  Tritt jeder Wert nur einmal auf, gibt es keinen Modalwert.
- **Median** (**Zentralwert**): Wert, der in der geordneten Datenreihe genau in der Mitte liegt.
  Ist die Anzahl der Daten gerade, bildet man den Mittelwert der beiden in der Mitte liegenden Werte.

Gegeben ist eine (der Größe nach geordnete) Messreihe:

17,4 g   17,6 g   17,9 g   18,0 g   18,3 g   18,3 g   18,4 g   18,6 g

Mittelwert: (17,4 + 17,6 + 17,9 + 18,0 + 18,3 + 18,3 + 18,4 + 18,6) : ______ = ______

Spannweite: 18,6 – ______ = ______

Modalwert: ______

Median: (18,0 + 18,3) : 2 = ______

232 ✱ Ein Autofahrer notiert sich den durchschittlichen Verbrauch seines Autos auf 100 km: 6,9 Liter; 10,2 Liter; 11 Liter; 10,6 Liter; 9,3 Liter; 10,5 Liter

a) Berechne den durchschnittlichen Verbrauch auf 100 km.

b) Gib die Spannweite an.

c) Gib den Modalwert und den Median an.

233 ✱ Niko schreibt sich für eine bestimmte Anzahl von Tagen die täglichen Ausgaben auf (Angaben in Euro). Berechne die durchschnittlichen Ausgaben pro Tag und den Median.

a) 27, 16, 12, 9, 9, 13, 17, 15, 18, 22, 19, 13, 13, 27

$\bar{x}$ = ____________________ Median = ____________________

b) 24, 17, 29, 17, 18, 12, 20, 21, 26, 16, 20

$\bar{x}$ = ____________________ Median = ____________________

234 ✱ Die Größen von Jugendlichen werden gemessen (Angaben in cm):
155 154 164 154 149 153 148 151 155 159 160 161

a) Bestimme die durchschnittliche Größe eines Jugendlichen.

b) Gib das Minimum und das Maximum an.

c) Gib die Spannweite an.

d) Bestimme den Median.

Wissen

B Daten übersichtlich darstellen / Klasseneinteilung graphische Darstellung

- Viele einzelne Daten werden, um sie übersichtlicher zu gestalten, oft in **Bereiche** (**Klassen**) eingeteilt.

Es werden die Körpergrößen (in Zentimeter) einer Gruppe von Schülerinnen und Schülern gemessen:

149	153	149	158	139	147	158	144	146	152
140	151	147	153	144	154	150	138	140	142
156	149	151	154						

Um diese **Urliste** zu ordnen, kann man das **Stängel-Blatt-Diagramm** verwenden:

13 | 8 9
14 | 0 0 2 4 4 6 7 7 9 9 9
15 | 0 1 1 2 3 3 4 4 6 8 8

„Stängel" – Hunderter und Zehner der Körpergrößen
„Blätter" – Einerziffern der Körpergrößen

Faustregel: **Anzahl der Klassen** $\approx \sqrt{\text{Anzahl der Einzelwerte}}$

Die Daten werden in $\sqrt{24} \approx$ **5 gleich breite** Klassen eingeteilt.

Die **Klassengrenzen** so wählen, dass jeder Wert eindeutig zugeordnet werden kann! (**Klassenbreite** ≈ Spannweite : Anzahl der Klassen)

Klasse (cm)	absolute Häufigkeit	Klassenmitte	Häufigkeit mal Klassenmitte
137,5 – 142,5	5	140	700
142,5 – 147,5	5	145	725
147,5 – 152,5	7	150	1050
152,5 – 157,5	5	155	775
157,5 – 162,5	2	160	320
Summe	24		3750

Mittlere Größe (unter Verwendung der Klassenmitten) $= \frac{3570}{24} = 148{,}75$ cm

- Die absoluten Häufigkeiten der in den einzelnen Klassen vorkommenden Werte können in einem **Balkendiagramm** graphisch dargestellt werden.
- Von einem **Histogramm** spricht man, wenn man die Balken ohne Zwischenräume anordnet und die **Flächeninhalte** der Balken den **absoluten Häufigkeiten** entsprechen.

REGEL

Höhe der Balken des Histogramms
=
absolute Häufigkeit : Klassenbreite

Im Beispiel ist die Klassenbreite jeweils 5 cm.

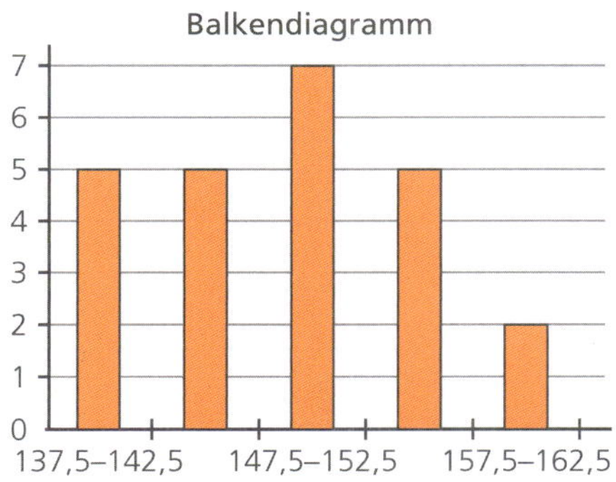

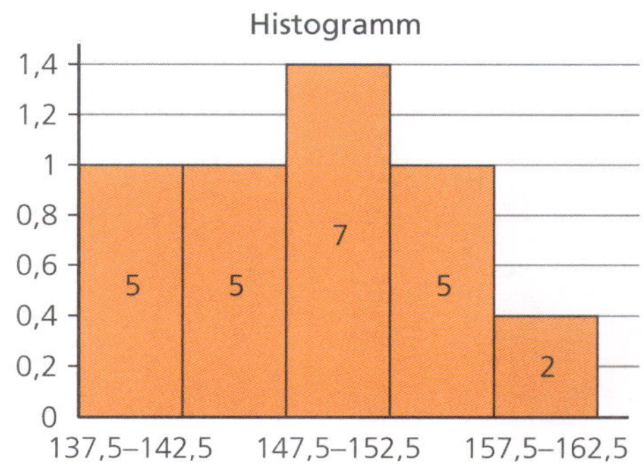

235 Es wird die Körpergröße von Jugendlichen in cm gemessen:

✱✱✱

156	159	155	155	159	160	157	152
152	152	167	162	161	162	172	159
165	148	169	162	155	160	165	

a) Ordne die Urliste mit einem Stängel-Blatt-Diagramm.
b) Bilde eine passende Klasseneinteilung und berechne die mittlere Körpergröße unter Verwendung der Klassenmitten.
c) Zeichne ein Balkendiagramm für die absoluten Häufigkeiten der Werte in den Klassen.
d) Zeichne ein Histogramm für die absoluten Häufigkeiten der Werte in den Klassen.

236 Die Massen (das Gewicht) von Werkstücken werden (wird) in Gramm gemessen:

✱✱✱

15	16	21	17	25	14	19	28	30
14	32	27	16	16	25	33	20	15

a) Ordne die Urliste mit einem Stängel-Blatt-Diagramm.
b) Bilde eine passende Klasseneinteilung und berechne das mittlere Gewicht eines Werkstücks.
c) Zeichne ein Balkendiagramm für die absoluten Häufigkeiten der Klassenwerte.
d) Zeichne ein Histogramm für die absoluten Häufigkeiten der Klassenwerte.

C Liniendiagramme

Um zeitliche Entwicklungen (Preise, Schülerzahlen usw.) graphisch darzustellen, werden oft **Liniendiagramme** verwendet.

Die Passagierentwicklung eines Flughafens (in Millionen Passagieren):

2003	2004	2005	2006	2007	2008	2009
12	14	16	17	19	21	18

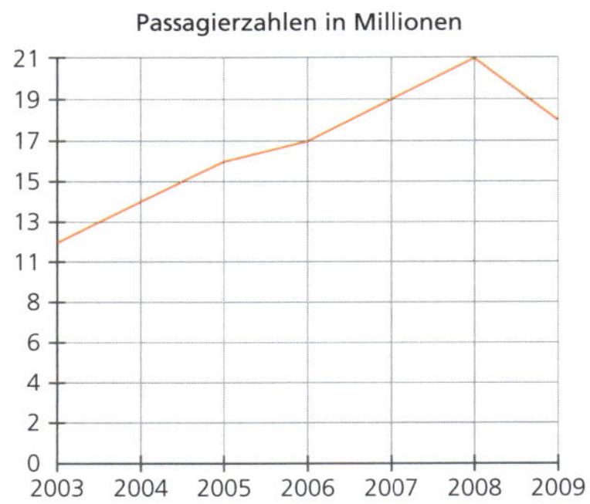

*Bei Diagrammen musst du immer genau darauf achten, bei welchem Wert die senkrechte Achse beginnt bzw. wie die Abstände gewählt worden sind! Es kann sehr leicht ein falscher Eindruck vermittelt werden (**Manipulationsgefahr!**). Beginnt die zweite Achse z. B. bei 10, wird der Eindruck einer viel stärkeren Zunahme bzw. Abnahme der Passagierzahlen vermittelt:*

237 ✱ ✱ Es wird die Preisentwicklung (in Euro) für ein Produkt X mit zwei Liniendiagrammen dargestellt:

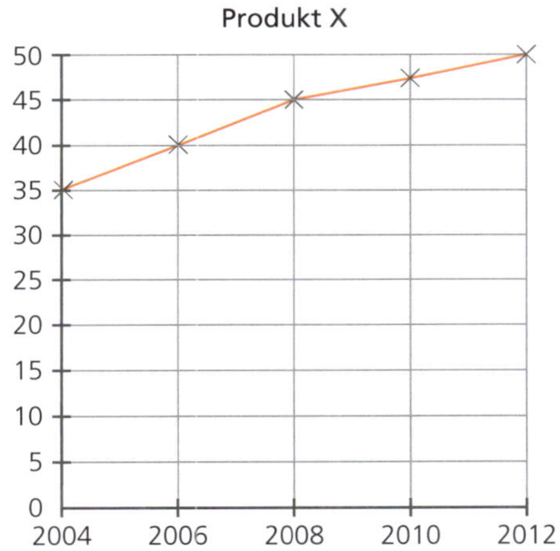

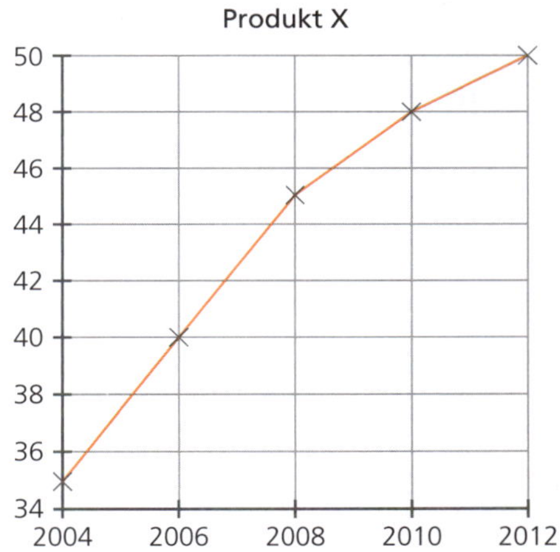

a) Gib den Preis des Produkts in den Jahren 2004, 2008 und 2012 an.

b) Gib die Preissteigerung in Euro vom Jahr 2004 bis zum Jahr 2012 an.

c) In welchem Diagramm wird der Eindruck einer größeren Preissteigerung erzielt? Wodurch entsteht dieser Eindruck?

238 ✱ ✱ Die Abbildung zeigt die Anzahl der Verkehrsunfälle auf einem Straßenstück:

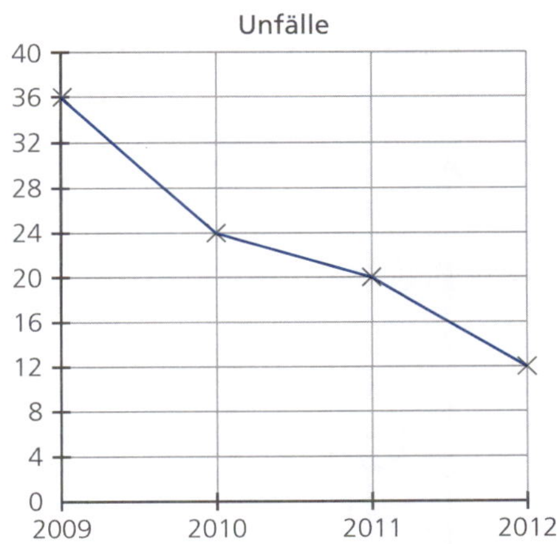

a) Gib die Anzahl der Verkehrsunfälle im Jahr 2009 und im Jahr 2012 an.

b) Beschreibe den Trend, den das Liniendiagramm vermittelt.

c) Gib Maßnahmen an, durch die die vorliegende Entwicklung der Unfallzahlen begründet werden könnte.

D Lineare Wachstums- und Abnahmeprozesse

- Bewirkt die gleiche Zunahme der einen Größe (z. B. Menge der Ware) immer die gleiche Zunahme bzw. Abnahme der anderen Größe (z. B. Preis der Ware), spricht man von einem linearen **Wachstums-** bzw. **Abnahmeprozess**.
- Die graphische Darstellung eines solches Prozesses ist immer eine **Gerade**.

Preis einer Ware:

kg	1	3	5	7	9
Preis in €	2,50	7,50	12,50	17,50	22,50

(kg: jeweils +2; Preis: jeweils +5)

*Der Preis wird gleichmäßig um 5 € höher, wenn sich die Menge jeweils gleichmäßig um 2 kg erhöht. Es wird ein **linearer Wachstumsprozess** beschrieben.*

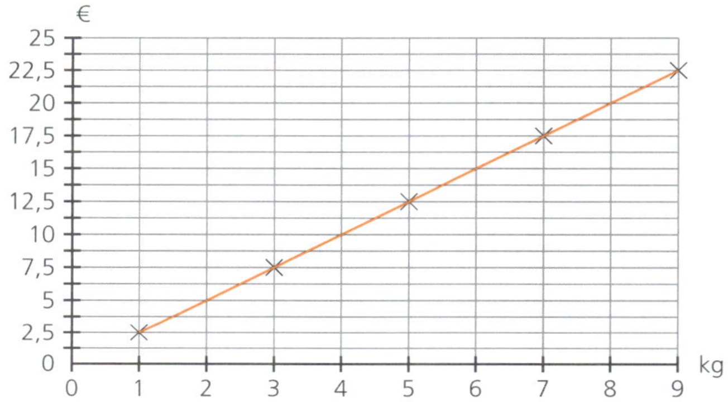

239 ✱ Die Tabelle zeigt den Tankinhalt eines KFZ in Litern nach einer gefahrenen Strecke in Kilometern. Ergänze die Tabelle und den Text.

+ ______ + ______ + ______

km	0	100	200	300
Liter	50	43,5	37	30,5

– ______ – ______ – ______

Der Tankinhalt wird gleichmäßig um ______________ Liter *w* ______________,

wenn sich die gefahrenen Kilometer jeweils gleichmäßig um ______________ km

erhöhen. Es wird ein *l* ______________ *A* ______________ prozess beschrieben.

Stelle den Prozess grafisch dar.

Wie hoch ist der durchschnittliche Verbrauch auf 100 km?

240 ✱✱ Überprüfe, ob ein linearer Wachstums- oder Abnahmeprozess vorliegt. Begründe deine Antwort.

a) Weg, der nach einer bestimmten Anzahl von Stunden zurückgelegt wird:

Zeit in h	3	6	9	12
Weg im km	210	420	630	840

b) Die Bevölkerungsentwicklung eines Landes in Millionen:

Jahr	1992	2002	2012
Bevölkerung	50	45	39

c) Verdunstung von Schweiß:

Tage	1	5	9
Schweiß in Liter	0,5	2,5	4,5

TEST

Online-Test
Finde heraus, ob du das Thema dieses Kapitels schon drauf hast. Einfach QR-Code scannen und los geht's!

Wahrscheinlichkeitsrechnung

A Grundbegriffe

- Unter einem **Zufallsversuch** versteht man einen Versuch mit folgenden Eigenschaften:
  - ein Zufallsversuch hat mehrere unterschiedliche Ergebnisse
  - die Ausgänge eines Zufallsversuchs sind nicht vorhersagbar, sie treten zufällig auf
- Die Ausgänge eines Zufallsversuchs werden in der **Ergebnismenge *Z*** zusammengefasst.

a) Beim einmaligen Werfen eines sechsseitigen Würfels (= Zufallsversuch) mit den Augenzahlen 1 bis 6 lautet die Ergebnismenge Z = {1, 2, 3, 4, 5, 6}.

b) Zieht man, ohne zu schauen, aus einer Dose mit Erdbeer-, Schoko- und Karamellzuckerln ein Zuckerl (= Zufallsversuch), lautet die Ergebnismenge Z = {Erdbeerzuckerl, Schokozuckerl, Karamellzuckerl}.

- Einem bestimmten **Ereignis *E*** (z. B. man würfelt die Augenzahl 6 oder man zieht ein Karamellzuckerl) wird eine bestimmte Wahrscheinlichkeit zugeordnet.
  Ein Ereignis *E* besteht aus Elementen, die auch in *Z* vorkommen.

Schreibe jeweils Z und E an.

a) Aus einer Klasse mit Mädchen und Buben wird ein Kind zufällig ausgewählt.
E = Das Kind ist ein Mädchen.
Z = {Mädchen, Bub} E = {Mädchen}

b) Ein sechsseitiger Würfel wird einmal geworfen.
E = Die Augenzahl ist größer als 4.
Z = {1, 2, 3, 4, 5, 6} E = {5, 6}

- Die Wahrscheinlichkeit für ein **sicheres Ereignis** (z. B. man würfelt mindestes 1 oder höchstens 6) ist 100% = 1.
  Die Wahrscheinlichkeit für ein **unmögliches Ereignis** (z. B. man würfelt eine 7) ist 0% = 0.
- Für das Eintreten eines Ereignisses bei einem Zufallsversuch kann eine **Wahrscheinlichkeit von 0 bis 1 (0% bis 100%)** angegeben werden.

241 Gib die Ergebnismenge Z für den Zufallsversuch an.
*

a) Eine Münze („Kopf" oder „Zahl") wird einmal geworfen.
b) Ein achtseitiger Würfel wird einmal geworfen.
c) Aus einer Schachtel mit weißen und schwarzen Kugeln wird eine Kugel zufällig gezogen.
d) Aus einer Dose mit Schoko-, Mandel- und Zimtkeksen wird zufällig ein Keks herausgenommen.

Shutterstock/Undorik

242 Gib die Ergebnismenge Z sowie das Ereignis E für den Zufallsversuch an.
*

a) Ein sechsseitiger Würfel wird einmal geworfen. $Z = \{$ ________ $\}$

E = Die Augenzahl ist 6. $E = \{$ ________ $\}$

b) Ein sechsseitiger Würfel wird einmal geworfen. $Z =$ ________

E = Die Augenzahl ist kleiner als 4. $E =$ ________

c) Ein achtseitiger Würfel wird einmal geworfen. $Z =$ ________

E = Die Augenzahl ist ungerade. $E =$ ________

d) Aus einer Schachtel mit roten und gelben Kugeln wird zufällig eine Kugel gezogen. $Z =$ ________

E = Die Kugel ist gelb. $E =$ ________

243 Gib an, ob das Ereignis sicher oder unmöglich ist.
**

a) Man würfelt mit einem sechsseitigen Würfel. Die Augenzahl ist größer als 0.
b) Man würfelt mit einem zwölfseitigen Würfel. Die Augenzahl ist größer als 12.
c) Man würfelt mit zwei sechsseitigen Würfeln. Die Summe der Augenzahlen ist höchstens 12.
d) Das abgebildete Glücksrad bleibt auf einem weißen Feld stehen, wenn man es einmal dreht.

stock.adobe.com/Tanya Mischenko

244 Das abgebildete Glücksrad wird einmal gedreht. Gib an, ob die Wahrscheinlichkeit für das Ereignis E eher bei 1 oder eher bei 0 liegen könnte. Begründe deine Entscheidung.
**

a) E = Der Zeiger des Glücksrads zeigt auf den blauen Bereich.
b) E = Der Zeiger des Glücksrads zeigt auf den roten Bereich.

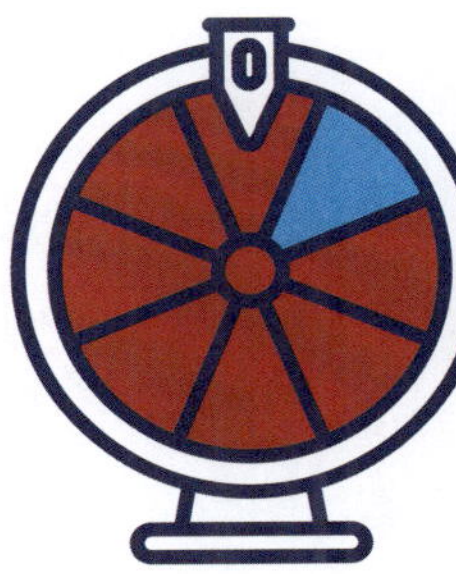
stock.adobe.com/nexusby

B Wahrscheinlichkeit als relativer Anteil/Wahrscheinlichkeit als relative Häufigkeit

- Ein Zufallsversuch, bei dem jedes Ergebnis (jeder Versuchsausgang) mit derselben Wahrscheinlichkeit auftritt, heißt **Laplace-Versuch**. (Benannt nach Pierre-Simon Laplace, französische Mathematiker, Physiker und Astronom des 18. Jahrhunderts.)

Shutterstock/art-sonik

- Beim einmaligen Werfen eines sechsseitigen Würfels treten die Augenzahlen 1 bis 6 jeweils mit derselben Wahrscheinlichkeit auf oder beim einmaligen Werfen einer Münze „Kopf" oder „Zahl". Es handelt sich um Laplace-Versuche.

stock.adobe.com/VOJTa Herout

a) Ein sechsseitiger Würfel wird einmal geworfen. Mit welcher Wahrscheinlichkeit tritt die Augenzahl 4 auf?

Es sind Z = {1, 2, 3, 4, 5, 6} und E = {4}.

Da die Augenzahl 4 auf einer von insgesamt sechs Seiten vorkommt, ist die Wahrscheinlichkeit für das Eintreten dieses Ereignis $\frac{1}{6}$ $\left(= \frac{\text{Anzahl der Elemente von E}}{\text{Anzahl der Elemente von Z}}\right)$.

b) Ein sechsseitiger Würfel wird einmal geworfen. Mit welcher Wahrscheinlichkeit tritt die Augenzahl über 4 auf?

Z = {1, 2, 3, 4, 5, 6} und E = {5, 6}, d.h., die Wahrscheinlichkeit für das Eintreten von E ist $\frac{2}{6} = \frac{1}{3}$.

- Bei einem Laplace-Versuch wird die **Wahrscheinlichkeit** für das Eintreten eines Ereignisses als **relativer Anteil** angegeben. Man schreibt:

$$\textbf{P(Ereignis)} = \frac{\textit{Anzahl aller für das Ereignis günstigen Fälle}}{\textit{Anzahl der möglichen Fälle}}$$

(**P** steht für das englische Wort *probability* = Wahrscheinlichkeit.)

- Handelt es sich um **keinen Laplace-Versuch**, gibt man als Wahrscheinlichkeit für das Eintreten eines Ereignisses dessen **relative Häufigkeit** bei einer großen Anzahl von Versuchen an.

Silvia notiert sich, wie oft sie gegen Thomas im Tennis ein Match gewinnt. Das ist bei 100 Spielen 70-mal der Fall.

E = Silvia gewinnt gegen Thomas.

Für die Wahrscheinlichkeit des Eintretens dieses Ereignisses gilt: $P(E) = \frac{70}{100} = \frac{7}{10}$

245 ✱✱ **Begründe, ob es sich um einen Laplace-Versuch handelt oder nicht.**

stock.adobe.com/nexusby

a) Drehen des abgebildeten Glücksrads und Erscheinen einer Farbe.
b) Treffen des Tores beim Schießen eines Elfmeters.
c) Werfen einer nicht manipulierten Münze.
d) Werfen eines gezinkten Würfels.

246 ✱ **Ein achtseitiger Würfel wird einmal geworfen. Gib die Anzahl der für das Ereignis *E* günstigen Fälle sowie alle möglichen Fälle an und bestimme die Wahrscheinlichkeit P(E).**

Ereignis E	Für E günstige Fälle	Alle möglichen Fälle	P(E)
Augenzahl 8			
Gerade Augenzahl			
Ungerade Augenzahl			
Augenzahl unter 3			
Augenzahl über 5			

247 ✱✱ **Gib die Wahrscheinlichkeit für das Eintreten des Ereignisses an.**

a) Eine Münze wird einmal geworfen. P(Kopf) = ____________

b) Ein sechsseitiger Würfel wird einmal geworfen. P(gerade Augenzahl) = ____________

c) Ein zwölfseitiger Würfel wird einmal geworfen. P(Augenzahl durch 3 teilbar) = ________

d) Bei 250 Losen gibt es 4 Hauptpreise. Timo kauft als Erster ein Los. P(Los ist kein Hauptpreis) = ________

248 ✱ **Gib die Wahrscheinlichkeit für das Eintreten des Ereignisses an.**

Shutterstock/Happy Stock Photo

a) Simon trifft von 150 Schüssen beim Elfmeter 90-mal das Tor.

P(Simon trifft das Tor) = ________ P(Simon trifft das Tor nicht) = ________

b) Silvia gewinnt beim Tennis von 200 Spielen gegen Tina 150 Spiele.

P(Silvia verliert ein Spiel) = ________ P(Tina verliert ein Spiel) = ________

c) Bei 1 000 Würfen eines Reißnagels landet er 520-mal auf der Seite.

P(Landung auf der Seite) = ________ P(Landung auf dem Kopf) = ________

TEST

Online-Test
Finde heraus, ob du das Thema dieses Kapitels schon drauf hast. Einfach QR-Code scannen und los geht's!

Körper

A Prismen / Schrägriss eines Prismas

- Ein Körper mit mindestens zwei parallelen deckungsgleichen (kongruenten) Vielecken als Begrenzungsflächen und dazu kongruenten Querschnittsflächen wird als **Prisma** bezeichnet.
- Die beiden parallelen kongruenten Begrenzungsflächen heißen **Grund**- und **Deckfläche**.
  Die Grund- und die Deckfläche müssen nicht immer oben und unten liegen!
- Die **Seitenkanten** sind **parallel** und **gleich lang**.
- Stehen sie **normal** auf die Grundfläche (und Deckfläche), spricht man von einem **geraden Prisma**.
- Der Normalabstand zwischen Grund- und Deckfläche heißt **Höhe** des Prismas.
- Die Benennung eines Prismas erfolgt nach der Anzahl der Ecken der Grundfläche (Deckfläche):

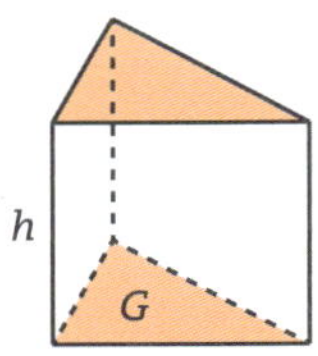

dreiseitiges Prisma

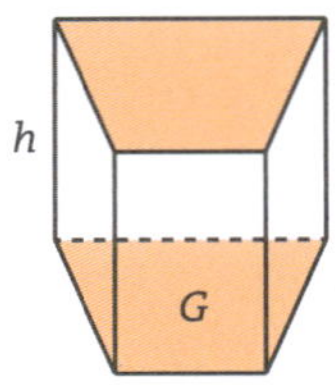

vierseitiges Prisma

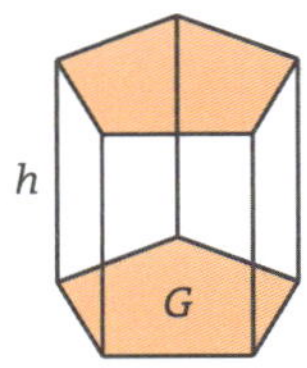

fünfseitiges Prisma

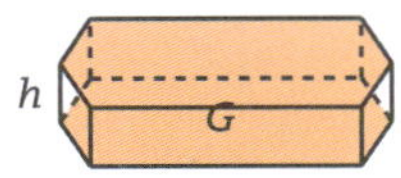

sechsseitiges Prisma

- **Schrägriss**:
  – Kanten, die senkrecht zum Zeichenblatt stehen, werden **schräg** und (oft) **verkürzt** gezeichnet.
  – Dazu gibt es einen **Verzerrungswinkel** α und ein **Verzerrungsverhältnis** v.
  – Nicht sichtbare Kanten werden dünner oder strichliert gezeichnet.

Zeichne den Schrägriss eines dreiseitigen Prismas mit
$a = 3$ cm, $b = 4$ cm,
$c = 5$ cm, Höhe $h = 4$ cm, $\alpha = 135°$, $v = \frac{1}{2}$.
Beginne mit der Grundfläche!

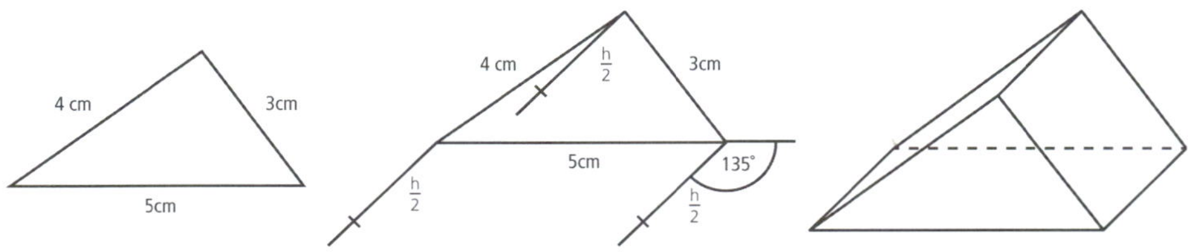

249 ✱ Ordne dem geraden Prisma die entsprechende Benennung zu.

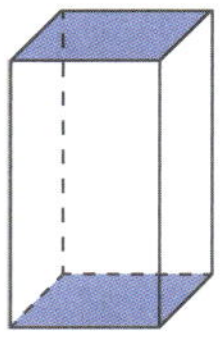	
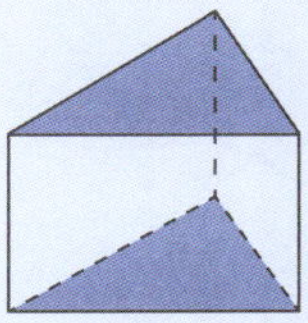	
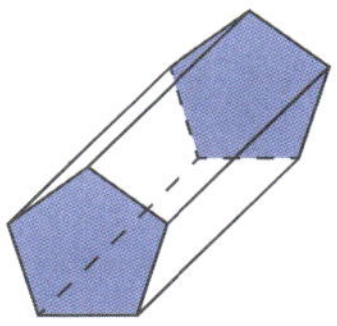	
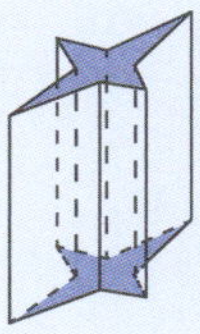	

A	dreiseitges Prisma
B	fünfseitiges Prisma
C	achtseitiges Prisma
D	vierseitiges Prisma

250 ✱ Benenne die Prismen und kennzeichne die Grundfläche mit *G* und die Höhe mit *h*.

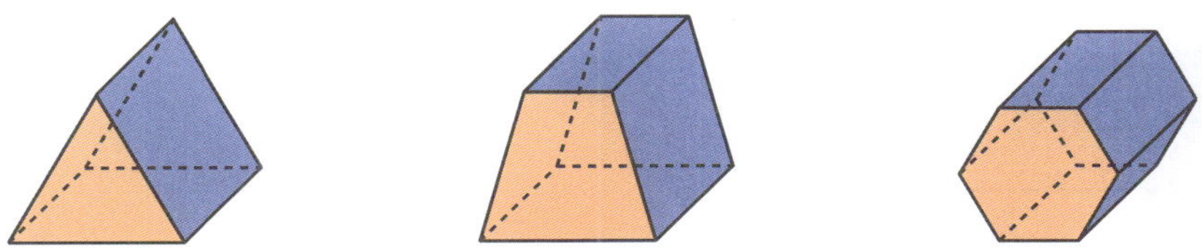

A *B* *C*

A: ______________________________

B: ______________________________

C: ______________________________

251 ✱✱ Streiche die Körper, die keine Prismen sind, und begründe deine Entscheidung. Benenne die anderen Prismen.

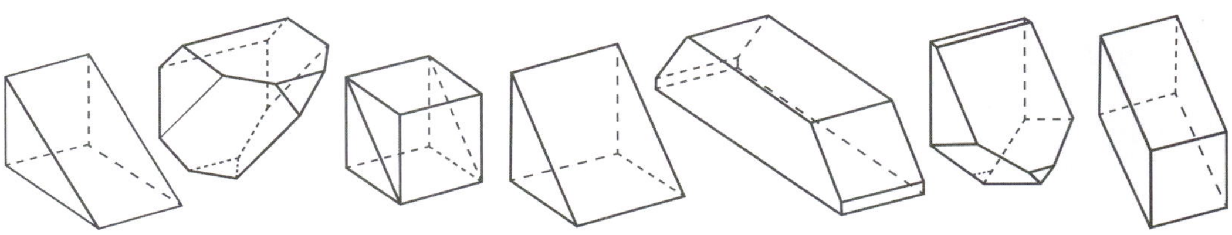

A *B* *C* *D* *E* *F* *G*

Üben

252 ✱✱ Ergänze die fehlenden Kanten des Quaders bzw. Würfels. Strichliere nicht sichtbare Kanten.

a) 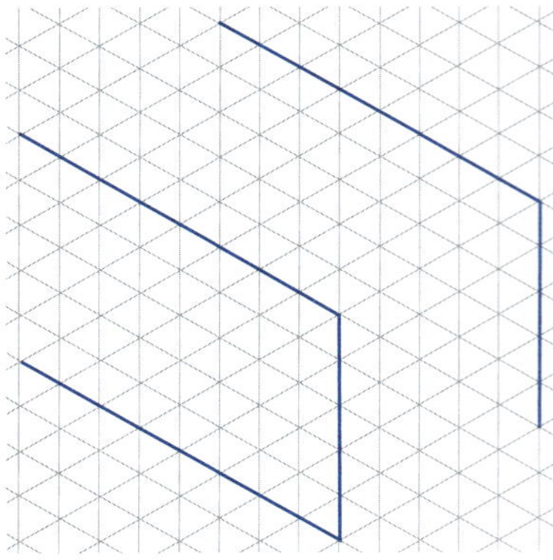

c) 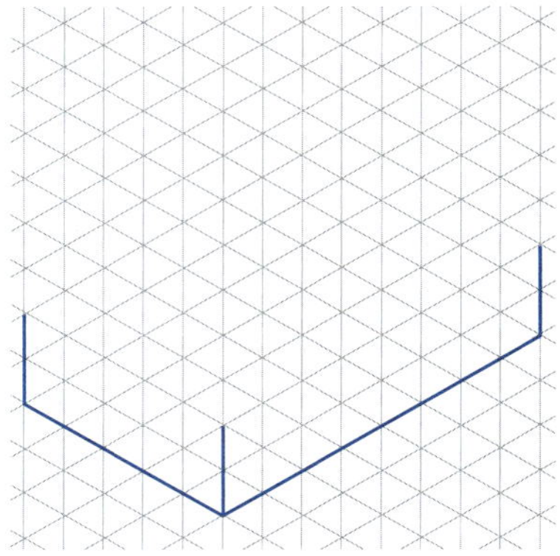

b) 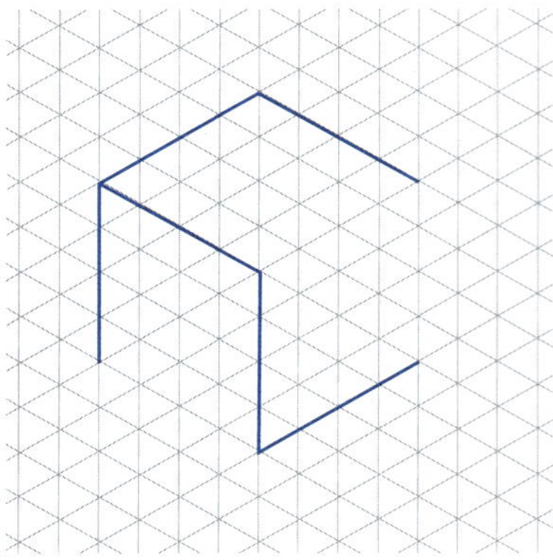

d) 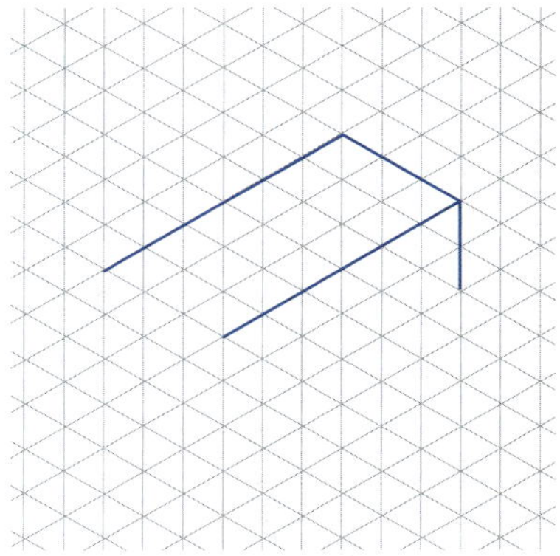

253 ✱✱✱ Ergänze den Schrägriss in der geänderten Ansicht.

a) 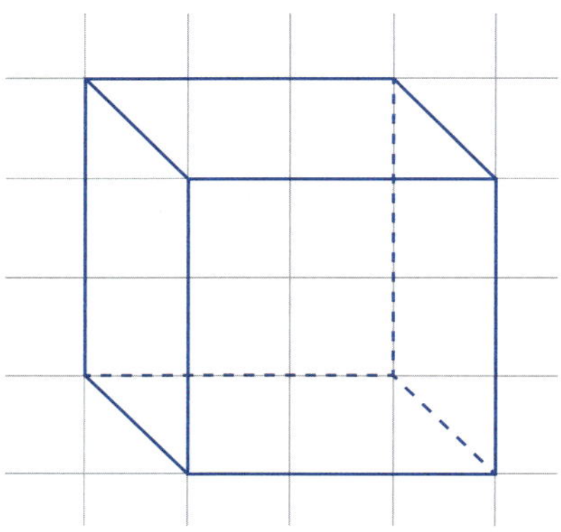

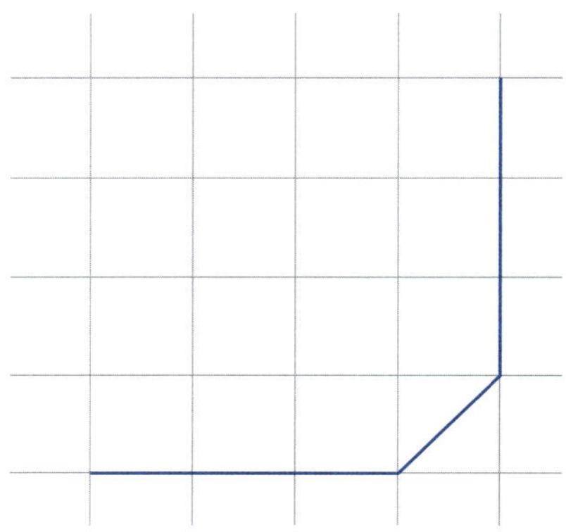

b) 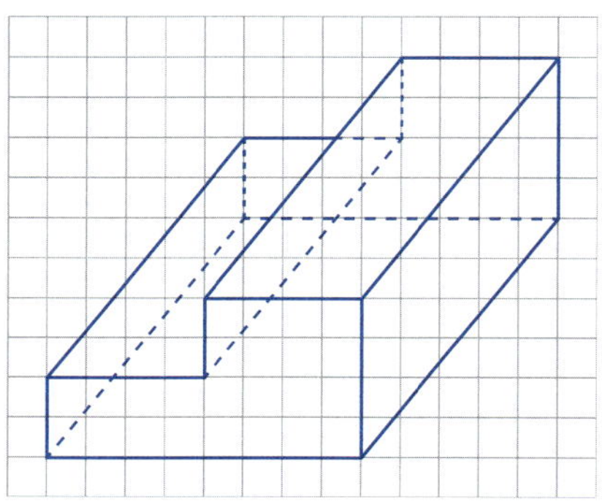

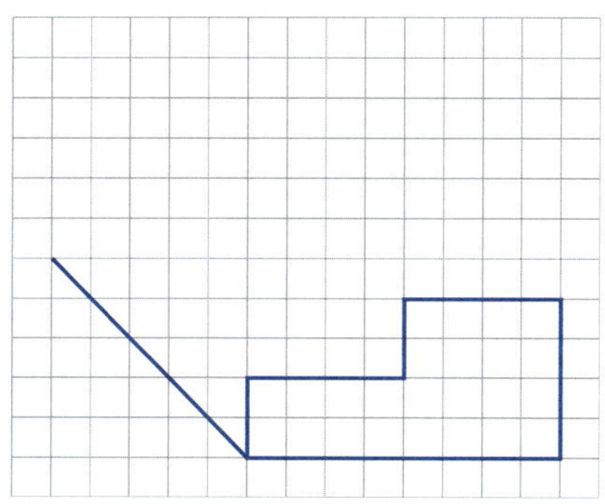

254 Zeichne den Schrägriss des Prismas.

***

a) Prisma mit rechteckiger Grundfläche: $a = 4$ cm, $b = 2$ cm, $\alpha = 135°$, $v = \frac{1}{2}$

b) Dreiseitiges Prisma: $a = b = c = 4$ cm, $h = 7$ cm, $\alpha = 45°$, $v = \frac{1}{2}$

c) Prisma mit quadratischer Grundfläche: $a = b = h = 4$ cm, $\alpha = 135°$, $v = \frac{1}{2}$

B Oberfläche und Volumen von Prismen

- Breitet man **alle Begrenzungsflächen** eines Prismas zusammenhängend in der Ebenen aus, erhält man das **Netz** des Prismas.
- Die Begrenzungsflächen zwischen der Grund- und der Deckfläche bilden den **Mantel M**.

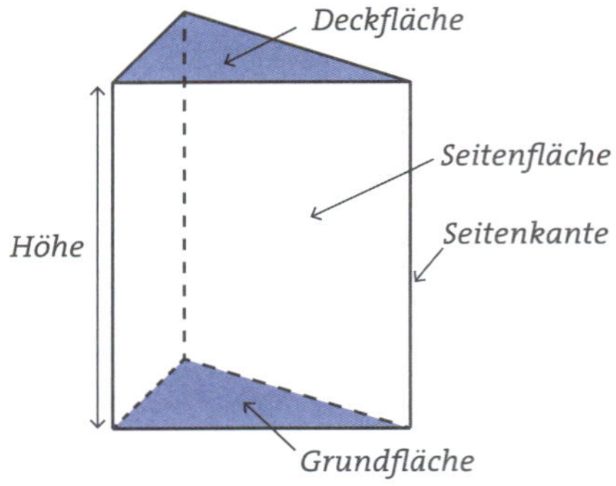

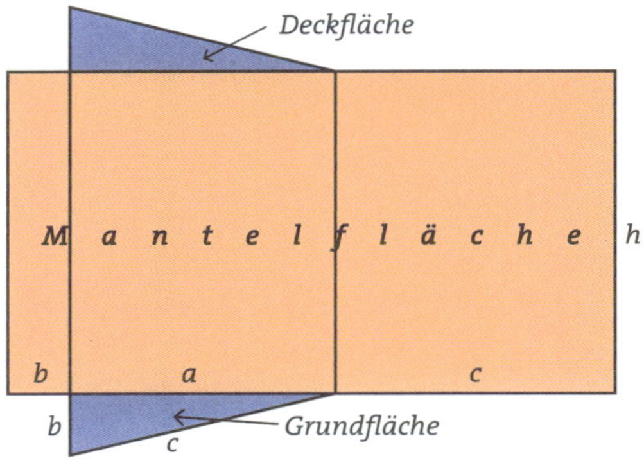

- Die Summe der Inhalte aller Begrenzungsflächen bilden den **Oberflächeninhalt** des Prismas.

REGEL

Oberflächeninhalt

=

2 · Inhalt der Grundfläche plus der Inhalt der Mantelfläche

$O = 2 \cdot G + M$

Der **Mantelflächeninhalt M** ist das Produkt des Umfangs der Grundfläche und der Höhe des Prismas:

$M = u_G \cdot h$

Die Grundfläche eines Prismas ist ein rechtwinkliges Dreieck mit a = 48 cm, b = 55 cm, c = 73 cm, die Körperhöhe h = 80 cm. Welchen Oberflächeninhalt hat das Prisma?

$G = \frac{a \cdot b}{2} = \frac{\_\_\_ \cdot \_\_\_}{2} = \_\_\_\_\_\_$ cm²

$M = (a + b + c) \cdot h = (\_\_\_\_\_\_ + \_\_\_\_\_\_ + \_\_\_\_\_\_) \cdot \_\_\_\_\_\_ = \_\_\_\_\_\_$ cm²

$O = 2 \cdot G + M = 2 \cdot \_\_\_\_\_\_ + \_\_\_\_\_\_ = \_\_\_\_\_\_$ cm²

- Lässt man die Grundfläche G die Höhe h „entlangwandern", ergibt sich das **Volumen V** des Prismas.

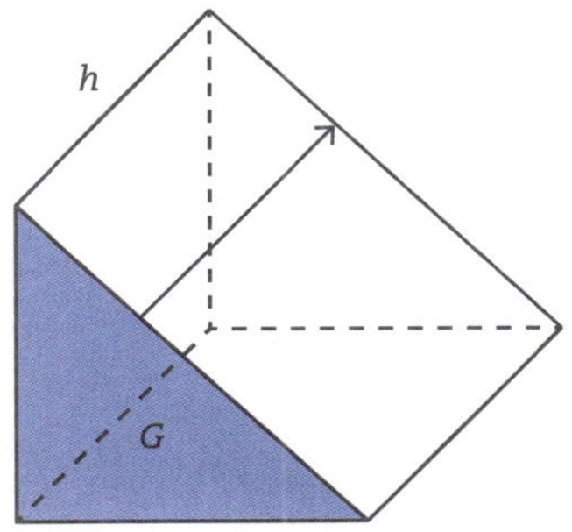

REGEL

Volumen = Grundfläche mal Höhe

$V = G \cdot h$

Das Volumen des obigen Prismas ist V = ______ · ______ = 105 600 cm³

Wissen
Üben

255 Berechne den Oberflächeninhalt des Prismas.

✱✱

a)

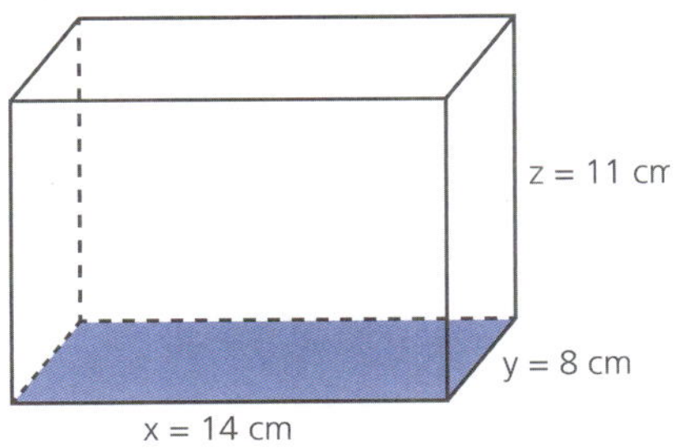

b)

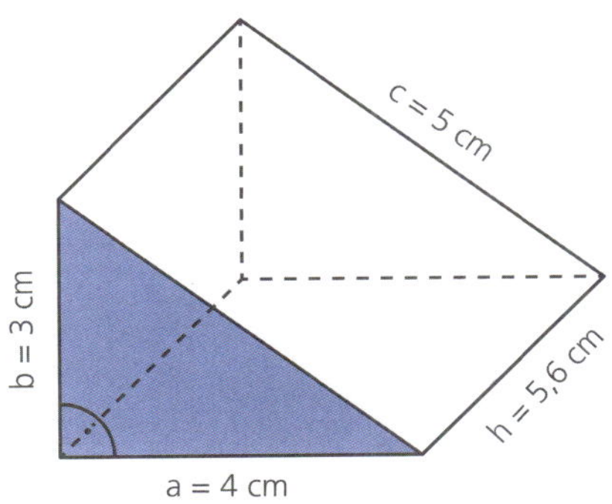

c)

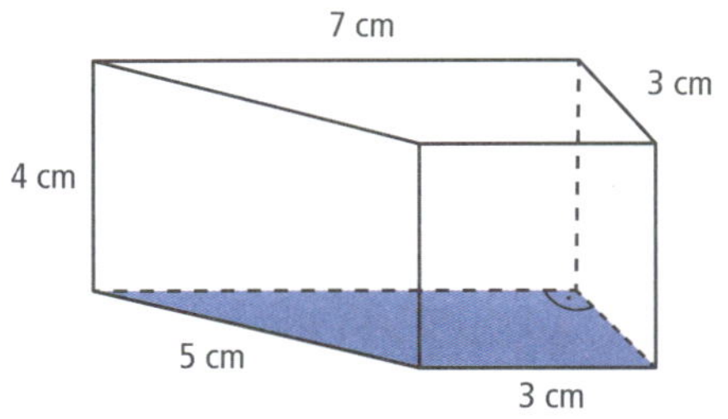

d)

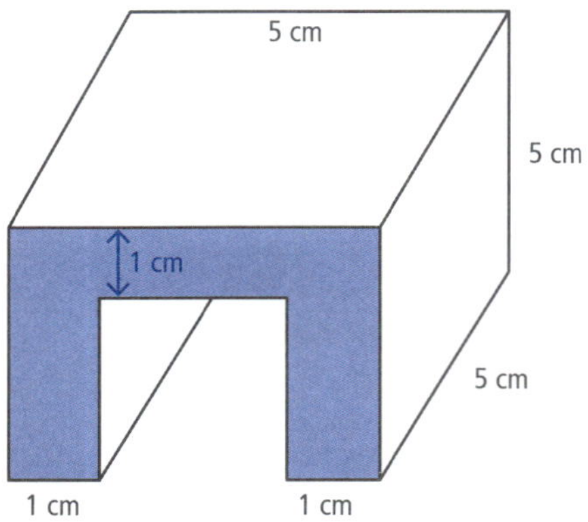

256 ** Berechne den Oberflächeninhalt des Prismas mit der gegebenen Grundfläche und der Körperhöhe *h*.

a)

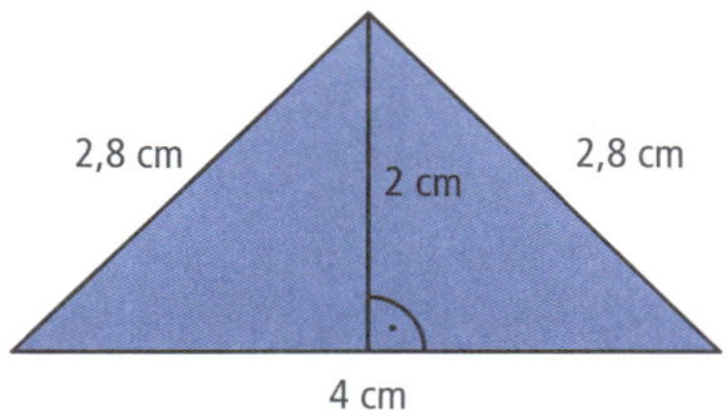

h = 5 cm

O = ______________________

b)

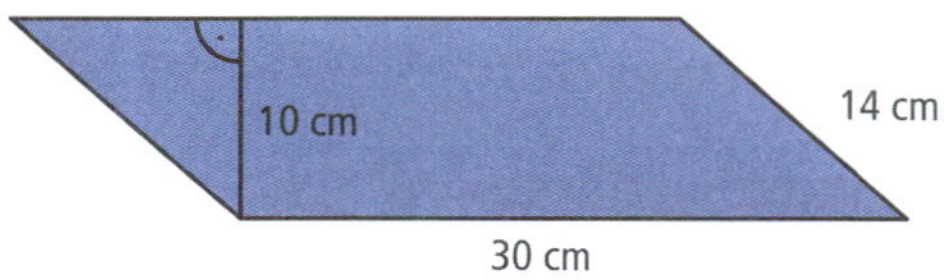

h = 24 cm

O = ______________________

c)

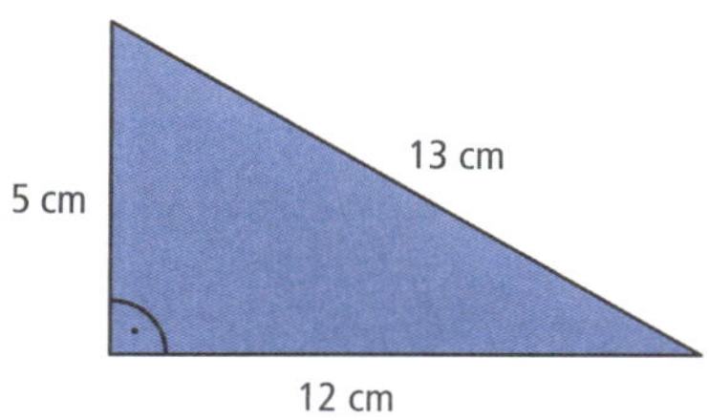

h = 30 cm

O = ______________________

257 Berechne das Volumen des Prismas.

**

a)

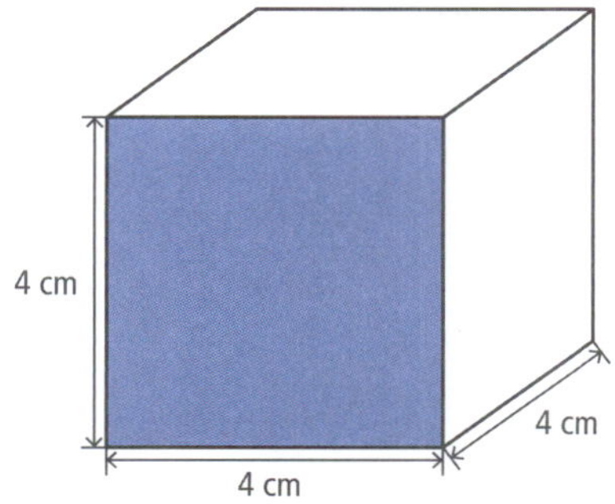

b)

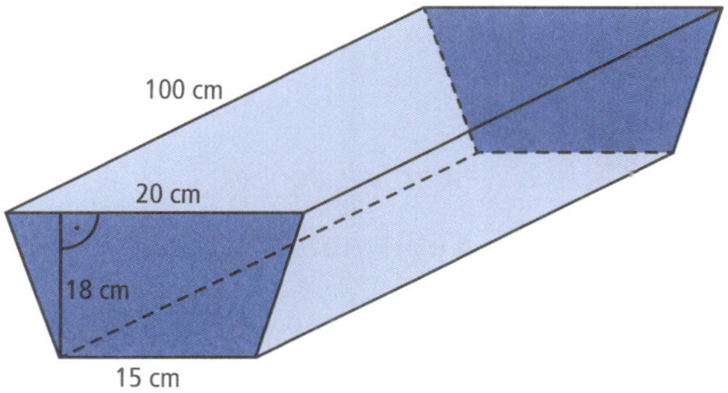

c)

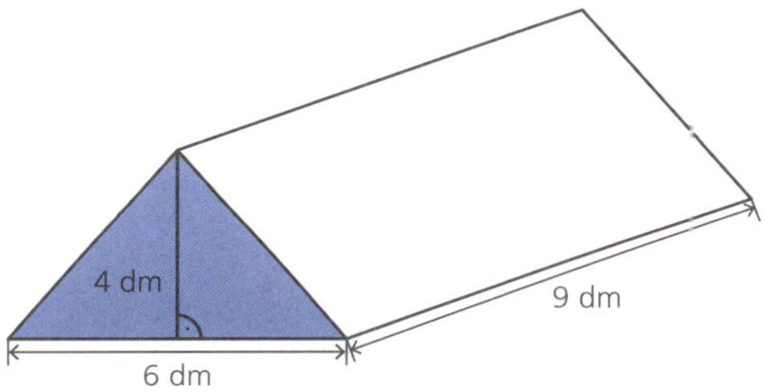

258 Berechne das Volumen des Prismas mit der gegebenen Grundfläche und der Körperhöhe h.

**

a)

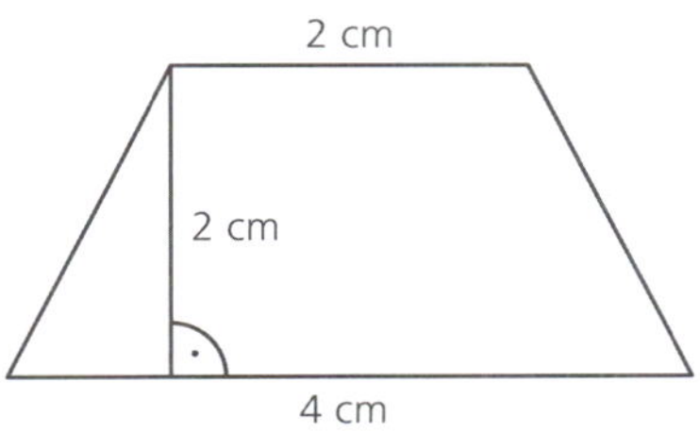

h = 9 cm

$V =$ ______________________

b)

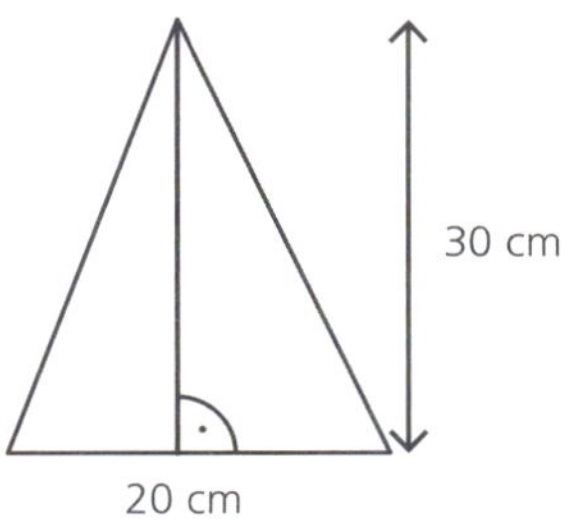

h = 45 cm

$V =$ ______________________

C Masse von Körpern

- Die **Masse** m (das Gewicht eines Körpers) ist eine physikalische Grundgröße.
- Die Masse hängt vom **Volumen** und dem **Material** des Körpers ab.
- Das Verhältnis aus Masse m und dem Volumen V wird als **Dichte** ρ (Rho) des verwendeten Materials bezeichnet.

REGEL

Dichte = Masse durch Volumen

$$\rho = \frac{m}{V} = m / V$$

- Als gebräuchliche **Einheiten für die Dichte** werden verwendet:

  kg/m³ **(Kilogramm pro Kubikmeter)**
  bzw.
  g/cm³ **(Gramm pro Kubikzentimeter)**

Für die **Umwandlung** gilt:

REGEL

$$g/cm^3 \xrightarrow{\cdot 1000} kg/m^3$$
$$kg/m^3 \xrightarrow{: 1000} g/cm^3$$

- **Dichte einiger Stoffe:**

Blei	Eichenholz	Eisen	Glas	Gold
11,3 g/cm³	0,9 g/cm³	7,9 g/cm³	2,5 g/cm³	19,32 g/cm³

Welche Masse hat ein Würfel aus Eisen mit der Kantenlänge $a = 5$ cm?

$\frac{m}{V} = \rho \quad | \cdot V \qquad \rightarrow m = \rho \cdot V$

$V = a^3 = 5^3 =$ ________ cm^3

$m = 7{,}9 \cdot$ ________ $= 987{,}5$ g

*Die **Volumseinheiten** beim Volumen und der Dichte müssen **gleich** sein!*

259 ✱✱✱ Berechne die Masse der quaderförmigen Platte mit den Maßen $a = 4$ m, $b = 2{,}5$ m und $h = 0{,}2$ m, wenn sie aus dem gegebenen Material besteht.

a) Kupfer, $\rho = 8\,933$ kg/m³

c) Eis, $\rho = 917$ kg/m³

b) Aluminium, $\rho = 2\,702$ kg/m³

d) Kunststoff, $\rho = 1\,160$ kg/m³

260 ✱✱ Feuchter Schnee hat eine Dichte von rund 150 kg/m³. Berechne die Masse einer 90 cm hohen Schneedecke auf einem Flachdach mit den angegebenen Maßen.

a) 7 m x 7 m

c) 12 m x 7 m

b) 10,5 m x 8 m

d) 20 m x 15 m

261 ✱✱✱ Berechne die Masse des Körpers.

a)

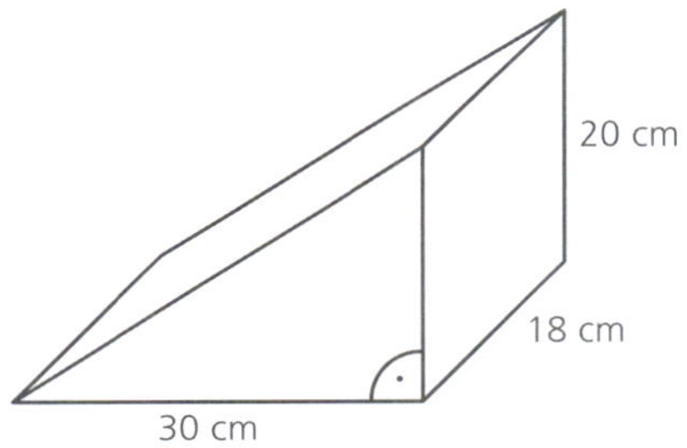

Kork, $\rho = 0{,}15$ g/cm³

b)

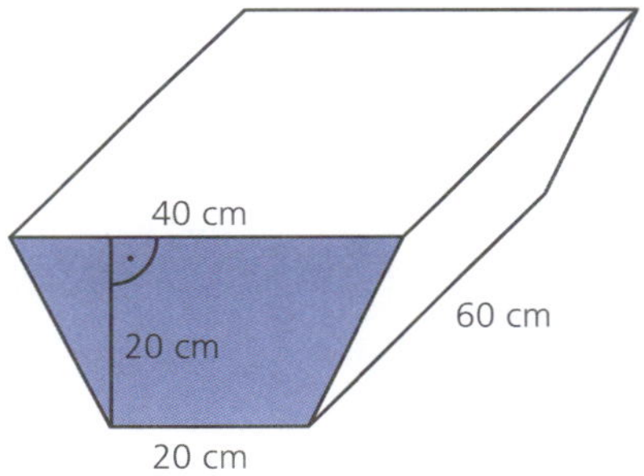

Silber, $\rho = 10{,}5$ g/cm³

262 ✱✱✱ Berechne die Masse einer 70 cm langen Schiene aus Kunststoff mit der gegebenen Querschnittsfläche. (Dichte des verwendeten Kunststoffs: 1 380 kg/m³)

a)

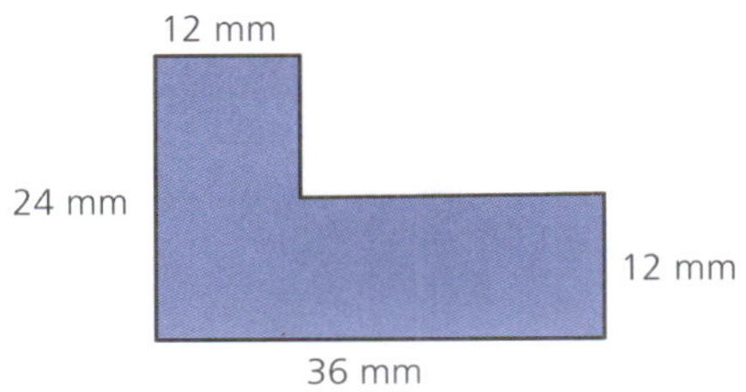

b)

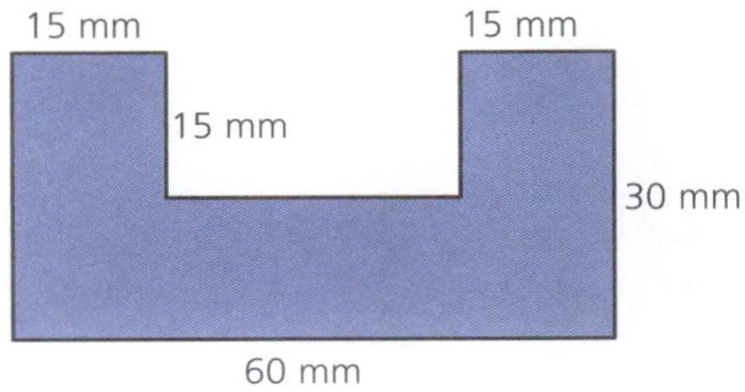

D Pyramide / Schrägriss einer Pyramide

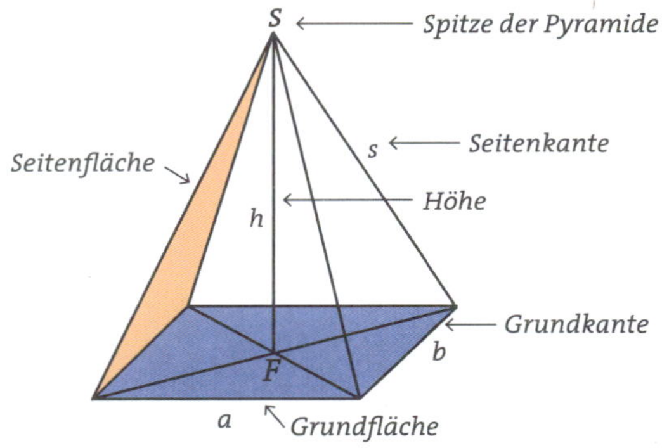

- Die **Bezeichnung** einer Pyramide wird durch ihre **Grundfläche** bestimmt, z. B. rechteckige Pyramide.
- Die **Seitenflächen** einer geraden Pyramide sind **gleichschenklige Dreiecke**.
- Die Seitenkanten *s* schneiden sich in der **Spitze *S***.
- Der Normalabstand von *S* zur Grundfläche wird als **Höhe *h*** bezeichnet.
- *F* heißt **Fußpunkt** der Höhe *h*.
- Ist die Grundfläche der Pyramide ein **regelmäßiges Vieleck** (z. B. ein gleichseitiges Dreieck, ein Quadrat, ein regelmäßiges Sechseck usw.) und fällt der Umkreismittelpunkt des Vielecks mit dem Fußpunkt *F* der Höhe zusammen, spricht man von einer **regelmäßigen Pyramide**.

Zeichne den Schrägriss einer regelmäßigen quadratischen Pyramide mit
$a = 4$ cm, $h = 5$ cm, $\alpha = 135°$, $v = \frac{1}{2}$.

Konstruktionsgang:
1. *Zeichne die (verzerrt dargestellte) Grundfläche.*
2. *Der Schnittpunkt der Diagonalen ist der Fußpunkt F der Höhe.*
3. *Zeichne von F aus senkrecht die Höhe h (unverzerrt) ein.*
4. *Verbinde die Spitze S mit den Eckpunkten der Grundfläche.*

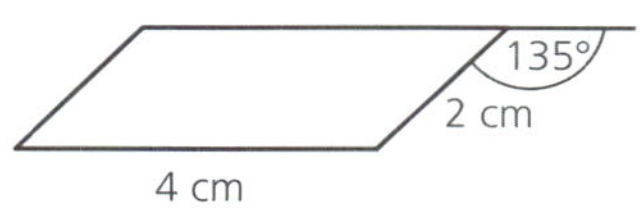

1.

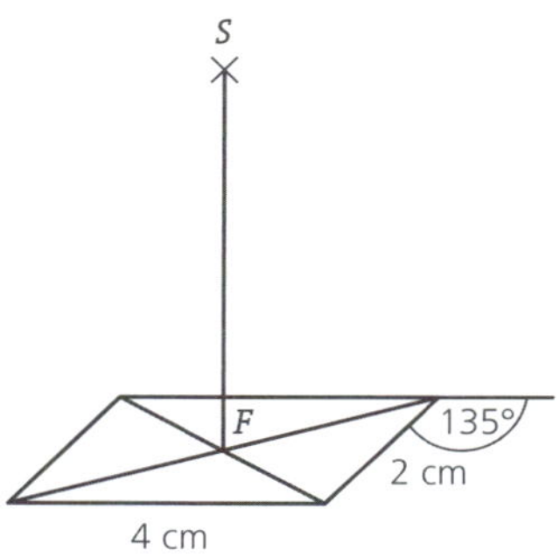

2. + 3.

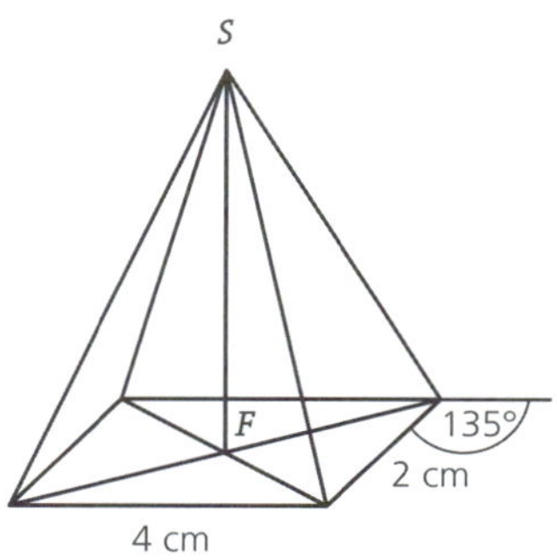

4.

263 * Benenne die Pyramide, von der die Grundfläche dargestellt ist.

a)
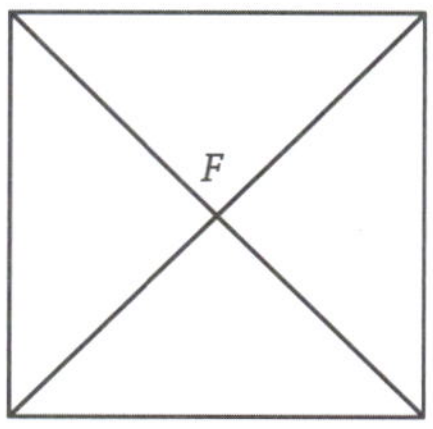

b)
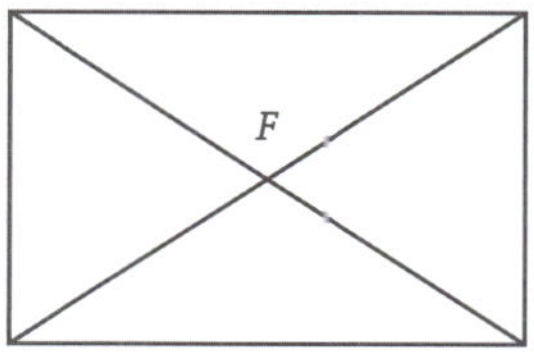

c)
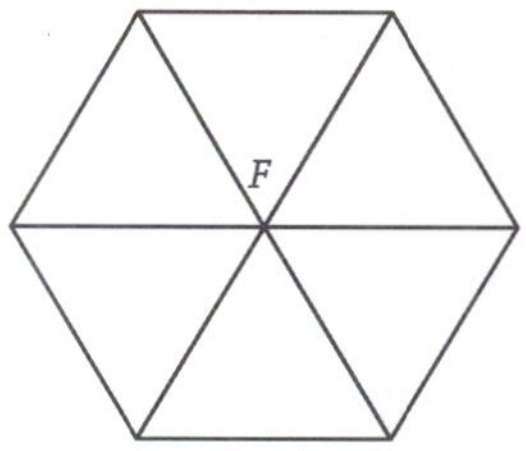

d)
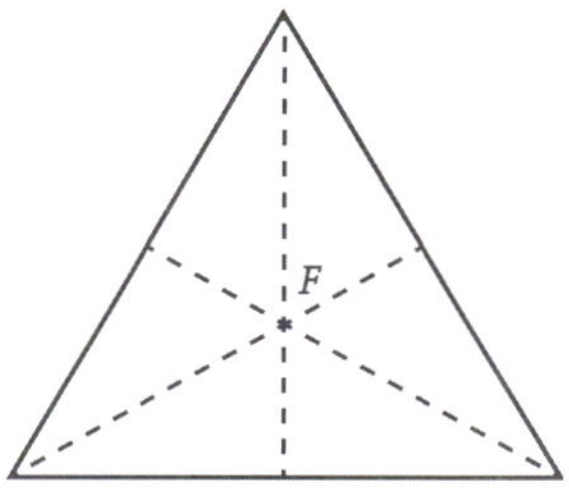

e)
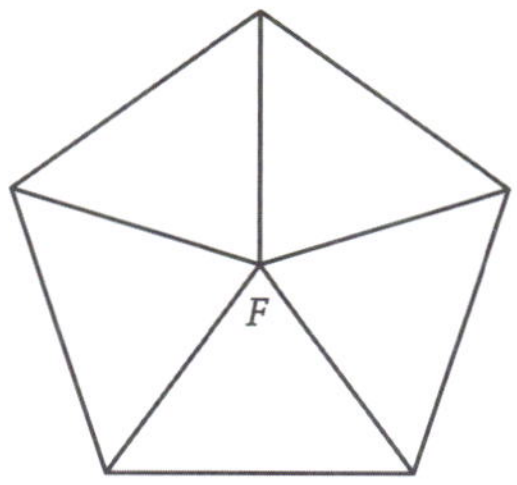

264 * Benenne die Teile der Pyramide: Spitze (1), Fußpunkt (2), Seitenkante (3), Grundfläche (4), Höhe (5), Seitenfläche (6). Schreibe die passenden Nummern in die Zeichnung.

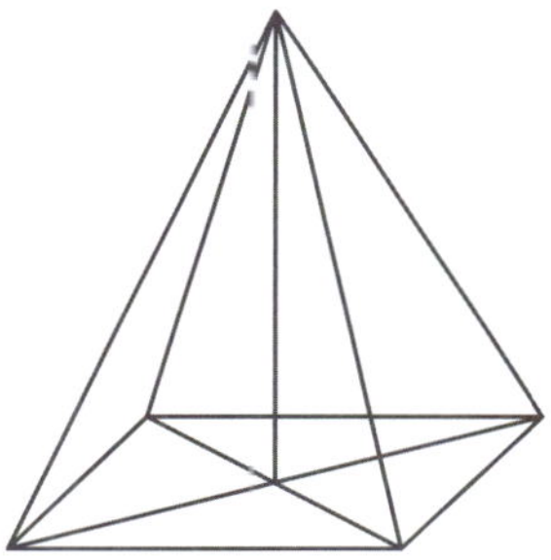

265 ** Zeichne den Schrägriss der Pyramide.

a) quadratische Pyramide mit $a = 5$ cm, $h = 5$ cm, $\alpha = 135°$, $v = \frac{1}{2}$

b) quadratische Pyramide mit $a = 6$ cm, $h = 3$ cm, $\alpha = 45°$, $v = \frac{1}{2}$

c) gerade rechteckige Pyramide mit $a = 4$ cm, $b = 3$ cm, $h = 4{,}5$ cm, $\alpha = 135°$, $v = \frac{1}{2}$

d) gerade rechteckige Pyramide mit $a = 5{,}5$ cm, $b = 4$ cm, $h = 6$ cm, $\alpha = 45°$, $v = \frac{1}{2}$

E Netz einer Pyramide / Oberflächeninhalt

- Werden die **Begrenzungsflächen** zusammenhängend in der Zeichenebene **ausgebreitet**, entsteht das **Netz** der Pyramide.

Zeichne das Netz der quadratischen Pyramide mit $a = 2$ cm und der Seitenkantenlänge $s = 4$ cm.

Konstruktionsgang:
1. Zeichne die Grundfläche.
2. Hänge die Seitenflächen sternförmig an die Seiten der Grundfläche.

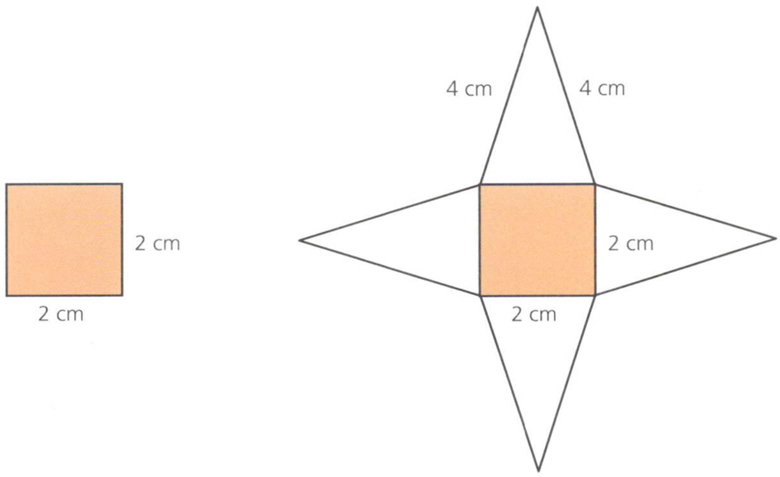

- Der Oberflächeninhalt der Pyramide setzt sich aus dem Inhalt der Grundfläche und der Summe der Inhalte der Seitenflächen zusammen.
- Die Seitenflächen bilden zusammen den **Mantel *M***.

REGEL

Oberfläche = Grundfläche plus Mantel

$O = G + M$

Miss im Netz des vorigen Beispiels die Höhe h_a einer Seitenfläche ab ($h_a \approx 3{,}9$ cm) und berechne den Oberflächeninhalt der Pyramide

$G = a^2 =$ ________ cm²

$M = 4 \cdot \frac{a \cdot h_a}{2} = 2 \cdot a \cdot h_a =$ ________ cm²

$O = G + M =$ ________ + ________ = ________ cm²

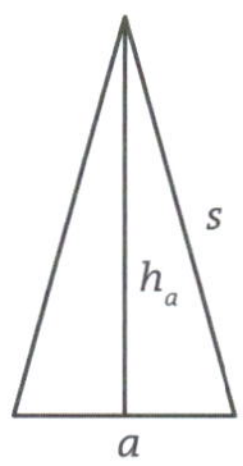

266 Zeichne das Netz der Pyramide.

* *

a) Regelmäßige quadratische Pyramide mit $a = 3$ cm und $s = 2$ cm.

b) Regelmäßige dreiseitige Pyramide mit $a = 3{,}5$ cm und $s = 2{,}5$ cm.

c) Regelmäßige sechsseitige Pyramide mit $a = 2$ cm und $s = 2{,}5$ cm.

267 ✱✱

a) Gegeben ist das Netz einer rechteckigen Pyramide. Berechne den Oberflächeninhalt der Pyramide. Maße in cm.

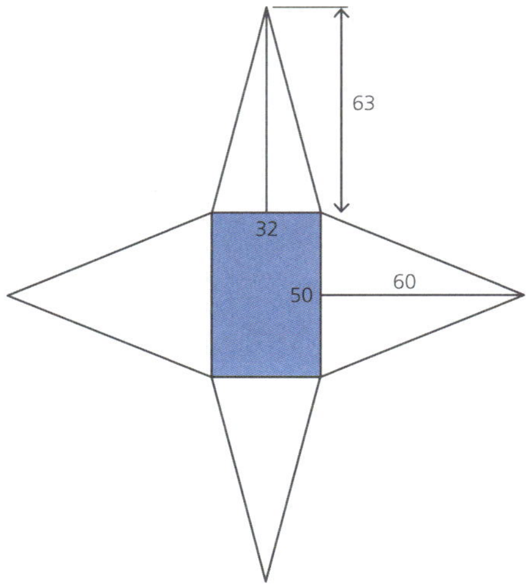

b) Gegeben ist das Netz einer dreiseitigen Pyramide. Berechne den Inhalt der Mantelfläche der Pyramide. Maße in cm.

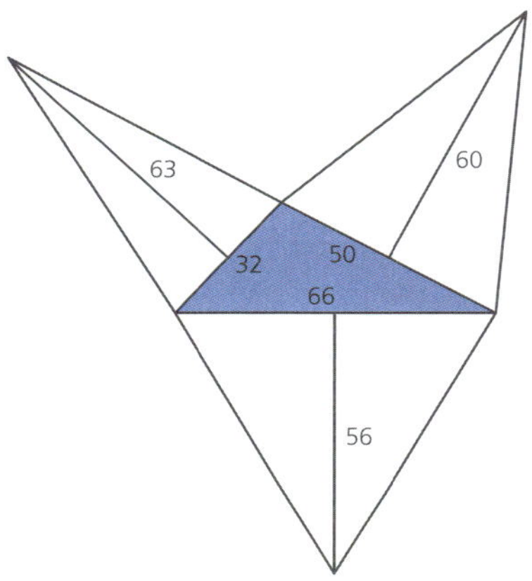

268 Gegeben sind die Kantenlänge a der Grundfläche und die Höhe h_a der Seitenfläche einer quadratischen Pyramide. Berechne den Oberflächeninhalt der Pyramide.

a) $a = 3$ cm, $h_a = 5$ cm

b) $a = 4{,}4$ cm, $h_a = 5{,}1$ cm

c) $a = 6{,}3$ cm, $h_a = 8$ cm

269 ✱✱ Berechne den Oberflächeninhalt einer rechteckigen Pyramide. Die Kantenlängen der Grundfläche sind a und b. Die Seitenflächenhöhen sind h_a und h_b.

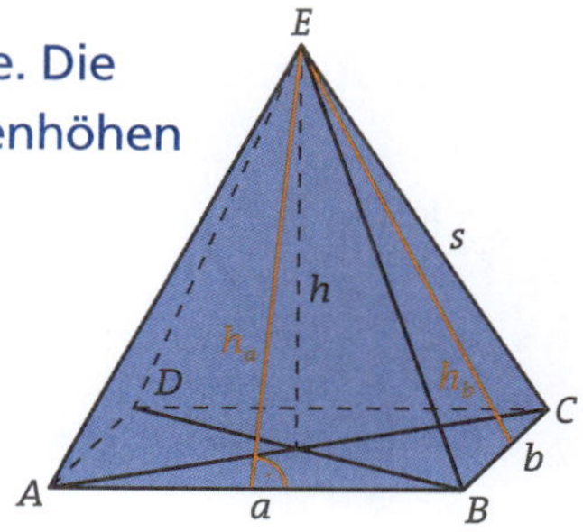

a) a = 9 cm, b = 4,2 cm, h_a = 6 cm, h_b = 7.2 cm

b) a = 7,2 cm, b = 8 cm, h_a = 7,7 cm, h_b = 7,5 cm

c) a = 12 cm, b = 5,6 cm, h_a = 8 cm, h_b = 9,6 cm

d) a = 13,2 cm, b = 15,6 cm, h_a = 11,2 cm, h_b = 10,4 cm

e) a = 16 cm, b = 20,4 cm, h_a = 15 cm, h_b = 13,6 cm

F Volumen einer Pyramide

- Für das Volumen des Prismas gilt: $V = G \cdot h$
- Das Volumen einer Pyramide ist genau $\frac{1}{3}$ des Volumens eines Prismas, das die gleiche Grundfläche und die gleiche Höhe hat:

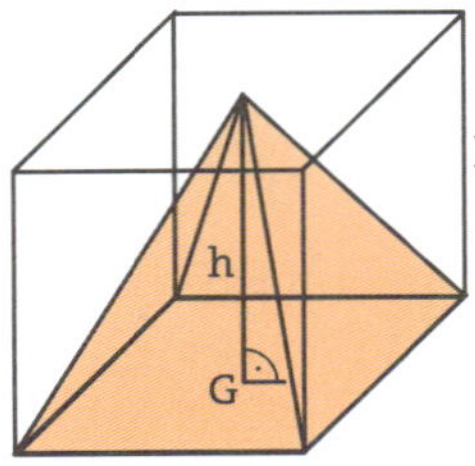

REGEL

Volumen der Pyramide:

$V = \frac{1}{3} \cdot G \cdot h = \frac{G \cdot h}{3}$

a) Berechne das Volumen einer geraden rechteckigen Pyramide mit $a = 11{,}2$ cm, $b = 8{,}4$ cm und der Körperhöhe $h = 20$ cm.

$G = a \cdot b =$ ______ $\cdot$ ______ $=$ ______ cm^2

$V = \frac{1}{3} \cdot G \cdot h = \frac{1}{3} \cdot$ ______ $\cdot$ ______ $=$ ______ cm^3

b) Drücke aus der Formel $V = \frac{1}{3} \cdot G \cdot h$ jede Variable durch die anderen aus.

$V = \frac{1}{3} \cdot G \cdot h \quad | \cdot 3$ $\qquad$ $V = \frac{1}{3} \cdot G \cdot h \quad | \cdot 3$

$3 \cdot V = G \cdot h \quad | : h$ $\qquad$ ______ $=$ ______ $\cdot$ ______ $| : G$

$\frac{3 \cdot V}{h} = G$ $\qquad$ ______ $= h$

c) Das Volumen einer Pyramide ist 636,66 dm^3 und die Körperhöhe h beträgt 24,3 dm. Welchen Inhalt hat die Grundfläche?

$G = \frac{3 \cdot V}{h} = \frac{3 \cdot \text{\_\_\_\_\_\_}}{\text{\_\_\_\_\_\_}} =$ ______ dm^2

270 ✱ Berechne den Rauminhalt der Pyramide mit der angegebenen Grundfläche und der Körperhöhe h.

a)

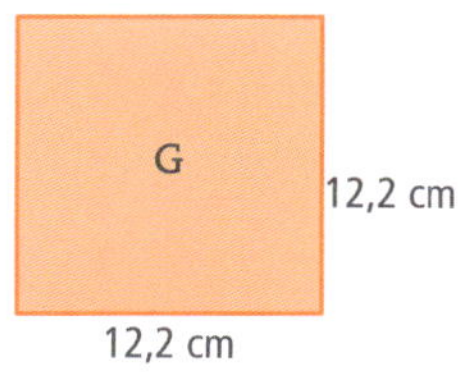

h = 18 cm

b)

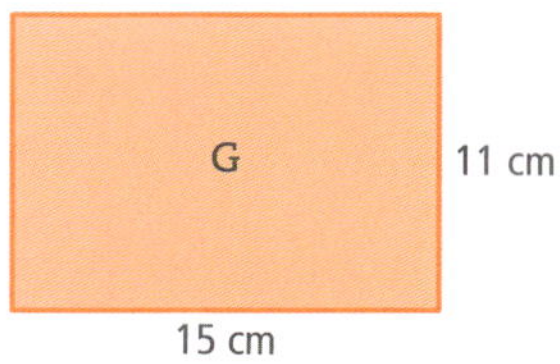

h = 21 cm

c)

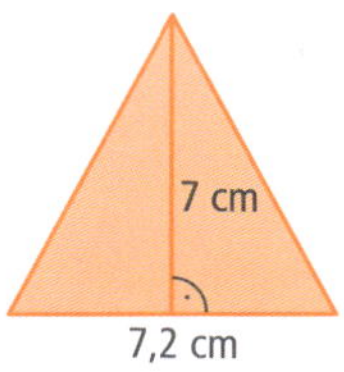

h = 9,5 cm

271 ✱✱ Berechne die Masse der Pyramide mit der Körperhöhe h.

a)

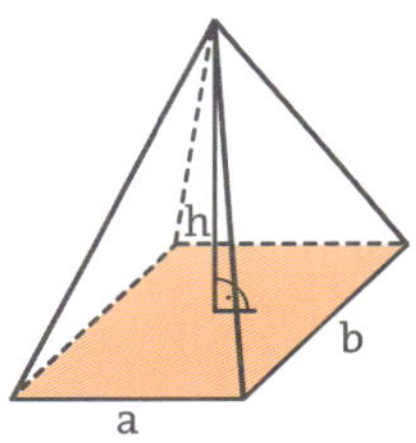

Blei: ρ = 11,3 g/cm³
a = 1 dm, b = 1,2 dm
h = 14 cm

b)

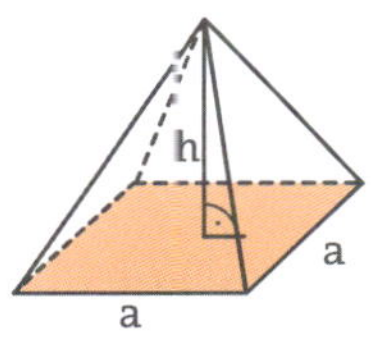

Beton: ρ = 1500 kg/m³
a = 60 cm
h = 70 cm

272 ✱✱✱ Berechne die fehlende Größe der geraden rechteckigen Pyramide.

	a)	b)	c)	d)
a	4,5 cm	11 cm	0,12 dm	
b	2,3 cm	6 cm		0,7 dm
h	7,2 cm		1 dm	0,9 dm
V		198 cm³	0,016 dm³	0,168 dm³

G Körper – Vermischte Aufgaben

273 ✱✱ Eine quaderförmige, oben offene Schachtel hat eine Länge von 44 cm, eine Breite von 35 cm und eine Höhe von 61 cm. Sie soll außen mit bunter Folie beklebt werden. Bestimme, wie viel cm^2 Folie dazu benötigt wird, wenn 10% Verschnitt dazugerechnet wird.

274 ✱✱✱ Ein quaderförmiges Aquarium ist 6 dm lang, 30 cm breit und hat ein Fassungsvermögen von 45 dm^3.

a) Berechne, wie viel Meter Metallrahmen man für die Herstellung des Aquariums mindestens braucht.

b) Berechne, wie viele m^2 Glas man braucht, wenn die Rückwand aus einer Spiegelfläche und der Boden aus Kunststoff bestehen.

275 ✱✱ Gegeben ist ein dreiseitiges Prisma aus Eichenholz (ρ = 0,9 g/cm^3).

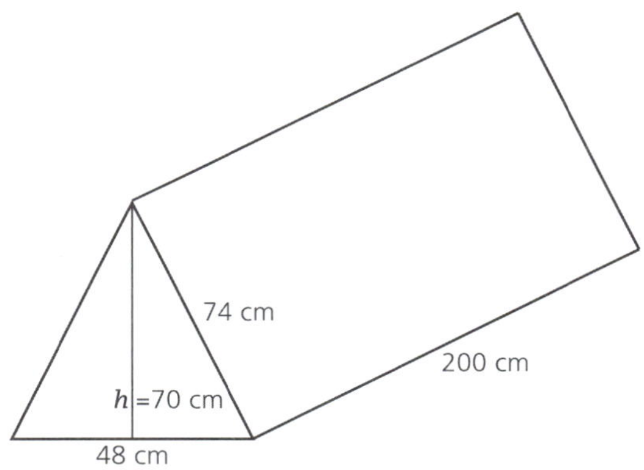

a) Berechne das Volumen und die Masse des Prismas.
b) Berechne den Oberflächeninhalt des Prismas.

276 ✱✱✱ Ein 95 km langer Kanal hat die Form eines gleichschenkligen Trapezes. Am Grund hat er eine Breite von 40 m, von einem Ufer zum anderen misst der Kanal 100 m. Das Wasser steht rund 12 m hoch. Berechne, wie viele Kubikmeter Wasser sich in diesem Kanal befinden.

277 ✱ Die Cheopspyramide in Ägypten hat eine quadratische Grundfläche. Die Seitenlänge des Quadrats betrug ursprünglich 230,3 m, die Höhe der Pyramide war 146,6 m.
Wie viele würfelförmige Steine mit einem Meter Kantenlänge waren zum Bau der Pyramide nötig?

278 ✱ Eine kleine Marmor-Pyramide hat eine quadratische Grundfläche mit einem Flächeninhalt von 12,25 cm^2 und ist 2 cm hoch. Berechne die Masse der Pyramide, wenn 1 cm^3 Marmor 2,8 g wiegt.

279 ✱✱ Eine pyramidenförmige Wachskerze mit quadratischer Grundfläche ist 15 cm hoch. Sie hat einen Grundflächeninhalt von 121 cm^2. Der Flächeninhalt eines Seitendreiecks ist 138 cm^2.

a) Bestimme den Oberflächeninhalt der Kerze.

b) Berechne das Volumen der Kerze und ihre Masse, wenn das verwendete Wachs eine Dichte von 0,95 g/cm^3 hat.

TEST

Online-Test
Finde heraus, ob du das Thema dieses Kapitels schon drauf hast. Einfach QR-Code scannen und los geht's!

1. Schularbeit

Schularbeitsstoff

- Grundrechnungsarten mit ganzen Zahlen
- Koordinatensystem
- Mittelwert
- Dreieck, Parallelogramm

1

a) $[(-36) + (-64)] : (-4) - 16 \cdot (-2) =$ — / 2 Punkte

b) Löse die Gleichungen und mache die Probe:

$x : (-12) = -6$ $\qquad$ $(-17) + r = -56$ — / 2 Punkte

2

a) Gib die kleinste negative dreistellige ganze Zahl an. — / 1 Punkte

b) Setze <, > oder = ein: — / 3 Punkte

$(+30) : (-15)$ ☐ $(-2) \cdot (+2)$

$5 \cdot (-11)$ ☐ $(-12) : (+4)$

$(-1) + (-7)$ ☐ $(-3) - (-10)$

c) Setze + oder – richtig ein: — / 3 Punkte

$+67 - 54 =$ ☐ $(-67$ ☐ $54)$

$-11 + 12 =$ ☐ $(12$ ☐ $11)$

3

Von einem Parallelogramm kennt man die Eckpunkte $A = (-3|-1)$, $B = (4|-1)$, C, $D = (-2|3)$.

a) Zeichne das Parallelogramm in ein rechtwinkliges Koordinatensystem und gib die Koordinaten des Eckpunkts C an. — / 2 Punkte

b) Berechne den Flächeninhalt des Parallelogramms. — / 2 Punkte

4

Konstruiere das Dreieck ABC [$a = 7$ cm, $c = 5$ cm, $\alpha = 60°$]. — / 3 Punkte

Zeichne die drei Höhen ein, miss deren Längen und berechne den Flächeninhalt des Dreiecks auf drei verschiedene Arten. — / 3 Punkte

Berechne den Durchschnitt der Flächeninhalte. — / 3 Punkte

Bewertung	
23 bis 24 Punkte	Sehr gut
20 bis 22 Punkte	Gut
15 bis 19 Punkte	Befriedigend
unter 15 Punkte	Wiederhole die Stoffgebiete noch einmal, bei denen du die wenigsten Punkte erreicht hast.

/ 24 Punkte
GESAMT

2. Schularbeit

Schularbeitsstoff	
▪ Rationale Zahlen	▪ Raute
▪ Prozentrechnung	▪ Deltoid

1 Bestimme das Vorzeichen und kürze so weit wie möglich: / 6 Punkte

$\frac{-24 \cdot (-7)}{14 \cdot (-6)} =$ ______ $\frac{-75 \cdot (-108)}{18 \cdot 25} =$ ______

2 **a)** Ordne die Brüche der Größe nach. Beginne mit der kleinsten Zahl. / 4 Punkte

$-2\frac{1}{2}, -1\frac{2}{10}, 3\frac{1}{4}, -4\frac{3}{4}, \frac{1}{2}, -3\frac{1}{2}, 2\frac{6}{10}$

b) Löse die Gleichung. / 4 Punkte

$-\frac{3}{4} + u = 5\frac{1}{16}$ $\frac{4}{5} \cdot d = -3\frac{3}{10}$

3 **a)** In einem bestimmten Jahr betrug das Pro-Kopf-Einkommen der Arbeitnehmer rund 1 350 Euro im Monat. Im Lauf von sechs Jahren ist das Einkommen auf 111% angewachsen. Wie hoch war dann der Durchschnittslohn? / 2 Punkte

b) Der Preis einer Ware wird von 68 Euro auf 65,96 Euro gesenkt. Um welchen Prozentsatz wurde der Preis vermindert? / 2 Punkte

4 Von einer Raute kennt man die Seitenlänge $a = 3$ cm und den Winkel $\alpha = 120°$. Konstruiere die Raute und berechne den Flächeninhalt und den Umfang! / 4 Punkte

5 Wie lang ist die Diagonale e eines Deltoids mit dem Flächeninhalt 135 cm^2 und der Diagonalenlänge $f = 18$ cm? / 2 Punkte

Bewertung	
23 bis 24 Punkte	Sehr gut
20 bis 22 Punkte	Gut
15 bis 19 Punkte	Befriedigend
unter 15 Punkte	Wiederhole die Stoffgebiete noch einmal, bei denen du die wenigsten Punkte erreicht hast.

/ 24 Punkte
GESAMT

3. Schularbeit

Schularbeitsstoff

- Terme
- Potenzen
- Trapez

1 Vereinfache so weit wie möglich. / 6 Punkte

a) $3x^2y^4z \cdot 6xyz^4 =$ ______ **b)** $\frac{24r^5s^2}{6r^3s} =$ ______ **c)** $(4x^4y)^3 =$ ______

2 Vereinfache den Term und mache die Probe für $x = 1$, $y = 2$! / 6 Punkte

$(2x^2 + 3xy - 2y^2) \cdot (2x - 3y) - (x^2 - 2xy + y^2) \cdot (x + 2y) =$

3 Schreibe mit Zehnerpotenzen: / 2 Punkte

a) 23 Millionen

b) 2,3 Milliarden

4 Schreibe in Zifferndarstellung: / 2 Punkte

a) $3 \cdot 10^4$

b) $2{,}67 \cdot 10^6$

5 Zeichne das Trapez $ABCD$ [$A = (6|3)$, $B = (15|3)$, $C = (13{,}5|7)$, $D = (6{,}5|7)$] in ein rechtwinkliges Koordinatensystem und berechne den Flächeninhalt! / 4 Punkte

6 Von einem gleichschenkligen Trapez ($b = d$) kennt man den Umfang $u = 55$ cm, die Länge des Schenkels $d = 7{,}5$ cm und die Seite $c = 12{,}3$ cm. Der Flächeninhalt beträgt $A = 89{,}42$ cm². Welche Höhe h hat dieses Trapez? / 4 Punkte

Bewertung	
23 bis 24 Punkte	Sehr gut
20 bis 22 Punkte	Gut
15 bis 19 Punkte	Befriedigend
unter 15 Punkte	Wiederhole die Stoffgebiete noch einmal, bei denen du die wenigsten Punkte erreicht hast.

/ 24 Punkte

GESAMT

Üben

4. Schularbeit

Schularbeitsstoff

- Binomische Formeln
- Rechtwinkliges Dreieck
- Herausheben gemeinsamer Faktoren

1 Berechne: / 6 Punkte

a) $(2x + 3y)^2 =$ ______

b) $(-a + 4b)^2 =$ ______

c) $(-4s - 5t)^2 =$ ______

2 Vereinfache und mache die Probe mit $g = 2$! / 6 Punkte

$2g^2 \cdot (g + 7)^2 + 2g^3 \cdot (g - 2g) \cdot (g + g) - 2g^4 \cdot (g - 3)^2 =$

3 Hebe die gemeinsamen Faktoren heraus! / 4 Punkte

a) $11a^3b^2 - 22a^2b + 33ab^3 - 55a^2b =$

b) $(a + b) \cdot (x - 3y) - 5 \cdot (x - 3y) + (x - 3y) =$

4 Gegeben sind die Seitenlängen 78 cm, 72 cm, 30 cm eines rechtwinkligen Dreiecks. / 4 Punkte

a) Gib die Längen der Katheten und die Länge der Hypotenuse an.
b) Berechne den Umfang des rechtwinkligen Dreiecks in Meter.
c) Gib den Flächeninhalt des rechtwinkligen Dreiecks mehrnamig an.

5 Von einem rechtwinkligen Dreieck mit den Katheten x und y kennt man die Länge der Kathete $y = 60$ mm sowie den Flächeninhalt $A = 960$ mm^2. / 4 Punkte
Berechne die Länge der anderen Kathete x.

Bewertung	
23 bis 24 Punkte	Sehr gut
20 bis 22 Punkte	Gut
15 bis 19 Punkte	Befriedigend
unter 15 Punkte	Wiederhole die Stoffgebiete noch einmal, bei denen du die wenigsten Punkte erreicht hast.

/ 24 Punkte
GESAMT

Üben

5. Schularbeit

Schularbeitsstoff

- Ähnlichkeit
- Vergrößern
- Verkleinern
- Gleichungen

Üben

1 Löse die Gleichung und mache die Probe: / 5 Punkte

$(x - 3)^2 - (3x + 1)^2 = -2 \cdot (2x - 3)^2 + 2$

2 Schreibe den Text in Form einer Gleichung an und löse diese! / 5 Punkte
Ein Quadrat hat die Seitenlänge x. Sein Flächeninhalt ist um 95 cm² größer als der eines anderen Quadrats, dessen Seite um 5 cm kürzer ist. Welche Seitenlängen haben beide Quadrate und wie groß ist ihr Flächeninhalt?

3 Von zwei ähnlichen Dreiecken kennt man die Flächeninhalte $A = 16\ m^2$ und $A_1 = 36\ m^2$. Die Länge der Seite a beträgt 5 m. Berechne die Länge von a_1! / 4 Punkte

4 Eine Erbschaft in der Höhe von 235 000 Euro soll unter fünf Erben im Verhältnis 3 : 4 : 5 : 6 : 2 aufgeteilt werden. / 4 Punkte
Wie viel bekommt jeder der fünf Erben?

5 / 6 Punkte
a) Verkleinere die Strecke $s = 13$ cm im Verhältnis 8 : 5.
b) Vergrößere die Strecke $s = 3$ cm im Verhältnis 4 : 5.

Bewertung	
23 bis 24 Punkte	Sehr gut
20 bis 22 Punkte	Gut
15 bis 19 Punkte	Befriedigend
unter 15 Punkte	Wiederhole die Stoffgebiete noch einmal, bei denen du die wenigsten Punkte erreicht hast.

/ 24 Punkte
GESAMT

6. Schularbeit

Schularbeitsstoff

- Strahlensatz
- Proportionen
- Zinsen und Zinseszinsen
- Prisma

1 Berechne die Höhe des Turms. / 4 Punkte

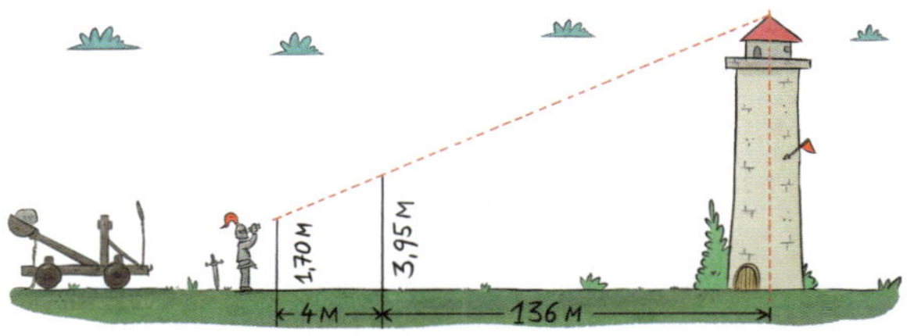

2 Löse mit einer Verhältnisgleichung. / 8 Punkte

a) Ein Auto fährt mit 70 km/h und erreicht sein Ziel nach $3\frac{1}{4}$ Stunden. Wie lange braucht es für dieselbe Strecke, wenn es seine Geschwindigkeit um 21 km/h erhöht?

b) Ein Pkw verbraucht auf einer Strecke von 300 km rund 24,6 Liter Benzin. Wie viele Kilometer kann mit diesem Pkw gefahren werden, wenn im Tank 41 Liter Benzin enthalten sind?

3 / 8 Punkte

a) Ein Kapital in der Höhe von 3 400 Euro wird auf einer Bank mit einem Zinssatz von 2,4% für einen Zeitraum von 250 Tagen angelegt. Berechne die Höhe der Zinsen und welchen Gesamtbetrag man nach dieser Zeit beheben kann!

b) Herr Adam legt für seine zwei Kinder einen Betrag von 10 000 Euro 15 Jahre lang bei einer Bank an. Er bekommt 3% Zinsen pro Jahr. Welcher Gesamtbetrag steht den beiden Kindern nach dieser Zeit zur Verfügung? Sie teilen den Betrag gleichmäßig auf. Wie viel bekommt jedes der Kinder?

4 Eine Stahlschiene hat ein gleichschenkliges Dreieck mit 5 cm Höhe als Querschnittfläche. 1 Meter dieser Schiene hat ein Volumen von 1,4 dm³. Wie breit ist die Schiene an der Basis? / 4 Punkte

Bewertung	
23 bis 24 Punkte	Sehr gut
20 bis 22 Punkte	Gut
15 bis 19 Punkte	Befriedigend
unter 15 Punkte	Wiederhole die Stoffgebiete noch einmal, bei denen du die wenigsten Punkte erreicht hast.

/ 24 Punkte
GESAMT

Üben

7. Schularbeit

Schularbeitsstoff

- Lineare Entwicklungen
- Erweitertes Koordinatensystem
- Verhältnisse und Proportionen
- Rechtwinkliges Dreieck
- Strahlensätze
- Wahrscheinlichkeitsrechnung

1 / 6 Punkte

Angebot eines Handynetzbetreibers für Jugendliche:
Die monatliche Grundgebühr beträgt 4 €. Das Verbindungsentgelt beträgt 4 Cent pro Minute in alle Netze.

a) Ergänze die Wertetabelle für die Gesprächsminuten x und die dafür anfallenden Kosten y und gib eine Formel für die Berechnung von y an, wenn x Minuten telefoniert werden.

Minuten x	Kosten y
0	
100	
200	
500	
x	

b) Erstelle ein Diagramm.

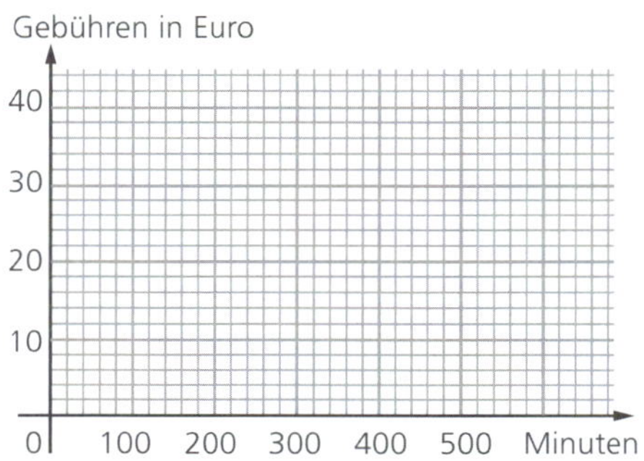

c) Lies aus der Graphik ab, bei wie vielen Gesprächsminuten eine Gebühr von 20 € anfällt.

2 / 1 Punkt

Kreuze die zutreffende Aussage an.

Der Punkt mit den Koordinaten $P = (0 \mid -8)$ liegt auf der 1. Achse.	☐
Der Punkt mit den Koordinaten $P = (-8 \mid 0)$ liegt auf der 2. Achse.	☐
Liegt ein Punkt P im zweiten Quadranten, hat seine x-Koordinate ein negatives und seine y-Koordinate ein positives Vorzeichen.	☐

3 Ein zwölfseitiger Würfel wird einmal geworfen. Gib die Wahrscheinlichkeit für das gegebene Ereignis an.

/ 2 Punkte

a) P(Es wird eine Primzahl gewürfelt) = ______________________

b) P(Es wird eine durch vier teilbare Augenzahl gewürfelt =

____

4 Schreibe die Proportion als Produktgleichung und berechne die Variable.

/ 2 Punkte

$1{,}2 : x = 2{,}5 : 8$ $\quad x =$ ______________________

5 Kreuze die beiden richtigen Proportionen an.

/ 2 Punkte

☐	☐	☐	☐
$2 : 9 = 7 : 31{,}5$	$3 : 5 = 6 : 11$	$1{,}2 : 5 = 5 : 2{,}4$	$4{,}5 : 2 = 8{,}1 : 3{,}6$

6 Gegeben ist ein rechtwinkliges Dreieck mit den Seiten r, e und z. Es gilt: $e < z < r$.

/ 7 Punkte

a) Beschrifte die Seitenlängen des dargestellten rechtwinkligen Dreiecks mit entsprechenden Buchstaben und benenne jede der Seitenlängen mit dem passenden Fachausdruck.

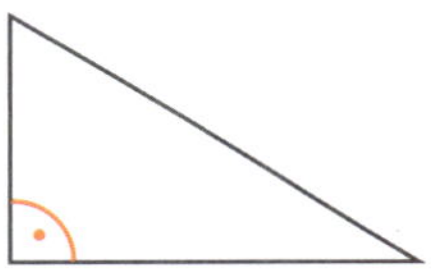

b) Gib eine Formel für den Flächeninhalt A des rechtwinkligen Dreiecks an und drücke jede der vorkommenden Variablen durch die anderen aus.

7 Berechne die Längen der Strecken x und y.

/ 4 Punkte

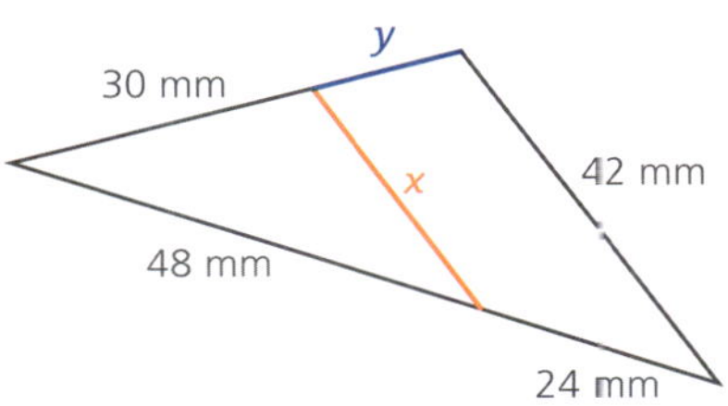

$x =$ ______________________ $\quad y =$ ______________________

Bewertung	
23 bis 24 Punkte	Sehr gut
20 bis 22 Punkte	Gut
15 bis 19 Punkte	Befriedigend
unter 15 Punkte	Wiederhole die Stoffgebiete noch einmal, bei denen du die wenigsten Punkte erreicht hast.

/ 24 Punkte
GESAMT

Formelsammlung

Menge der ganzen Zahlen

$\mathbb{Z} = \{\ldots -5, -4, -3, -2, -1, 0, 1, 2, 3, 4, 5 \ldots\}$

Menge der rationalen Zahlen

$\mathbb{Q} = \left\{\frac{a}{b} \mid a, b \in \mathbb{Z}, b \neq 0\right\}$

Betrag einer ganzen / rationalen Zahl

$|+5| = 5$ $|-5| = 5$ $|0| = 0$

Rechnen mit ganzen / rationalen Zahlen

$+ (+) \rightarrow +$	$(+) \cdot$ bzw $: (+) \rightarrow +$
$+ (-) \rightarrow -$	$(+) \cdot$ bzw $: (-) \rightarrow -$
$- (+) \rightarrow -$	$(-) \cdot$ bzw $: (+) \rightarrow -$
$- (-) \rightarrow +$	$(-) \cdot$ bzw $: (-) \rightarrow +$

Potenz

x^n x … Basis n … Exponent (Hochzahl)

Rechnen mit Potenzen

$a^m \cdot a^n = a^{m+n}$

$a^m : a^n = a^{m-n}$ $m > n$

$(a^m)^n = a^{m \cdot n}$

$(a \cdot b)^m = a^m \cdot b^m$

$\left(\frac{a}{b}\right)^m = \frac{a^m}{b^m}$

Binomische Formeln

$(a + b)^2 = (-a - b)^2 = a^2 + 2ab + b^2$

$(a - b)^2 = (-a + b)^2 = a^2 - 2ab + b^2$

$(a + b) \cdot (a - b) = a^2 - b^2$

Verhältnisgleichung (Proportion)

$a : b = c : d \rightarrow a \cdot d = b \cdot c$

Üben

Strahlensätze

Werden die Schenkel eines Winkels von Parallelen geschnitten, verhalten sich Abschnitte auf dem ersten Schenkel zueinander wie die entsprechenden Abschnitte auf dem zweiten Schenkel.

Werden die Schenkel eines Winkels von Parallelen geschnitten, verhalten sich die Abschnitte auf den Parallelen wie die entsprechenden vom Scheitel aus gemessenen Abschnitte auf den Schenkeln des Winkels.

Prozentrechnung

1 % (1 Prozent) $= \frac{1}{100} = 0{,}01$

Prozentwert $= \frac{\text{Grundwert} \cdot \text{Prozentsatz}}{100}$	$W = G \cdot \frac{p}{100}$
Grundwert $= \frac{\text{Prozentwert} \cdot 100}{\text{Prozentsatz}}$	$G = \frac{W}{p} \cdot 100$
Prozentsatz $= \frac{\text{Prozentwert} \cdot 100}{\text{Grundwert}}$	$p = \frac{W}{G} \cdot 100$

Zins- und Zinseszinsrechnung

Zinsen für ein Jahr	$Z = K \cdot \frac{p}{100}$
Zinsen für m Monate	$Z = K \cdot \frac{p}{100} \cdot \frac{m}{12}$
Zinsen für d Tage	$Z = K \cdot \frac{p}{100} \cdot \frac{d}{360}$
Kapital nach n Jahren	$K_n = K \cdot \left(1 + \frac{p}{100}\right)^n$
effektiver Zinssatz	$p_{eff} = p \cdot 0{,}75$

Spannweite / Median / Modalwert / Mittelwert

Spannweite = Maximum – Minimum

Median: Wert, der genau in der Mitte einer geordneten Datenmenge steht.

Modus: Wert, der in der Datenmenge am häufigsten vorkommt.

Mittelwert: Die Summe der Einzelwerte x_1 , x_2 , …, x_n dividiert durch die Anzahl n der Einzelwerte.

Körper

Oberfläche eines Prismas: $O = 2 \cdot G + M$

Volumen eines Prismas: $V = G \cdot h$

Oberfläche einer Pyramide: $O = G + M$

Volumen einer Pyramide: $V = \frac{1}{3} \cdot G \cdot h$

DURCHSTARTEN LERNHILFEN – FÜR GUTE NOTEN UND EIN ENTSPANNTES FAMILIENLEBEN!

VERITAS hat sich mit der (Weiter-)Entwicklung der Durchstarten-Lernhilfen das Ziel gesetzt, allen Schüler:innen in Österreich – von der Volksschule bis zur Matura – **gute Noten** und **nachhaltigen Lernerfolg** zu ermöglichen und dadurch für weniger Stress in der Familie und der Schule zu sorgen. Somit tragen die Durchstarten-Lernhilfen auch zu einem **entspannten Familienleben** bei.

ÖSTERREICHISCHER LEHRPLAN

Unsere Leitlinien

- Digitale Inhalte und Funktionen, wie zum Beispiel das Anhören von Hörverständnisübungen am Smartphone, werden dort eingesetzt, wo sie das **Lernen sinnvoll unterstützen**.
- Die Durchstarten-Lernhilfen werden **von erfahrenen Pädagog:innen/Lehrer:innen entwickelt**.
- Wir orientieren uns an den aktuellen **Anforderungen des österreichischen Lehrplans** und unterstützen dadurch die **bildungsrelevanten Ziele Österreichs**.
- Die Lernhilfen können **unabhängig vom jeweils verwendeten Schulbuch** eingesetzt werden.
- Bei der Produktentwicklung legen wir den Fokus auf die Anforderungen und Wünsche der Verwendergruppen – also **Schüler:innen, Lehrer:innen und Eltern**.

Nutzen für Schüler:innen, Lehrer:innen und Eltern:

bildstadt, Linz

VERITAS-Verlag, Linz

bildstadt, Linz

Mehr Infos unter: www.durchstarten.at

DURCH STARTEN

3

MATHEMATIK

LERNHILFE

3. Klasse Mittelschule / AHS

Lösungen

VERITAS

Liebe Eltern!

Dieses Lernhilfebuch umfasst **alle wichtigen Lerninhalte der 3. Klasse in Mathematik**. Damit ist Durchstarten **der ideale Lernbegleiter durch das gesamte Schuljahr**. Egal, welches Thema in der Schule gerade besprochen wird, Durchstarten bietet dazu **verständliche Erklärungen, umfangreiche Übungen** in drei Schwierigkeitsgraden. Sie müssen sich nicht mehr überlegen, wo Sie passende Übungen für Ihr Kind herbekommen oder wie Sie das Thema Ihrem Kind noch einmal verständlich erklären können – Durchstarten erledigt das für Sie!

Damit entlastet Sie Durchstarten und verhilft Ihnen zu einem entspannten Familienleben ohne Schul- und Notenstress.

Wie das Üben mit dem Buch **funktioniert**, lesen Sie bitte auf der **inneren Umschlagseite** 2 nach.

Wo Sie das jeweils passende **Übungsthema** finden, steht vorne im **Inhaltsverzeichnis**.

Wenn Ihr Kind die **Mittelschule** besucht, wird es in Mathematik im **Leistungsniveau „Standard"** oder **„Standard AHS"** unterrichtet. Die Übungen mit einem ✱ oder zwei ✱✱ entsprechen dem Leistungsniveau „Standard", die Übungen mit drei ✱✱✱ dem Leistungsniveau „Standard AHS". So kann Ihr Kind **je nach** seinem **Leistungsniveau optimal trainieren und** sich **verbessern**.

Unsere Leitlinien

- Diese Durchstarten-Lernhilfe wurde **von erfahrenen PädagogInnen / LehrerInnen entwickelt**.
- Wir orientieren uns an den **aktuellen Anforderungen des österreichischen Lehrplans**.
- Diese Lernhilfe kann **unabhängig vom jeweils verwendeten Schulbuch** eingesetzt werden.
- Bei der Produktentwicklung haben wir den Fokus auf die Anforderungen und **Wünsche von Ihnen und Ihrem Kind** gelegt.
- Digitale Inhalte und Funktionen werden nur dort eingesetzt, wo sie das **Lernen sinnvoll unterstützen**.

Immer am neuesten Stand

Auf www.durchstarten.at informieren wir Sie über alle verfügbaren Titel der Durchstartenreihe und u. a. darüber, welche Vorteile Durchstarten für Sie bietet.

Wir wünschen Ihnen und Ihrem Kind ein erfolgreiches Schuljahr in der 3. Klasse!

Ihr Durchstartenteam

1 **a)** $A = -3$ $B = 0$ $C = 1$ $D = 6$
b) $A = -100$ $B = -30$ $C = 10$ $D = 80$
c) $A = -1{,}4$ $B = -1{,}1$ $C = -0{,}1$ $D = 0{,}6$ $E = 1$

2 **a)**

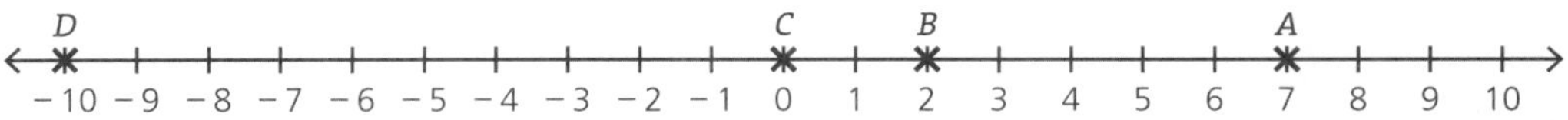

b)

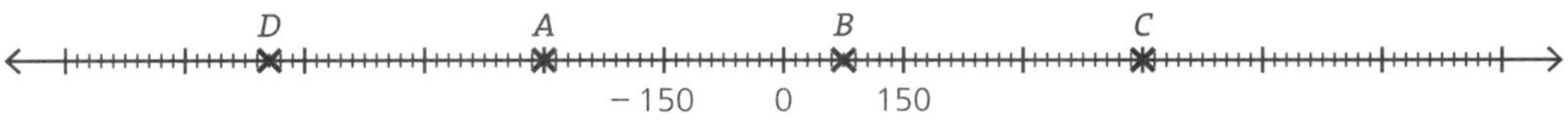

3 **a)**

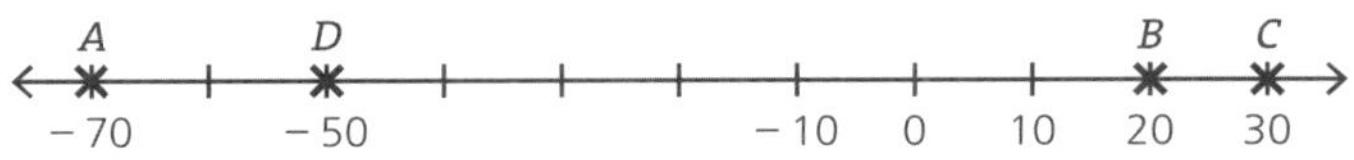

b)

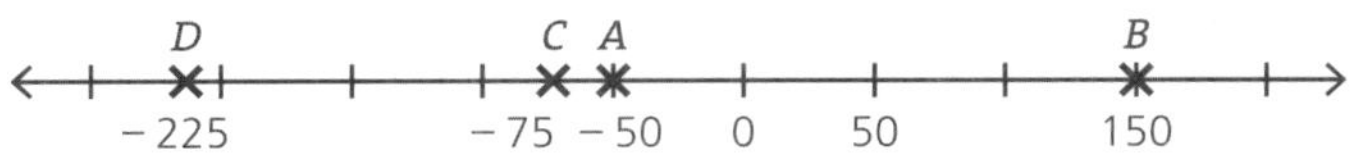

c)

4 **a)** −6, −4, −2, 0, 2, 4, 5 **b)** −91, −90, −80, 99, 100 **c)** −65, −33, −12, 23, 56

5 **a)** Die ganze Zahl −11 hat vom Nullpunkt den Abstand **11**.
b) Die ganze Zahl 0 hat vom Nullpunkt den Abstand **0**.
c) Die ganze Zahl +15 hat vom Nullpunkt den Abstand **15**.
d) Die ganzen Zahlen **−7** und **+7** haben vom Nullpunkt den Abstand 7.
e) Die ganzen Zahlen **−13** und **+13** haben vom Nullpunkt den Abstand 13.
f) Die ganzen Zahlen −50 und +50 haben vom Nullpunkt den Abstand **50**.

6 **a)** **$|-11| = 11$** **c)** $|+15| = 15$ **e)** $|-13| = |+13| = 13$
b) $|0| = 0$ **d)** $|-7| = |+7| = 7$ **f)** $|-50| = |+50| = 50$

7

Zahl	Gegenzahl
+6	**−6**
−7	+7
−12	**+12**
0	0
+20	**−20**

8 **a)** −23 **b)** +17 **c)** +90 **d)** −42

9

Die Null ist weder positiv noch negativ.	**Richtig**
Der Betrag der Zahl – 15 ist kleiner als der Betrag von + 15.	**Falsch**
Die Gegenzahl von 200 hat ein negatives Vorzeichen.	**Richtig**
Der Betrag einer Zahl und die Gegenzahl der Zahl haben immer dasselbe Vorzeichen.	**Falsch**
$\lvert -14 \rvert > \lvert -13 \rvert$	**Richtig**

10 **a)** $-6 + 5 = -1$

b) $12 - 14 = -2$

11 **a)** $-4 + 5 = 1$

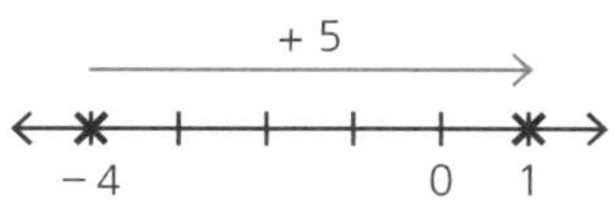

b) $7 - 3 = 4$

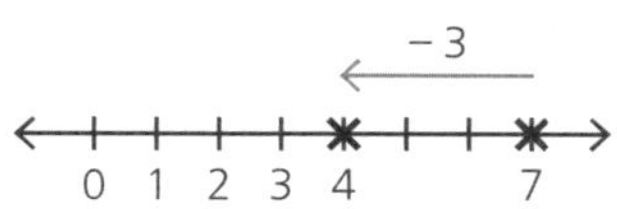

c) $-1 - 5 = -6$

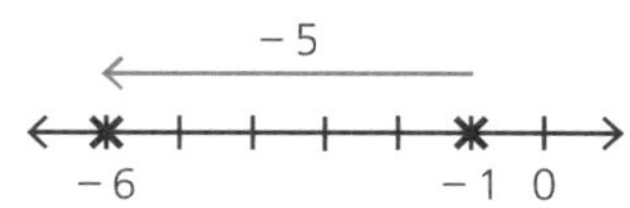

d) $6 - 4 = 2$

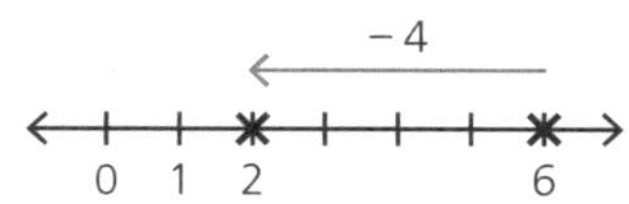

12

Temperatur in °C	–15	0	20	–2
Änderung in °C	+9	–8	–20	+6
Temperatur in °C nach der Änderung	–6	–8	0	+4

13 **a)** $5 - 10 = -5$

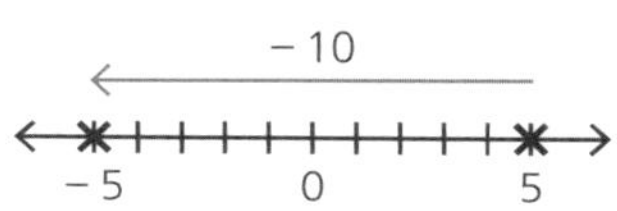

b) $-3 + 8 = 5$

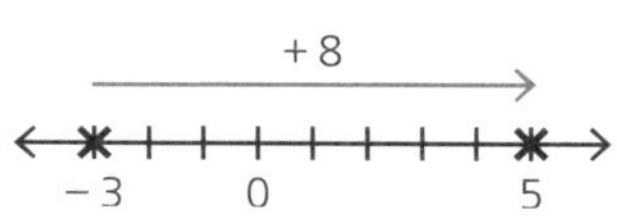

c) $-11 - 10 = -21$

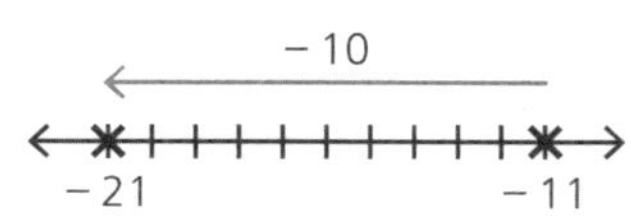

d) $8 + 9 = 17$

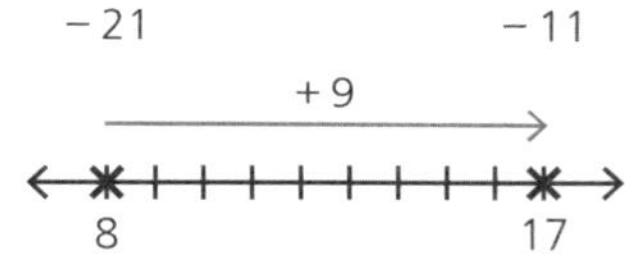

14 **a)** $7 + 10 - 8 = 9$
b) $-6 - 11 - 2 = -19$
c) $-6 + 2 - 3 = -7$
d) $12 - 11 - 10 = -9$

15 **a)** –30 **b)** +63 **c)** +200 **d)** –99

16

·	+12	–23	0	–31
–11	–132	+253	0	+341
+21	+252	–483	0	–651
–21	–252	+483	0	+651

17 **a)** +12
b) +4
c) –27
d) –7
e) –9
f) +9

18

:	+105	−210	0	+315
−35	−3	+6	0	−9
+5	+21	−42	0	+63
−3	−35	+70	0	−105

19

a) −360 **b)** 0 **c)** 0 **d)** −5 **e)** 0 **f)** −9 **g)** −100 **h)** −2

20

a)
$A = (5|0)$ x-A.
$B = (2|5)$ 1. Q.
$C = (0|2)$ y-A.
$D = (-3|1)$ 2. Q.
$E = (-4|0)$ x-A.
$F = (-2|-2)$ 3. Q.
$G = (0|-2)$ y-A.
$H = (3|-1)$ 4. Q.

b)
$A = (2|5)$ 1. Q.
$B = (-3|3)$ 2. Q.
$C = (-2|-1)$ 3. Q.
$D = (1|-2)$ 4. Q.
$E = (5|1)$ 1. Q.

c)
$A = (4|2)$ 1. Q.
$B = (2|-1)$ 4. Q.
$C = (-2|1)$ 2. Q.
$D = (-1|-2)$ 3. Q.

21

a)

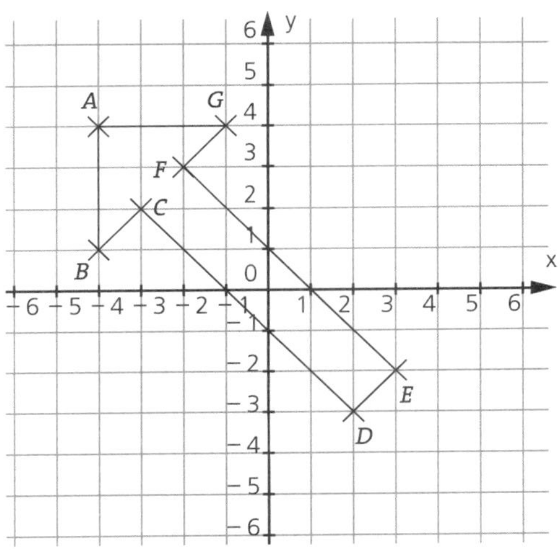

$A = (-4|4)$
$B = (-4|1)$
$C = (-3|2)$
$D = (2|-3)$
$E = (3|-2)$
$F = (-2|3)$
$G = (-1|4)$
$H = A$

Figur: **PFEIL**

b)

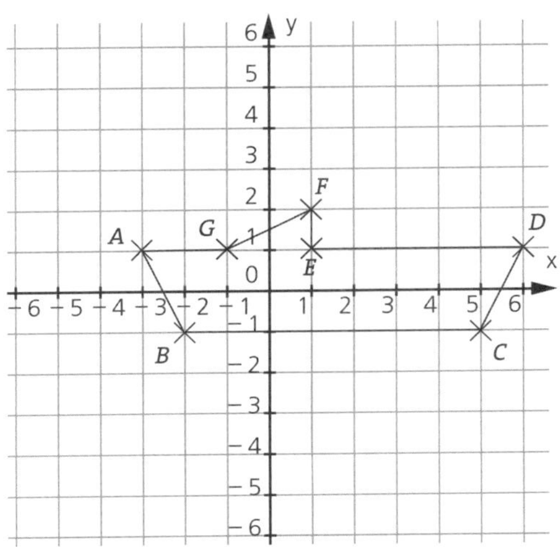

$A = (-3|1)$
$B = (-2|-1)$
$C = (5|-1)$
$D = (6|1)$
$E = (1|1)$
$F = (1|2)$
$G = (-1|1)$
$H = A$

Figur: **BOOT**

c)

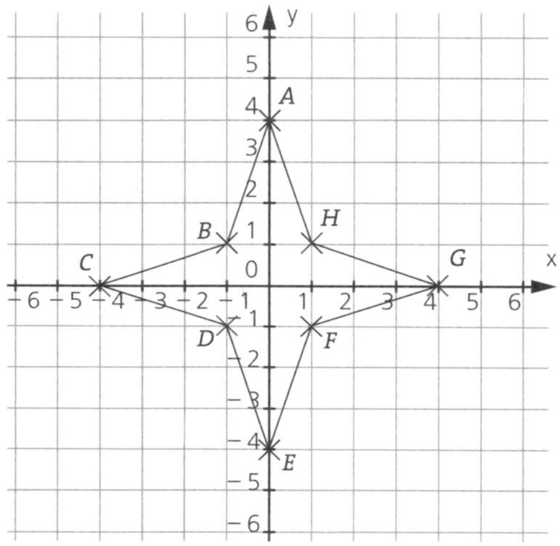

$A = (0\|4)$
$B = (-1\|1)$
$C = (-4\|0)$
$D = (-1\|-1)$
$E = (0\|-4)$
$F = (1\|-1)$
$G = (4\|0)$
$H = (1\|1)$
$I = A$
Figur: **STERN**

22

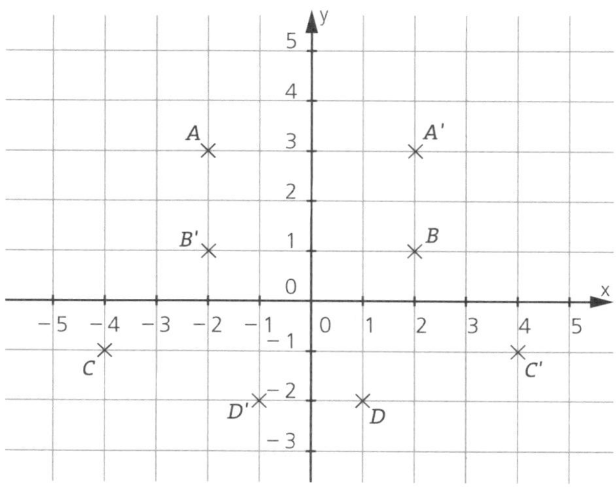

A' = (2|3)
B' = (–2|1)
C' = (4|–1)
D' = (–1|–2)

23

Der Punkt $P = (-3\|0)$ liegt auf der negativen x-Achse.	**Richtig**
Die Punkte $A = (4\|3)$ und $B = (-4\|-3)$ liegen symmetrisch zur waagrechten Achse.	**Falsch**
Der Punkt mit den Koordinaten (0|0) wird als Ursprung bezeichnet.	**Richtig**
Die Punkte $A = (4\|3)$ und $B = (-4\|3)$ liegen symmetrisch zur senkrechten Achse.	**Richtig**
Um den Punkt $P = (-4\|-3)$ in das Koordinatensystem einzuzeichnen, geht man vom Nullpunkt drei Einheiten nach links und vier Einheiten nach unten.	**Falsch**
Die Punkte $A = (0\|3)$ und $B = (0\|-3)$ liegen symmetrisch zur waagrechten Achse.	**Richtig**

Lösungswort: **KIMONO**

24

a) $A = 2$ $B = 1{,}25$ $C = 0$ $D = -0{,}25$ $E = -0{,}5$ $F = -1{,}75$

Ordnungskette: $-1{,}75 < -0{,}5 < -0{,}25 < 0 < 1{,}25 < 2$

b) $A = -1{,}4$ $B = -1{,}1$ $C = -0{,}1$ $D = 0{,}6$ $E = 1$

Ordnungskette: $-1{,}4 < -1{,}1 < -0{,}1 < 0{,}6 < 1$

c) $A = -1{,}4$ $B = -0{,}8$ $C = -0{,}55$ $D = -0{,}5$ $E = -0{,}05$ $F = 0{,}1$ $G = 1{,}25$

Ordnungskette: $-1{,}4 < -0{,}8 < -0{,}55 < -0{,}5 < -0{,}05 < 0{,}1 < 1{,}25$

25 a)

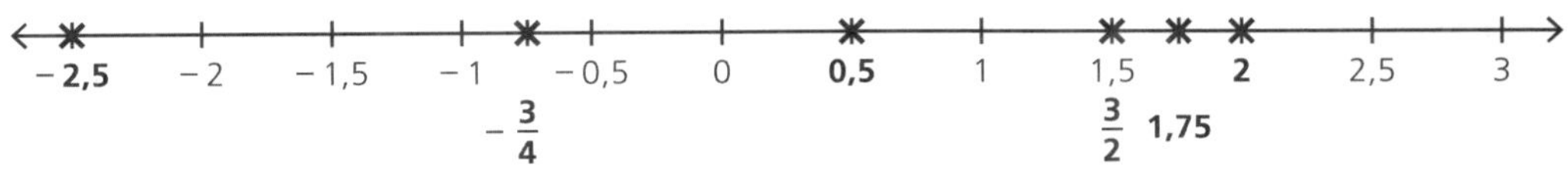

b)

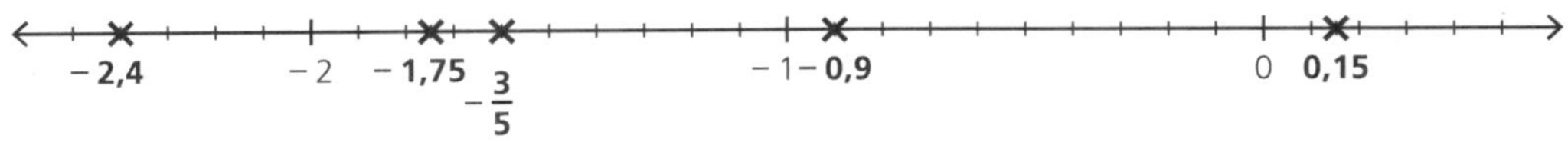

c)

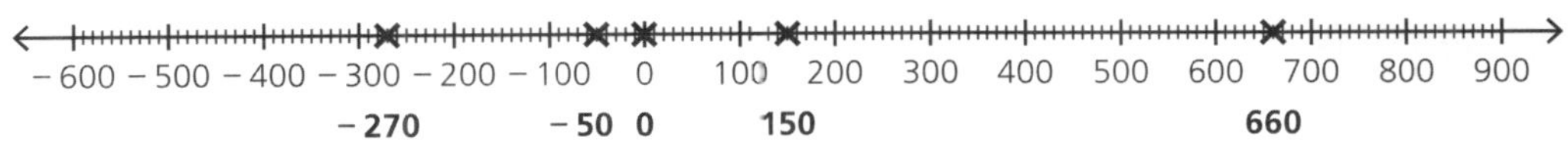

26 **a)** 2,5 **b)** $1\frac{3}{5}$ **c)** $\frac{1}{100}$ **d)** 0,004 **e)** $\frac{9}{11}$ **f)** 0,3

27 **a)** $-5 < 6$ **c)** $|-2{,}5| > 0{,}5$ **e)** $|-16{,}4| > 16{,}04$

b) $\left|+\frac{2}{3}\right| = \left|-\frac{2}{3}\right|$ **d)** $19 > -20$ **f)** $213 = |-213|$

28 **a)** $-\frac{4}{5} = -0{,}8$ **c)** $\left|-\frac{3}{4}\right| < \left|-\frac{5}{6}\right|$ **e)** $\left|-\frac{7}{20}\right| = \frac{7}{20}$

b) $|-15{,}2| = 15{,}2$ **d)** $|-2{,}3| > 0{,}23$ **f)** $\left|+\frac{2}{7}\right| > \left|-\frac{2}{9}\right|$

29

Zahl	Betrag	Gegenzahl
– 16,2	**16,2**	**16,2**
$\frac{2}{3}$ oder $-\frac{2}{3}$	$\frac{2}{3}$	**$-\frac{2}{3}$ oder $\frac{2}{3}$**
$\frac{6}{13}$	**$\frac{6}{13}$**	$-\frac{6}{13}$
7,08	**7,08**	**– 7,08**
– 47,5	**47,5**	+ 47,5

30 $-0{,}142 < |-0{,}142| < |-0{,}241| < |+0{,}412|$

31 **a)** $4{,}5 \notin \mathbb{N}$ **c)** $\frac{36}{9} \in \mathbb{Z}$ **e)** $0{,}4 \in \mathbb{Q}$ **g)** $120 \in \mathbb{Q}$

b) $\frac{4}{5} \notin \mathbb{Z}$ **d)** $76 \in \mathbb{N}$ **f)** $-1{,}2 \in \mathbb{Q}$ **h)** $0{,}76 \notin \mathbb{N}$

32 $A = (0\,|\,-3{,}5)$ $B = (4{,}5\,|\,4)$ $C = (-0{,}5\,|\,3)$ $D = (-4{,}75\,|\,0)$

33

$A = (0{,}2 \mid 1{,}2)$
$B = (-0{,}4 \mid 0{,}8)$
$C = (0 \mid 0{,}8)$
$D = (-0{,}6 \mid 0{,}2)$
$E = (0 \mid 0{,}2)$
$F = (0 \mid 0)$
$G = (0{,}2 \mid 0)$
$H = (0{,}4 \mid 0)$
$I = (0{,}4 \mid 0{,}2)$
$J = (1 \mid 0{,}2)$
$K = (0{,}4 \mid 0{,}8)$
$L = (0{,}8 \mid 0{,}8)$

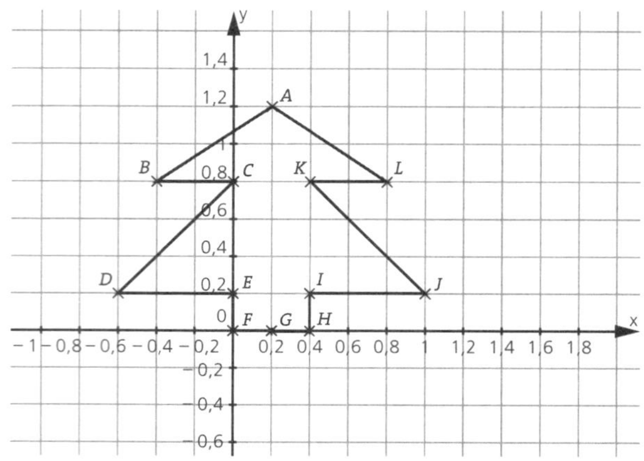

Beispiel S.20

b) $1{,}5 - \frac{3}{4} =$	→ Vor- und **Rechen**zeichen vereinfachen.
$= \frac{\mathbf{3}}{\mathbf{2}} - \frac{3}{4} =$	→ Dezimalzahl als **Bruch** darstellen.
$= \frac{\mathbf{6}}{4} - \frac{3}{4} = \frac{\mathbf{3}}{4}$	→ **gleich**namige Brüche subtrahieren.

34

a) $\frac{9}{7} + \frac{3}{7} = \frac{12}{7} = 1\frac{5}{7}$

b) $-\frac{6}{13} - \frac{9}{13} = -\frac{15}{13} = -1\frac{2}{13}$

c) $-\frac{1}{8} + \frac{5}{8} = \frac{4}{8} = \frac{1}{2}$

d) $-\frac{19}{9} - \frac{11}{9} = -\frac{30}{9} = -3\frac{3}{9} = -3\frac{1}{3}$

35

a) $-\frac{5}{8} + \frac{4}{8} = -\frac{1}{8}$

b) $\frac{19}{8} - \frac{18}{8} = \frac{1}{8}$

c) $-\frac{8}{10} + \frac{7}{10} = -\frac{1}{10}$

d) $-\frac{2}{12} + \frac{1}{12} = -\frac{1}{12}$

e) $\frac{35}{20} - \frac{84}{20} = -\frac{49}{20} = -2\frac{9}{20}$

f) $-\frac{115}{40} + \frac{32}{40} = -\frac{83}{40} = -2\frac{3}{40}$

36

a) 0,25
b) – 1,177
c) 8
d) – 1,1
e) 2,95
f) – 11,405

37

$\left(-3\frac{5}{8}\right) - \left(-\frac{11}{8}\right)$	D
$(-1{,}02) + \left(-\frac{3}{100}\right)$	E
$\left(+\frac{11}{5}\right) - (+1{,}5)$	B
$\left(+\frac{7}{6}\right) - \left(-1\frac{1}{3}\right)$	A
$(-15{,}2) - (-13{,}8)$	C

A	$\frac{5}{2}$
B	$\frac{7}{10}$
C	$-1{,}4$
D	$-\frac{9}{4}$
E	$-\frac{21}{20}$

38 a) $14{,}3 - 4{,}5 = 9{,}8$

b) $-2{,}8 + 5{,}4 = 2{,}6$

c) $-\frac{5}{12} - \frac{5}{12} = -\frac{10}{12} = -\frac{5}{6}$

d) $-4{,}25 - \frac{3}{4} = -5$

e) $-1\frac{3}{5} + 1\frac{3}{5} = 0$

39 a) $5{,}6 - (-5) = 10{,}6$

b) $\frac{1}{5} - (-2{,}4) = 2{,}6$

c) $-5{,}4 - (-9{,}4) = 4$

d) $\frac{1}{7} - \left(-\frac{1}{4}\right) = \frac{11}{28}$

Beispiel S. 22

b) $1\frac{2}{9} : \left(-3\frac{1}{3}\right) =$	→ (+) : (–) = **(–)** Vorzeichen des **Quotienten**.
$= -\frac{11 \cdot 3}{9 \cdot 10} =$	→ Mit dem **Kehrwert** multiplizieren.
$= -\frac{\mathbf{11} \cdot \mathbf{1}}{\mathbf{3} \cdot \mathbf{10}} = -\frac{11}{30}$	Kürzen!

40 a) $-\frac{3}{11}$ b) $\frac{1}{2}$ c) $\frac{1}{5}$ d) -1 e) $-3\frac{1}{2}$ f) 2 g) $\frac{2}{11}$ h) $-\frac{1}{11}$ i) $-\frac{1}{7}$ j) 3

41 a) $-\frac{4}{5} \cdot \frac{10}{3} = -\frac{8}{3} = -2\frac{2}{3}$

b) $\frac{5}{8} \cdot \frac{12}{5} = \frac{3}{2} = 1\frac{1}{2}$

c) $-\frac{2}{3} \cdot \frac{9}{4} = -\frac{3}{2} = -1\frac{1}{2}$

d) $-\frac{7}{4} \cdot \frac{8}{7} = -2$

e) $\frac{15}{7} \cdot \frac{21}{10} = \frac{9}{2} = 4\frac{1}{2}$

f) $\frac{25}{7} \cdot \frac{7}{15} = \frac{5}{3} = 1\frac{2}{3}$

42 a) $-\frac{7}{4} \cdot \frac{16}{21} = -\frac{4}{3} = -1\frac{1}{3}$

b) $\frac{7}{3} \cdot \frac{4}{3} = \frac{28}{9} = 3\frac{1}{9}$

c) $\frac{1}{2} \cdot \frac{16}{5} = \frac{8}{5} = 1\frac{3}{5}$

d) $\frac{5}{8} \cdot \frac{4}{5} = \frac{1}{2}$

e) $-\frac{6}{10} \cdot \frac{10}{31} = -\frac{6}{31}$

f) $-\frac{8}{7} \cdot \frac{5}{7} = -\frac{40}{49}$

43

Wird eine rationale Zahl (ungleich 0) durch ihre Gegenzahl dividiert, ist das Ergebnis immer – 1.	**Richtig**
Wird eine rationale Zahl (ungleich 0) mit ihrer Gegenzahl multipliziert, ist das Ergebnis immer +1.	**Falsch**
Das Produkt einer rationalen Zahl (ungleich 0) und ihrer Gegenzahl ist immer negativ.	**Richtig**
Der Quotient einer rationalen Zahl und dem Kehrwert ihrer Gegenzahl ist immer positiv.	**Falsch**

44 a) $\frac{2}{3} \cdot \frac{9}{4} = \frac{3}{2} = 1\frac{1}{2}$ b) $-\frac{9}{5} \cdot \frac{4}{9} = -\frac{4}{5}$ c) $-\frac{22}{9} \cdot \frac{3}{11} = -\frac{2}{3}$

Beispiel S.24

$\left(2\frac{4}{7} - \frac{1}{14}\right) : \left(-\frac{5}{6}\right) =$	→	Gemischte Zahlen in Brüche umwandeln und die Klammern berechnen.
$= \left(\frac{18}{7} - \frac{1}{14}\right) \cdot \left(-\frac{6}{5}\right) =$	→	Mit dem **Kehrwert** des Divisors **multiplizieren**.
$= \left(\frac{36}{14} - \frac{1}{14}\right) \cdot \left(-\frac{6}{5}\right) =$	→	Vorzeichen des **Produkts** bestimmen!
$= -\left(\frac{{}^{7}\cancel{35}}{{}_{7}\cancel{14}} \cdot \frac{\cancel{6}^{3}}{\cancel{5}_{1}}\right) = -3$	→	Vor dem Multiplizieren **kürzen**.

45 a) $\left(\frac{46}{16} + \frac{17}{16}\right) \cdot \frac{2}{63} = \frac{63}{16} \cdot \frac{2}{63} = \frac{1}{8}$

b) $\frac{19}{6} + \frac{5}{8} \cdot \frac{2}{3} = \frac{19}{6} + \frac{5}{12} = \frac{38}{12} + \frac{5}{12} = \frac{43}{12} = 3\frac{7}{12}$

c) $-\frac{15}{9} \cdot \frac{3}{5} - \frac{4}{9} \cdot \frac{3}{2} = -1 - \frac{2}{3} = -1\frac{2}{3}$

d) $[-3 + 5] : [-3 - 5] = -\frac{2}{8} = -\frac{1}{4}$

e) $-\frac{9}{4} \cdot \left[\frac{4}{3} + \frac{3}{4} \cdot \frac{2}{3}\right] = -\frac{9}{4} \cdot \frac{11}{6} = -\frac{33}{8} = -4\frac{1}{8}$

f) $\left[-\frac{5}{2} - \frac{3}{4} \cdot \frac{8}{9}\right] \cdot 6 = -\frac{19}{6} \cdot 6 = -19$

g) $\left(-\frac{3}{5}\right) \cdot \left(-1\frac{1}{9}\right) : \frac{1}{3} - 5\frac{3}{4} = 2 - 5\frac{3}{4} = -\frac{15}{4} = -3\frac{3}{4}$

h) $\left[-3 \cdot \frac{14}{9} - 2 \cdot \frac{5}{4}\right] \cdot (-12) = -\frac{43}{6} \cdot (-12) = 86$

46

Die Summe von a und b wird halbiert.	D
Der Quotient von a und b wird um 2 vergrößert.	A
Die Differenz von a und 2 wird um b verkleinert.	B
Das Produkt von a und b wird verdoppelt.	C

A	$\frac{a}{b} + 2$
B	$(a - 2) - b$
C	$2 \cdot (a \cdot b)$
D	$(a + b) : 2$

47 a) $-5{,}2 - 1{,}2 : (-0{,}75) = -5{,}2 + 1{,}2 : 0{,}75 = -5{,}2 + 1{,}6 = -3{,}6$

b) $\left(\frac{7}{12} - \frac{5}{9}\right) : \frac{5}{21} = \frac{1}{36} \cdot \frac{21}{5} = \frac{7}{60}$

c) $\left(\frac{2}{9} + \frac{8}{21}\right) \cdot \frac{63}{19} = \frac{38}{63} \cdot \frac{63}{19} = 2$

d) $-\frac{125}{10} : \frac{1}{4} + \frac{1}{6} = -50 + \frac{1}{6} = -49\frac{5}{6}$

48 **a)** 4^3 **b)** $0{,}1^4$ **c)** $5 \cdot 4$ **d)** $10 \cdot 5$ **e)** 10^5 **f)** $\left(\frac{1}{3}\right)^4$

49 **a)** $3 \cdot 3 \cdot 3 \cdot 3 = 81$ **b)** $2 \cdot 2 \cdot 2 \cdot 2 \cdot 2 = 32$ **c)** $4 \cdot 4 = 16$ **d)** $5 \cdot 5 \cdot 5 = 125$ **e)** $6 \cdot 6 = 36$ **f)** $1 \cdot 1 \cdot 1 \cdot 1 \cdot 1 = 1$

50 **a)** $2^3 \cdot 3^2$ **b)** $a^3 \cdot b^4$ **c)** $0{,}2^3 \cdot x^2$ **d)** $y^4 \cdot \left(\frac{1}{3}\right)^2$ **e)** $x^3 \cdot y^2 \cdot z^2$ **f)** $(-3)^2 \cdot m^3$

51 **a)** 81 **b)** -27 **c)** 25 **d)** -3125

52 **a)** $9 \cdot 10^3$ **b)** $2 \cdot 10^4$ **c)** $6{,}5 \cdot 10^4$ **d)** $1{,}52 \cdot 10^7$

53

Monome: $5{,}6 \cdot a$ $\frac{a \cdot b}{3}$ $x \cdot y$

Binome: $x^2 - 1$ $4 \cdot a + b$ $\frac{c}{2} + 1$

Polynome: $2 \cdot a + b - 3$ $5 \cdot x^2 + 3 \cdot x - 2$

54

Das Doppelte von *a*	C
Das Produkt von *a* und *b*	E
Der Vorgänger von *a*	A
Die dreifache Differenz von *a* und *b*	B
Die Summe von 2 und dem Quotienten von *a* und *b*	D

A	$a - 1$
B	$(a - b) \cdot 3$
C	$2 \cdot a$
D	$2 + a : b$
E	$a \cdot b$

55 **a)** $1 + 2 + (-3) = 0$ **b)** $2 - (-9) = 11$ **c)** $3 \cdot (-3) = -9$ **d)** $2 - 3 = -1$

56 **a)** $\frac{a}{b} + 5$ **b)** $x \cdot y \cdot 10$ **c)** $(2a + b) \cdot c$ **d)** $x : (y - z)$ **e)** $4x - \frac{b}{3}$

57

$m = b$	C
$m = 8$	A
$m + 1 = b$	B
$2 \cdot m = b$	D

A	Es gibt acht Mädchen.
B	Es gibt einen Burschen mehr als es Mädchen gibt.
C	Es gibt genauso viele Mädchen wie Burschen.
D	Es gibt doppelt so viele Burschen wie Mädchen.

58 **a)** Es gibt genauso viele Hühner wie Kühe.
b) Es gibt um 10 Kühe mehr als Hühner.
c) Es gibt um 5 Hühner weniger als Kühe.
d) Es gibt doppelt so viele Kühe wie Hühner.
e) Es gibt dreimal so viele Hühner wie Kühe.

59 **a)** $2 \cdot b = m$
b) $2 \cdot m = b$
c) $m = b$
d) $m - 3 = b$
e) $b + 5 = m$

Beispiel **S.30**

$-6x + (-2x) - (-6x) = -6x - 2x + 6x = \mathbf{-2x}$
$8a - 2b + b - 3a - 5b = 8a - 3a - 2b + b - 5b = \mathbf{5a - 6b}$
$4a + 6 - 7a + 10a - 4 = \mathbf{4a - 7a + 10a + 6 - 4 = 7a + 2}$

Beispiel **S.30**

$3a + 5b + (-7a + b) = 3a + 5b + (-7a) + b = 3a + 5b - 7a + b = \mathbf{-4a + 6b}$
$3x + (5 - 2x) + 6y - x + (7x - y) =$
$= 3x + 5 - 2x + 6y - x + 7x - y = \mathbf{7x + 5y + 5}$

Beispiel **S.30**

$5x - (-2x + 8) = 5x - (-2x) - (+8) = 5x + 2x - 8 = \mathbf{7x - 8}$
$(a + 2b - c) - (5a - b + 4c) =$
$= a + 2b - c - 5a + \mathbf{b} - \mathbf{4c} = -4a + 3b - 5c$

Beispiel **S.31**

$7a + b - a - 2b + a + b - 6a + 2b = \mathbf{a + 2b}$

60 **a)** $6x$ **b)** $2y$ **c)** $8x + 3y$ **d)** $4a + 9b$

61 **a)** 7
b) $10a + b$
c) $4a + b$
d) $4a + 7b$
e) $8a - 5b - 6c$
f) $4a + 3b$

62 **a)** $-2x - 2$
b) $-2x + 3$
c) $-3x - 4y$
d) $-2x + 3y$
e) $12y - 6x$
f) $18x - 12y$

63 **a)** $2a + 6b$ **b)** $-4a - 10b$ **c)** $-5a + 12b$ **d)** $10a - 5b$

64 **a)** a wurde weggelassen
b) Die Vor- bzw. Rechenzeichen in der zweiten Klammer wurden nicht geändert.

Beispiel **S.32**

$(-2x) \cdot (+7y) = (-2 \cdot 7) \cdot (x \cdot y) = \mathbf{-14xy}$
$(-3x) \cdot (-5y) = \mathbf{15xy}$
$7x \cdot 8x = 56 \cdot x \cdot x = \mathbf{56x^2}$ **(Potenzschreibweise** verwenden!)

Beispiel S. 32

$x \cdot 2x + 4y \cdot 2z - 3x \cdot 6x = 2x^2 + 8yz - 18x^2 = \mathbf{-16x^2} + 8yz$
$(-3x) \cdot 5y + 8x \cdot (-3y) - (-5x) \cdot (-4y) =$
$= -15xy + (-24xy) - 20xy = \mathbf{-59xy}$

65 a) $20ef$ b) $48ab$ c) $100xy$ d) $24xyz$ e) $20xyz$ f) $33xyz$

66 a) $-24xy$ b) $-21xy$ c) $18xy$ d) $7xy$ e) $-24xy$ f) $-84xy$

67 a) $20ab$ b) $-ab$ c) $4ab$ d) $-23abc$

68

$4a^2 + 6a - a^2 - 7a$	D
$-8a^2 - 6a + 4a - a^2$	A
$5a^2 - 3a + 2a^2 - 2a$	B
$9a + 6a^2 + 2a^2 - 9a$	C

A	$-9a^2 - 2a$
B	$7a^2 - 5a$
C	$8a^2$
D	$3a^2 - a$

69 a) $21xy$ b) $-45xy$ c) $40xy$ d) $-29xyz$ e) $-4xyz$ f) $-8xyz$

70
- ☒ $5 \cdot x \cdot (-1) \cdot y + 3 \cdot x \cdot (-3) \cdot x \cdot 2$
- ☐ $3x \cdot 2y - 6x \cdot (-2y)$
- ☐ $6x \cdot x + 12y \cdot y$
- ☐ $6xy - 12xy$
- ☐ $6x^2 - 12y^2$
- ☐ $-3x \cdot (+2y) - (-6x) \cdot (-2y)$
- ☒ $-5xy - 18x^2$

Beispiel S. 34

$(-3x) \cdot (-5x + 3) = (-3x) \cdot (-5x) + (-3x) \cdot 3 = \mathbf{15x^2 - 9x}$
$(a + 2b) \cdot ab = a \cdot ab + 2b \cdot ab = a^2b + \mathbf{2ab^2}$
$4 \cdot (a + 5b) + 3 \cdot (2a - b) =$
$= 4a + 20b + 6a - 3b = \mathbf{10a + 17b}$
$6 \cdot (3a - 2b) - 7 \cdot (-2a + 5b) =$
$= 18a - 12b + 14a - 35b = \mathbf{32a - 47b}$

Beispiel S. 34

$(4a - 2) \cdot (5a + 4) = 4a \cdot 5a - 2 \cdot 5a + 4a \cdot 4 - 2 \cdot 4 =$
$= 20a^2 - \mathbf{10a} + \mathbf{16a} - \mathbf{8} = \mathbf{20a^2 + 6a - 8}$
$(-3a + 4) \cdot (6a - 2) =$
$= -3a \cdot \mathbf{6a} + 4 \cdot \mathbf{6a} + 3a \cdot 2 - \mathbf{4} \cdot 2 =$
$= \mathbf{-18a^2 + 24a + 6a - 8} =$
$= \mathbf{-18a^2 + 30a - 8}$

71 **a)** $36rs - 12rt$ **b)** $16ac + 28bc$ **c)** $6ef - 18eg$ **d)** $-3uw + 6vw$ **e)** $5xz - yz$ **f)** $-5uv + 30uw$

72 **a)** $3a^2 - ab$ **b)** $-24x^2 - 40x$ **c)** $-90c + 50c^2$ **d)** $-35x^2 + 5xy - 15x$ **e)** $-x^2 + 12xy - 5x$ **f)** $-3ac + 6bc - 9c^2$ **g)** $10x^2 - 6x$ **h)** $3uv - 6v^2 + 12v$

73 **a)** $20x^2 - 7x - 3$ **b)** $16x^2 - 25$ **c)** $-70x^2 + 48x - 8$ **d)** $54x^2 + 3x - 1$ **e)** $-3x^2 + 5x - 2$

74 **a)** $(x + y)\,z = x \cdot z + y \cdot z$
b) $(x + y) \cdot (y + z) = x \cdot y + x \cdot z + y \cdot y + y \cdot z$

Beispiel S.36

$6 \cdot (3 + 4)^2 = 6 \cdot 7^2 = 6 \cdot \mathbf{49} = \mathbf{294}$
$(12 - 2 \cdot 5)^3 = (12 - \mathbf{10})^3 = \mathbf{2}^3 = \mathbf{8}$

75 **a)** $16 : 2 + 36 = 8 + 36 = 44$ **b)** $(11 - 8 \cdot 5 + 25) : 2 = -4 : 2 = -2$ **c)** $40 : 8 - 49 = 5 - 49 = -44$ **d)** $(9 - 12)^2 - 16 = 9 - 16 = -7$

76
- ☒ $(2^2 + 2 \cdot 4)^3 = 1\,728$
- ☐ $2^2 + 2 \cdot 4^3 = 132$
- ☐ $(2^2 + 2) \cdot 4^3 = 384$
- ☐ $2^2 + (2 \cdot 4)^3 = 516$

77 **a)** $10a^2 - 13a$ **b)** $10a^2 - 5a - 7$ **c)** $-12a^2 - 17$ **d)** $6a^2$

78 **a)** a^7 **b)** a^7 **c)** a^9 **d)** a^7 **e)** a^6 **f)** a^{11}

79 **a)** a **b)** a^2 **c)** a^2 **d)** a^6 **e)** a **f)** a^5

80

$3a^2 \cdot 5a^4$	A
$5a^2 \cdot (-2a^4) \cdot a$	N
$-8a^3 \cdot 2a \cdot (-a^2)$	G
$36a^8 : (-9a^2)$	L
$(-27a^5) : (-3a^2)$	E
$a^{11} : (-a^{10})$	R

L	$-4a^6$
R	$-a$
E	$9a^3$
A	$15a^6$
N	$-10a^7$
G	$16a^6$

Lösungswort: **ANGLER**

81 **a)** $64a^3$ **b)** $4x^2y^2$ **c)** x^8y^4 **d)** $8a^6b^9$ **e)** $x^4y^6z^8$ **f)** $16x^{20}y^8$ **g)** $x^5y^{10}z^{20}$ **h)** $x^{15}y^{20}z^5$

82 **a)** $\frac{8x^3}{y^3}$ **b)** $\frac{4x^4}{y^2}$ **c)** $\frac{27x^3y^{12}}{8z^6}$ **d)** $\frac{81x^4}{y^{16}}$ **e)** $\frac{9x^2y^6}{z^4}$ **f)** $\frac{16x^4y^6}{z^2}$ **g)** $\frac{8}{x^3y^{15}}$ **h)** $\frac{1}{z^{10}}$ **i)** $\frac{x^4}{81y^8z^4}$ **j)** $\frac{1}{32x^{10}y^{20}}$

83 **a)** $x^2 + 6x + 9$ **b)** $4 + 4a + a^2$ **c)** $z^2 - 2z + 1$ **d)** $b^2 - 16b + 64$

84 **a)** $x^2 + 8xy + 16y^2$ **b)** $49a^2 + 14ab + b^2$ **c)** $4x^2 - 12xy + 9y^2$ **d)** $16a^2 - 16ab + 4b^2$

85 **a)** $4x^2 + 12xy^3 + 9y^6$ **b)** $x^4 + 10x^2y + 25y^2$

86 **a)** $x^4 + 2x^2y + y^2$ **b)** $a^2 + 6ab^3 + 9b^6$ **c)** $x^6 - 4x^3y^2 + 4y^4$ **d)** $4a^6 - 4a^3y^4 + y^8$

87 **a)** $9a^2 - 4$ **b)** $x^2 - 9y^2$ **c)** $16 - b^2$ **d)** $25z^2 - 1$

88 **a)** $9a^4 - b^2$ **b)** $25x^6 - 4y^4$ **c)** $a^8 - b^2$

89 **a)** $(2a + 7b)^2 = 4a^2 + 28ab + 49b^2$ **b)** $(3a - 4b)^2 = 9a^2 - 24ab + 16b^2$ **c)** $(3x - 3y)(3x + 3y) = 9x^2 - 9y^2$ **d)** $\left(2c - \frac{5d}{2}\right)^2 = 4c^2 - 10cd + \frac{25d^2}{4}$

90 **a)** $4(a - b)$ **b)** $21(a + b)$ **c)** $10(a + b - c)$ **d)** $10(4a - b)$ **e)** $6(2a + 3b)$ **f)** $7(4a - 2b + c)$

91 **a)** $x(x + 1)$ **b)** $x^2(x - 1)$ **c)** $x(2 + x)$ **d)** $x^2(4 - 1) = x^2 \cdot 3$ **e)** $x^3(x^2 + 3x - 1)$ **f)** $x(6x^3 - x^2 - 1)$

92 **a)** $5y^2(2y + 3)$ **b)** $10y(2 - 3y)$ **c)** $5y^2(3y^2 + 4)$ **d)** $2y^3(y^2 - 4)$ **e)** $6y(4 + y - 2y^2)$ **f)** $6y^2(1 - 2y + 3y^2)$

93
- ☒ $3x \cdot (4x^2 + 2x - 1)$
- ☐ $12x^3 - 6x^2 + 9x$
- ☒ $12x^3 + 6x^2 - 3x$
- ☐ $3x \cdot (4x^2 + 2x - 3)$
- ☐ $7x^2 + 5x - 4x$

94 $7x(2x^2 + \mathbf{1})$ Fehler beim 2. Summanden in der Klammer.

95

$a^4b^5 + a^2b^2$	C
$a^3b^2 + ab^2$	A
$a^5b^2 + a^3b^4$	B
$a^4b^3 + a^5b^2$	D

A	$ab^2 \cdot (a^2 + 1)$
B	$a^3b^2 \cdot (a^2 + b^2)$
C	$a^2b^2 \cdot (a^2b^3 + 1)$
D	$a^4b^2 \cdot (b + a)$

96 **a)** $2a^2b^2(5a + 1)$ **b)** $6a^2b^2(b^2 - 3a)$ **c)** $3ab^3(7 - 6ab)$ **d)** $8a^2b^3(3 + 2b)$ **e)** $3a^2b(3a^2b^3 - 4)$ **f)** $7ab(2 + 3a^4)$

97 **a)** $4a^3b^2(6ab - 3b + 2a^2)$ **b)** $3a^3b^2(3a^2b - 4b - 9a)$ **c)** $4ab(4b^2 + 5ab - 6a^2)$ **d)** $4a^2b^3c^3(6a - 3bc + 2ab)$ **e)** $9a^2b^2c^2(-4ab^2 - 3bc^2 + 5a)$ **f)** $6a^2b^2c^2(3a^2b^3 - 7 - 9a^3b^2c^3)$

98 **a)** $a^2 - b^2 = \mathbf{(a - b)(a + b)}$

$36x^2 = (\mathbf{6x})^2$ $100y^2 = (\mathbf{10}y)^2$

$36x^2 - 100y^2 = (\mathbf{6x} + \mathbf{10}y) \cdot (\mathbf{6x} - \mathbf{10y})$

b) $(a + b)^2 = \mathbf{a^2 + 2ab + b^2}$

$16x^2 = (\mathbf{4x})^2$ $24xy = 2 \cdot \mathbf{4x} \cdot \mathbf{3y}$ $9y^2 = (\mathbf{3y})^2$

$16x^2 + 24xy + 9y^2 = (\mathbf{4x + 3y})^2$

c) $(a - b)^2 = \mathbf{a^2 - 2ab + b^2}$

$25y^2 = (\mathbf{5y})^2$ $90yz = 2 \cdot \mathbf{5y} \cdot \mathbf{9z}$ $81z^2 = (\mathbf{9z})^2$

$25y^2 - 90yz + 81z^2 = (\mathbf{5y - 9z})^2$

d) $\frac{x^2}{4} = \left(\frac{\mathbf{x}}{\mathbf{2}}\right)^2$ $121y^2 = (\mathbf{11y})^2$

$\frac{x^2}{4} - 121y^2 = \left(\frac{\mathbf{x}}{\mathbf{2}} - \mathbf{11y}\right)\left(\frac{\mathbf{x}}{\mathbf{2}} + \mathbf{11y}\right)$

99 **a)** $(a - 4b)(a + 4b)$ **b)** $(2a - b)(2a + b)$ **c)** $(5a - 3b)(5a + 3b)$ **d)** $(10a - 9b)(10a + 9b)$

102
100
101

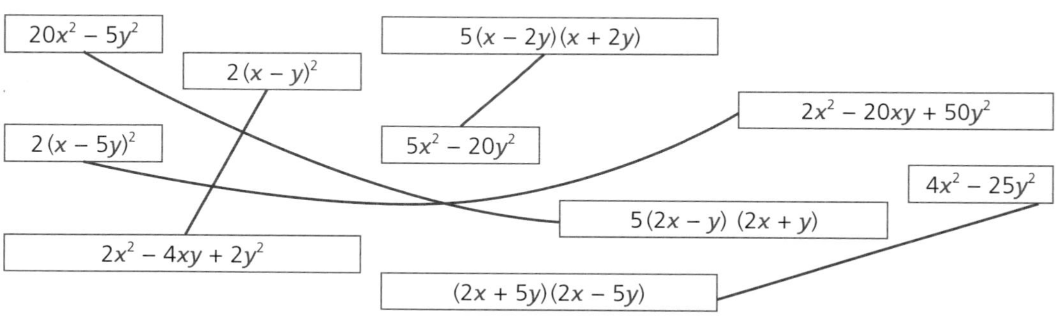

103

☐	☐	☒	☐	☐	☐
$x = 1$	$x = -2$	$x = 3$	$x = 0$	$x = 4$	$x = -3$

104

☒ $4x + 11 = 31$
☐ $x + 3 = (2x + 6) : 2$
☐ $(x - 3) \cdot 2 = 20 : x$
☐ $5x - 3 = x + 15$
☒ $3x - 4 = 2x + 1$

105

☐ $4x - 7 = 2x + 5$
☐ $4x + 2 = 8x - 14$
☐ $6x + 7 = 25$
☐ $2x = 0$
☒ $2 \cdot (x - 4) + 5 = 1$

106 **a)** -15 **b)** $:9$ **c)** -6 **d)** $\cdot 4$

107

a) $5x - 31 = 29 \mid +31$
$5x = 60 \mid :5$
$x = 12$

b) $6 - 2x = 22 \mid -6$
$-2x = 16 \mid :(-2)$
$x = -8$

c) $3x + 4 = 2x - 15 \mid -2x$
$x + 4 = -15 \mid -4$
$x = -19$

d) $-5x + 10x + 40 = 5$
$5x + 40 = 5 \mid -40$
$5x = -35 \mid :5$
$x = -7$

108

a) $7x - 4 = 3x + 8 \mid -3x$
$4x - 4 = 8 \mid +4$
$4x = 12 \mid :4$
$x = 3$

b) $5x - 2 = 13 + 2x \mid -2x$
$3x - 2 = 13 \mid +2$
$3x = 15 \mid :3$
$x = 5$

c) $-x = 8x - 20 \mid -8x$
$-9x = -20 \mid :(-9)$
$x = \frac{20}{9}$

d) $3x = -7x + 120 \mid +7x$
$10x = 120 \mid :10$
$x = 12$

e) $20 - 9x = 10 - 4x \mid +4x$
$20 - 5x = 10 \mid -20$
$-5x = -10 \mid :(-5)$
$x = 2$

f) $-30 - 7x = 20 - 5x \mid +5x$
$-30 - 2x = 20 \mid +30$
$-2x = 50 \mid :(-2)$
$x = -25$

109

a) $x : 3 + 45 = 65 \mid -45$
$x : 3 = 20 \mid \cdot 3$
$x = 60$

b) $43 - x : 2 = 51 \mid -43$
$-x : 2 = 8 \mid \cdot (-2)$
$x = -16$

c) $80 + x : 11 = 89 \mid -80$
$x : 11 = 9 \mid \cdot 11$
$x = 99$

d) $\frac{2}{3} \cdot x - 7 = \frac{1}{2} \mid +7$
$\frac{2}{3} \cdot x = \frac{15}{2} \mid : \frac{2}{3}$
$x = \frac{45}{4}$

e) $-5 + \frac{3}{7} \cdot x = \frac{1}{4} \mid +5$
$\frac{3}{7} \cdot x = \frac{21}{4} \mid : \frac{3}{7}$
$x = \frac{49}{4}$

f) $\frac{4}{5} \cdot x - 4 = \frac{2}{5} \mid +4$
$\frac{4}{5} \cdot x = \frac{22}{5} \mid : \frac{4}{5}$
$x = \frac{11}{2}$

110 **a)** $x = b + a$ **b)** $a - b = x$ **c)** $-b = x$ **d)** $x = 5a + 2b$

111 **a)** $x = 5a$ **b)** $x = 10b$ **c)** $x = -\frac{15}{4}a + 3b$ **d)** $x = 6a - 2b$

112

☐	☐	☒	☐
$x = 5a + 8b$	$x = 5a - 8b$	$x = 8b - 5a$	$x = 5a - 8b$

Beispiel S. 48

$$5 \cdot (x + 5) - 2 \cdot (x - 3) = x + 7 - (-x + 4)$$
$$5x + 25 - 2x + 6 = x + 7 + x - 4$$
$$\mathbf{3}x + \mathbf{31} = \mathbf{2}x + \mathbf{3} \quad | -2x$$
$$x + \mathbf{31} = \mathbf{3} \quad | -31$$
$$x = -28$$

Beispiel S. 48

$$(2x + 3)^2 + (2x - 5)^2 = (2x - 1) \cdot (4x + 1) - 1$$
$$4x^2 + \mathbf{12}x + \mathbf{9} + 4x^2 - \mathbf{20}x + 25 = 8x^2 - 4x + \mathbf{2}x - \mathbf{1} - 1$$
$$8x^2 - \mathbf{8}x + \mathbf{34} = 8x^2 - \mathbf{2}x - \mathbf{2} \quad | -8x^2$$
$$-\mathbf{8}x + \mathbf{34} = -\mathbf{2}x - \mathbf{2} \quad | +8x$$
$$\mathbf{34} = 6x - \mathbf{2} \quad | +2$$
$$\mathbf{36} = 6x \quad | : 6$$
$$6 = x$$

113

a) $6x + 5x - 2 = 10x + 6$
$11x - 2 = 10x + 6$
$x - 2 = 6$
$x = 8$ Probe $86 = 86$

b) $2x - 2 + 3x + 6 = 4x - 10$
$5x + 4 = 4x - 10$
$x + 4 = -10$
$x = -14$ Probe: $-66 = -66$

c) $15 - 6x + 3 = -5x + 10 - 3$
$18 - 6x = -5x + 7$
$18 = x + 7$
$11 = x$ Probe: $-48 = -48$

114

a) $3x^2 - 5x - 2 = -12 + 3x^2$
$-5x - 2 = -12$
$-5x = -10$
$x = 2$ Probe: $0 = 0$

b) $-12 + 7x + 12x^2 = 12x^2 + 8x - 15$
$-12 + 7x = 8x - 15$
$-12 = x - 15$
$3 = x$ Probe: $117 = 117$

c) $x^2 - 3x - 28 = x^2 - 4x - 32$
$-3x - 28 = -4x - 32$
$x - 28 = -32$
$x = -4$ Probe: $0 = 0$

d) $6x^2 - x - 2 = 6x^2 + 5$
$-x - 2 = 5$
$x = -7$ Probe: $299 = 299$

115

a) $x^2 - 6x + 9 = x^2 + 10x + 25$
$-6x + 9 = 10x + 25$
$9 = 16x + 25$
$-1 = x$ Probe: $16 = 16$

b) $4x^2 - 4x + 1 + 9x^2 + 12x + 4 = 13x^2 + 10x + 1$

$8x + 5 = 10x + 1$
$5 = 2x + 1$
$2 = x$ Probe: $73 = 73$

c) $5x^2 - 10x + 26 = x^2 - 10x + 25 + 4x^2 - 1 - 2x$
$-10x + 26 = -12x + 24$
$2x + 26 = 24$
$x = -1$ Probe: $41 = 41$

d) $9x^2 - 4 - 1 = 9x^2 - 30x + 25$
$-5 = -30x + 25$
$1 = x$ Probe: $4 = 4$

116 **a)** Multiplikation der Gleichung mit 6:
$4x - 7 = 2x - 1$
$2x = 6$
$x = 3$ Probe: $\frac{5}{6} = \frac{5}{6}$

b) Multiplikation der Gleichung mit 24:
$16x - 24 + 20x - 12 = 27x - 9$
$36x - 36 = 27x - 9$
$9x = 27$
$x = 3$ Probe: $3 = 3$

c) Multiplikation der Gleichung mit 24:
$4x - 5 = 2x + 7$
$2x = 12$
$x = 6$ Probe: $\frac{19}{24} = \frac{19}{24}$

d) Multiplikation der Gleichung mit 12:
$84 - 9x - 10x = -144$
$84 - 19x = -144$
$-19x = -228$
$x = 12$ Probe: $-12 = -12$

117
- ☐ $6x = 12$
- ☒ $3x - 5 = 4 + 3x$
- ☐ $6x - 3 = 3$
- ☐ $4x - 12 = 3x + 12$

118
- ☐ $4x - x + 5 = 2x + 6$
- ☒ $3 \cdot (x - 1) + 2 = 3x - 1$
- ☐ $-x + 3 = -(-x - 3)$
- ☐ $4x - 3 = 2x + 3$
- ☒ $2x - 10 = -2 \cdot (-x + 5)$

119 Eine Gleichung hat unendlich viele Lösungen, wenn auf beiden Seiten des Gleichheitszeichens **derselbe Term steht/null steht**.
Erhält man nach der Vereinfachung der Terme einer Gleichung eine falsche Aussage, gibt es **keine** Lösung.

120 **a)** $16x^2 + 16x + 4 - 16x^2 - 16x - 4 = 0 \rightarrow 0 = 0$
b) $x^2 + 6x - 1 = x^2 + 6x - 1$
c) $9x^2 - 12x + 8 = 9x^2 - 12x + 8$
d) $16x^2 - 25 + 4x = 16x^2 + 4x - 25$

121 **a)** $25x^2 + 30x - 9 = 25x^2 + 30x + 9 \rightarrow -9 = 9$ f.A.
b) $5x^2 - 4x + 17 = 5x^2 - 4x + 10 \rightarrow 17 = 10$ f.A.
c) $5x^2 - x = 5x^2 - x + 2 \rightarrow 0 = 2$ f.A.
d) $x^2 + 4 = x^2 - 4 \rightarrow 4 = -4$ f.A

Beispiel S.54

$2x - 3 = 25 \quad | + \mathbf{3}$
$2x = \mathbf{28} \quad | : \mathbf{2}$

122

a) $x + (x - 7) = 5$	$\rightarrow$	$x = 6$	Die Zahl ist 6.
b) $30 - x = 20 + x$	$\rightarrow$	$x = 5$	Die Zahl ist 5.
c) $8x + 5 = 5x + 2$	$\rightarrow$	$x = -1$	Die Zahl ist – 1
d) $20 - x = 14 + x$	$\rightarrow$	$x = 3$	Tom muss Tina 3 Bonbons geben.

123 **a)** $5x + 8 = 7x \rightarrow x = 4$
b) $2x - 3 = 41 \rightarrow x = 22$
c) $x + 10 = 2x - 17 \rightarrow x = 27$
d) $3x - 15 = 15 \rightarrow x = 10$

Beispiel S.56

a) $u = 2 \cdot (a + b) \quad | : \mathbf{2}$
$\frac{u}{\mathbf{2}} = a + b \quad | -\mathbf{b}$
$\frac{\mathbf{u}}{\mathbf{2}} - \mathbf{b} = a$

b) $a = b + \frac{c}{2} \quad | - b$
$a - \mathbf{b} = \frac{c}{2} \quad | \cdot \mathbf{2}$
$(a - \mathbf{b}) \cdot \mathbf{2} = c$

124 **a)** $a = \frac{u}{4}$
b) $s = v \cdot t \qquad t = \frac{s}{v}$
c) $F_s = \frac{W}{s} \qquad s = \frac{W}{F_s}$
d) $W = P \cdot t \qquad t = \frac{W}{P}$

125 **a)** $a = \frac{c}{b} \qquad b = \frac{c}{a}$
b) $a = c - b \qquad b = c - a$
c) $a = c \cdot b \qquad b = \frac{a}{c}$
d) $a = \frac{2 - c}{b} \qquad b = \frac{2 - c}{a} \qquad c = 2 - a \cdot b$

126 **a)** $P = G + k \cdot x$
$G = P - k \cdot x$
$k = (P - G) : x$
$x = (P - G) : k$

b) $E = F + P$
$F = E - P$
$P = E - F$

127 **a)** $A = \frac{x \cdot y}{2}$

$x = \frac{2A}{y}$

$y = \frac{2A}{x}$

b) $A = \frac{(x + y) \cdot z}{2}$

$x = \frac{2A}{z} - y$

$y = \frac{2A}{z} - x$

$z = \frac{2A}{x + y}$

Beispiel S.58

$u = \mathbf{4(a - c)}$

$A = \mathbf{(a - c)^2}$

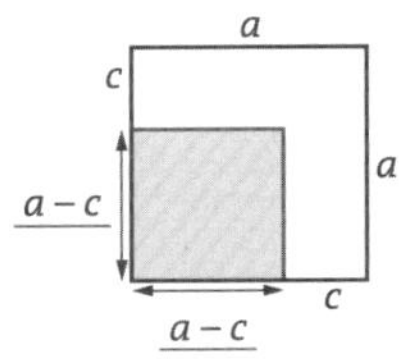

128

☐	☒	☒	☐
$m + 2n$	$2n + 2m$	$m + m + n + n$	$2m + n$

129

☐	☒	☐	☒
$z + z$	z^2	$2z + 2z$	$z \cdot z$

130 **a)** $A = 17{,}1\ \text{m}^2$; $u = 16{,}6\ \text{m}$; 3,8 cm × 4,5 cm
b) $A = 900\ \text{m}^2$; $u = 120\ \text{m}$; 6 cm × 6 cm
c) $A = 8\,000\ \text{cm}^2$; $u = 360\ \text{cm}$; 5 cm × 4 cm
d) $A = 32\,400\ \text{m}^2$; $u = 720\ \text{m}$; 3,6 cm × 3,6 cm

131 **a)** $b = 5{,}6$ **b)** $x = 7{,}8$ **c)** $s = 26$ **d)** $a = 12$

132 **a)** $u = 2a + 2b + 2 \cdot (c - d)$
$A = (a + b) \cdot (c - d)$

b) $u = 2a + 2b + 2c$
$A = a \cdot b - (a - 2c) \cdot c$

133 **a)** Katheten: y, z Hypotenuse: x
b) Katheten: s, r Hypotenuse: t
c) Katheten: p, r Hypotenuse: c

134

a)	11,6 cm; 14,5 cm; 8,7 cm	Katheten: 11,6; 8,7	Hypotenuse:14,5	Umfang: 34,8 cm
b)	7,3 cm; 5,5 cm; 4,8 cm	Katheten: 4,8; 5,5	Hypotenuse:7,3	Umfang: 17,6 cm
c)	39 mm; 89 mm; 80 mm	Katheten: 39; 80	Hypotenuse:89	Umfang: 208 mm

135 a) $A = \frac{1}{2} \cdot f \cdot g$ b) $A = \frac{1}{2} \cdot h \cdot k$ c) $A = \frac{1}{2} \cdot b \cdot c$

136 a) $A = \frac{1}{2} \cdot 40 \cdot 42 = 840\ \text{cm}^2$ c) $A = \frac{1}{2} \cdot 6{,}5 \cdot 7{,}2 = 23{,}4\ \text{cm}^2$

b) $A = \frac{1}{2} \cdot 6 \cdot 2{,}5 = 7{,}5\ \text{cm}^2$

137 a) $b = \frac{2 \cdot 18{,}9}{6{,}3} = 6\ \text{cm}$ c) $b = \frac{2 \cdot 21{,}6}{4{,}8} = 9\ \text{cm}$

b) $a = \frac{2 \cdot 59{,}4}{8{,}8} = 13{,}5\ \text{cm}$ d) $a = \frac{2 \cdot 240}{16} = 30\ \text{cm}$

Beispiel S. 62

$A = \frac{c \cdot h_c}{2} \quad | \cdot 2$ $A = \frac{c \cdot h_c}{2} \quad | \cdot 2$

$2A = c \cdot h_c \quad | : h_c$ $2A = c \cdot h_c \quad | : c$

$\frac{2A}{h_c} = c$ $\frac{2A}{c} = h_c$

$A = \frac{a \cdot h_a}{2}$ $a = \frac{2A}{h_a}$

$a = 9{,}5\ \text{cm}$

138 a) $A = 88\ \text{cm}^2$ b) $A = 66\ \text{cm}^2$ c) $A = 575\ \text{cm}^2$

139 a) $A = \frac{5 \cdot 3}{2} = 7{,}5\ \text{m}^2$ b) $A = \frac{6{,}3 \cdot 2{,}1}{2} = 6{,}615\ \text{m}^2$

140 a) $A = \frac{8 \cdot 6}{2} = 24\ \text{cm}^2$ b) $A = \frac{9 \cdot 4}{2} = 18\ \text{cm}^2$

141

$A = 281{,}25\ \text{cm}^2$, $a = 45\ \text{cm}$	**U**
$A = 217\ \text{cm}^2$, $a = 14\ \text{cm}$	**D**
$A = 178{,}75\ \text{cm}^2$, $a = 32{,}5\ \text{cm}$	**I**
$A = 588\ \text{cm}^2$, $a = 56\ \text{cm}$	**N**
$A = 168\ \text{cm}^2$, $a = 30\ \text{cm}$	**E**

E	11,2 cm
D	31 cm
N	21 cm
U	12,5 cm
I	11 cm

Lösungswort: **UDINE**

Beispiel
S. 64

$a = 5{,}6$ cm; $h_a = 3{,}5$ cm
$A = a \cdot h_a = \mathbf{5{,}6} \cdot \mathbf{3{,}5} = \mathbf{19{,}6}$ cm²
$b = 3{,}7$ cm; $h_b = 8{,}5$ cm
$A = \mathbf{3{,}7} \cdot \mathbf{8{,}5} = \mathbf{31{,}45}$ cm²

142 **a)** 22,75 cm² **b)** 171,6 dm² **c)** 0,036 m² **d)** 0,96 dm²

143 **a)** $A = 412 \cdot 679 = 279\,748$ m² **b)** $A = 700 \cdot 500 = 350\,000$ m²

144 **a)** $D = (-4|3)$ $A = 24$
b) $C = (6|3)$ $A = 20$
c) $B = (3|0)$ $A = 10$

145 **a)** $a = \frac{A}{h_a}$ $h_a = \frac{A}{a}$ **b)** $b = \frac{A}{h_b}$ $h_b = \frac{A}{b}$

146 **a)** 8 cm **b)** 8,7 cm **c)** 5,6 cm **d)** 14 cm

Beispiel
S. 66

$e = 6{,}4$ cm; $f = 4{,}8$ cm $A = \frac{e \cdot f}{2} = \frac{\mathbf{6{,}4 \cdot 4{,}8}}{\mathbf{2}} = \mathbf{15{,}36}$ cm²

Quadrat: $d = 12$ cm $A = \frac{\mathbf{d \cdot d}}{\mathbf{2}} = \frac{\mathbf{d^2}}{\mathbf{2}} = \frac{\mathbf{12^2}}{\mathbf{2}} = \mathbf{72}$ cm²

147 **a)** $A = 168$ cm² **b)** $A = 255$ cm² **c)** $A = 93{,}28$ cm² **d)** $A = 26{,}04$ cm²

148 **a)** 264,5 cm² **b)** 2 178 cm² **c)** 0,08 dm² **d)** 6,48 dm²

149 $e = \frac{2A}{f}$ $f = \frac{2A}{e}$

150

Deltoid	a)	b)	c)	d)
A	**49,5 cm²**	26,1 cm²	50,02 cm²	116,44 cm²
e	11 cm	**8,7 cm**	12,2 cm	**16,4 cm**
f	9 cm	6 cm	**8,2 cm**	14,2 cm

151

Quadrat	a)	b)	c)	d)	e)
A	4,5 cm²	8 cm²	12,5 cm²	32 cm²	50 cm²
d	**3 cm**	**4 cm**	**5 cm**	**8 cm**	**10 cm**

152 Jede Raute ist ein Deltoid. **Richtig**

Jedes Parallelogramm ist ein Rechteck. **Richtig**

Jedes Rechteck ist ein Parallelogramm. **Falsch**

Der Flächeninhalt einer Raute ist die Hälfte des Produkts der Diagonalenlängen. **Richtig**

Beispiel S. 68

a) $a = 70$ mm; $c = 80$ mm; $h = 55$ mm

$A = \frac{1}{2} \cdot (\mathbf{70 + 80}) \cdot \mathbf{55} = \frac{1}{2} \cdot \mathbf{150} \cdot \mathbf{55} = \mathbf{4\,125}\ \text{mm}^2$

b) $A = \frac{\mathbf{1}}{\mathbf{2}} \cdot (\mathbf{40 + 10}) \cdot \mathbf{30} = \mathbf{750\ m^2}$

153 **a)** $A = 1\,039{,}5\ \text{mm}^2$ **b)** $A = 1\,892\ \text{cm}^2$

154 **a)** $A = 802{,}5\ \text{m}^2$ **b)** $A = 487{,}5\ \text{m}^2$

155 $A = 900\ \text{mm}^2$

Die Parallelseiten sind gleich lang. Die Trapeze haben dieselbe Höhe.

156 **a)** $h = 5$ cm **b)** $a = 12{,}5$ cm **c)** $c = 13{,}7$ cm

157 **a)** $A = a \cdot b$ → $A_{neu} = (2 \cdot a) \cdot (2 \cdot b) = 4 \cdot a \cdot b = 4 \cdot A$

→ A vervierfacht sich.

b) $A = a \cdot b$ → $A_{neu} = (3 \cdot a) \cdot (3 \cdot b) = 9 \cdot a \cdot b = 9 \cdot A$

→ A verneunfacht sich.

c) $A = a \cdot b$ → $A_{neu} = (2 \cdot a) \cdot (4 \cdot b) = 8 \cdot a \cdot b = 8 \cdot A$

→ A verachtfacht sich.

d) $A = a \cdot b$ → $A_{neu} = \left(\frac{1}{2} \cdot a\right) \cdot \left(\frac{1}{2} \cdot b\right) = \frac{1}{4} \cdot a \cdot b = \frac{1}{4} \cdot A$

→ A wird geviertelt.

158 $A = a \cdot b$ → $A_{neu} = \left(\frac{1}{2} \cdot a\right) \cdot (2 \cdot b) = \frac{1}{2} \cdot 2 \cdot a \cdot b = 1 \cdot a \cdot b = A$

→ $A_{neu} = A$, d. h., der Flächeninhalt ändert sich nicht.

159 A wird verneunfacht.

$A = a^2 \rightarrow A_{neu} = (3 \cdot a) \cdot (3 \cdot a) = 9 \cdot a \cdot a = 9 \cdot a^2 = 9 \cdot A$

160 **a)** $A = \frac{1}{2} \cdot c \cdot h_c$ → $A_{neu} = \frac{1}{2} \cdot \frac{c}{2} \cdot (3 \cdot h_c) = \frac{3}{2} \cdot \frac{1}{2} \cdot c \cdot h_c = \frac{3}{2} \cdot A = 1{,}5 \cdot A$

→ A wird 1,5-mal so groß

160 Fortsetzung:

b) $A = \frac{1}{2} \cdot c \cdot h_c$ → $A_{neu} = \frac{1}{2} \cdot \frac{c}{2} \cdot \frac{h_c}{2} = \frac{1}{4} \cdot \frac{1}{2} \cdot c \cdot h_c = \frac{1}{4} \cdot A$

→ A wird geviertelt

c) $A = \frac{1}{2} \cdot c \cdot h_c$ → $A_{neu} = \frac{1}{2} \cdot (4 \cdot c) \cdot \frac{h_c}{8} = \frac{4}{8} \cdot \frac{1}{2} \cdot c \cdot h_c = \frac{1}{2} \cdot A$

→ A wird halbiert

161 A wird versechsfacht

$A = \frac{1}{2} \cdot e \cdot f$ → $A_{neu} = \frac{1}{2} \cdot (2 \cdot e) \cdot (3 \cdot f) = 6 \cdot \frac{1}{2} \cdot e \cdot f = 6 \cdot A$

162 $A = a \cdot h_a$ … Flächeninhalt des Parallelogramms

a) z. B. a wird verdoppelt und h_a wird verfünffacht.

b) z. B. a wird verdoppelt und h_a wird geviertelt.

c) z. B. a wird verdreifacht und h_a wird gedrittelt.

163 $A = \frac{1}{2} \cdot (a + c) \cdot h$

$A_{neu} = \frac{1}{2} \cdot (2 \cdot a + 2 \cdot c) \cdot \frac{h}{2} = \frac{1}{2} \cdot 2 \cdot (a + c) \cdot \frac{h}{2} = 2 \cdot \frac{1}{2} \cdot \frac{1}{2} \cdot (a + c) \cdot h = \frac{2}{2} \cdot A = A$

→ $A_{neu} = A$, d. h., der Flächeninhalt bleibt gleich

Beispiel S. 72

$A_1 = \ldots = \frac{1}{2} \cdot 16 \cdot 32 = \ldots$

$A_2 = 16 \cdot 16 = 256\ cm^2$

$A = A_1 + A_2 = 256 + 256 = 512\ cm^2$

164 **a)** $(5 - 2) \cdot 180° = 540°$ **a)** $(6 - 2) \cdot 180° = 720°$

165 **a)** $A = 6 \cdot 2 + \frac{1}{2} \cdot (5 - 2) \cdot (6 - 4) = 15\ cm^2$

b) $A = \frac{1}{2} \cdot (110 + 50) \cdot 20 + \frac{1}{2} \cdot (110 + 50) \cdot 10 = 2400\ cm^2$

c) $A = 6 \cdot 8 + \frac{1}{2} \cdot 6 \cdot (14 - 8) = 66\ cm^2$

d) $A = \frac{1}{2} \cdot 12 \cdot 3 + 12 \cdot 6 + \frac{1}{2} \cdot (18 + 12) \cdot 6 = 180\ cm^2$

166 $A = \frac{1}{2} \cdot 3 \cdot 3 + \frac{1}{2} \cdot (7 + 3) \cdot 3 + \frac{1}{2} \cdot (9 + 3) \cdot 3 + 3 \cdot 3 = 46{,}5\ cm^2$

167 **a) – d)** Konstruktion:
1) Zeichne einen Kreis mit dem Radius a.
2) Wähle einen Punkt auf der Kreislinie und schlage sechsmal die Länge a ab.
3) Verbinde die Punkte auf der Kreislinie zu einem Sechseck.
Zentriwinkel $\alpha = 60°$

168 **a) – c)** Konstruktion:
1) Zeichne die Punkte in ein Koordinatensystem.
2) Zeichne einen Kreis mit dem Mittelpunkt M und dem Radius ($\overline{MA}$).
3) Schlage von A aus sechsmal die Länge ($\overline{MA}$) auf der Kreislinie ab.
4) Verbinde die Punkte auf der Kreislinie zu einem Sechseck.

a) $r = a = 3{,}2$ cm **b)** $r = a = 3$ cm **c)** $r = a = 4$ cm

169 Achteck

170 **a) – c)** Konstruktion:
1) Zeichne einen Kreis mit dem Radius r.
2) Zeichne zwei Kreisdurchmesser ein, die senkrecht aufeinander stehen.
3) Zeichne die Winkelsymmetralen der rechten Winkel ein.
4) Verbinde die Punkte, die durch die senkrechten Durchmesser und die Winkelsymmetralen auf der Kreislinie entstehen, zu einem Achteck.

171 **a) – c)** Konstruktion:
1) Zeichne die Punkte in ein Koordinatensystem.
2) Zeichne einen Kreis mit dem Radius ($\overline{MA}$).
3) Zeichne zwei Kreisdurchmesser ein, die senkrecht aufeinander stehen.
4) Zeichne die Winkelsymmetralen der rechten Winkel ein.
5) Verbinde die Punkte, die durch die senkrechten Durchmesser und die Winkelsymmetralen auf der Kreislinie entstehen, zu einem Achteck.

a) $r \approx 4{,}2$ cm $a \approx 3{,}3$ cm
b) $r \approx 2{,}8$ cm $a \approx 2{,}2$ cm
c) $r = 3$ cm $a \approx 2{,}3$ cm

172
a) Achteck: $\alpha = 360° : 8 = 45$ $\beta = (180° - 45°) : 2 = 67{,}5°$
b) Sechseck: $\alpha = 360° : 6 = 60°$ $\beta = (180° - 60°) : 2 = 60°$
c) Fünfeck: $\alpha = 360° : 5 = 72°$ $\beta = (180° - 72°) : 2 = 54°$
d) Neuneck: $\alpha = 360° : 9 = 40°$ $\beta = (180° - 40°) : 2 = 70°$
e) n-Eck: $\alpha = 360° : n$ $\beta = (180° - \frac{360°}{n}) : 2$

Beispiel **S.76**

a) Verhältnis der Sparguthaben:	80 : 100	→	Die Einheiten € lässt du weg!
	8 : 10	→	gekürzt durch **10**
	4 : 5	→	nochmal gekürzt durch **2**
b) 2,5 kg : 5 kg = (2,5 · 10) : (5 · 10) =		→	Erweitern mit 10!
= 25 : 50 =			gekürzt durch **25**
= 1 : 2			

173 **a)** 2 : 1 **b)** 5 : 1 **c)** 6 : 1 **d)** 7 : 3

174 **a)** 2 : 3 **b)** 6 : 1 **c)** 1 : 5 **d)** 2 : 1

175 **a)** 1 : 2 : 3 **b)** 4 : 3 : 5 **c)** 5 : 10 : 7 : 4 **d)** 3 : 4 : 2 : 5

176

a) z. B. 1 cm 5 cm
b) z. B. 1 cm 3,5 cm
c) z. B. 4 cm 1,5 cm
d) z. B. 6 cm 2,5 cm
e) z. B. 5,5 cm 6 cm

Beispiel **S.78**

b) 7,7 : 5,6 = 39 : 28

7,7 · 28 = 5,6 · 39
215,6 = 218,4
~~richtige~~/falsche Aussage
d. h., die Proportion ~~stimmt~~/stimmt nicht

Beispiel **S.78**

17,5 : 2 = x → 8,75

177

28 : 6 = 70 : 15 **Richtig**
3,6 : 4,8 = 6,6 : 8,8 **Richtig**
8 : 9 = 15 : 8 **Falsch**
16 : 9,6 = 5 : 3 **Richtig**
4,5 : 1,2 = 0,8 : 9,8 **Falsch**
Lösungswort: **ECHSE**

178 **a)** $x = 7{,}5$ **b)** $x = 21$ **c)** $x = 7{,}2$ **d)** $x = 26$

179

$\frac{1}{3} : a = \frac{2}{3} : \frac{1}{4}$	**B**
$\frac{2}{5} : \frac{1}{6} = b : \frac{3}{4}$	**D**

A	0,3
B	$\frac{1}{8}$

179 Fortsetzung:

$c : \frac{1}{4} = \frac{1}{5} : \frac{1}{6}$	A
$\frac{2}{7} : 5 = \frac{3}{8} : d$	C

C	$\frac{105}{16}$
D	$\frac{9}{5}$

180 **a)** $x = \frac{13}{3}$ **b)** $x = \frac{19}{8}$ **c)** $x = 8$

Beispiel S. 81

Je mehr km/h (d. h. je schneller) man fährt, **desto weniger** Minuten braucht man.
Die Größen „km/h" und „Minuten" sind **indirekt** proportional.

↓ (km/h) ↑ (min)

km/h	min
90	30
100	x

Bei einer indirekten Proportionalität zeigen die **Pfeile** in **entgegengesetzte Richtungen**.

$90 : 100 = \mathbf{x : 30 \rightarrow x = (90 \cdot 30) : 100 = 27}$

x = **27 Minuten**

Fährt man mit durchschnittlich 100 km/h, braucht man **27** Minuten.

181

a) ↓ ↑

Arbeiter	Tage
24	18
18	x

$24 : 18 = x : 18 \rightarrow x = 24$ Tage

b) ↓ ↓

dag	€
15	1,4
20	x

$15 : 20 = 1{,}4 : x \rightarrow x \approx 1{,}87$ €

c) ↓ ↓

h	km
1,5	135
2	x

$1{,}5 : 2 = 135 : x \rightarrow x = 180$ km

d) ↓ ↑

km/h	min
14,4	6
32,4	x

$14{,}4 : 32{,}4 = x : 6 \rightarrow x \approx 2{,}67$ min

e) ↓ ↓

km	Liter
300	24,6
x	41

$300 : x = 24{,}6 : 41 \rightarrow x = 500$ km

f) ↓ ↑

km/h	h
70	3,25
91	x

$70 : 91 = x : 3{,}25 \rightarrow x = 2{,}5$ h

182 **a)** Ja, denn gleichliegende Seitenlängen verhalten sich gleich.
b) Ja, denn gleichliegende Seitenlängen verhalten sich gleich.
c) Nein, denn gleichliegende Seitenlängen verhalten sich nicht gleich.
d) Ja, denn gleichliegende Seitenlängen verhalten sich gleich.

183 **a)** Ja
$12 : 15 : 18 \overset{:3}{=} 4 : 5 : 6$

b) Nein
$48 : 60 : 75 \neq 4 : 5 : 6$

c) Ja
$804 : 1005 : 1206 \overset{:201}{=} 4 : 5 : 6$

184 **a)** $a_1 = 4{,}8$ cm $c_1 = 3{,}6$ cm
b) $b_1 = 6{,}4$ cm $c_1 = 11{,}2$ cm
c) $b_1 = 68{,}8$ cm $c_1 = 60{,}2$ cm

Beispiel
S. 84

b) Es gilt $u : u_1 = a : a_1 = b : \mathbf{b_1} = \mathbf{c} : \mathbf{c_1}$
Umfang des Dreiecks ABC:
$u = a + b + c = \mathbf{11} + \mathbf{11} + \mathbf{8} = \mathbf{30}$
Verhältnis berechnen: $u : u_1 = \mathbf{30} : 78 = \mathbf{5} : \mathbf{13}$
Seiten von $A_1B_1C_1$: $a : a_1 = 5 : 13$
$11 : a_1 = 5 : 13$ $a_1 = \mathbf{28{,}6}$ cm $= b_1$
$c : c_1 = 5 : 13$
$\mathbf{8} : c_1 = 5 : 13$ $c_1 = \mathbf{20{,}8}$ cm

c) Es gilt $A : A_1 = a^2 : a_1^2 = \mathbf{b^2} : \mathbf{b_1^2}$
Flächeninhalt des Rechtecks $ABCD$: $A = a \cdot b = \mathbf{4} \cdot \mathbf{5} = \mathbf{20}$ cm²
Verhältnis berechnen: $A : A_1 = \mathbf{20} : 125 = 4 : \mathbf{25}$
Seiten von $A_1B_1C_1D_1$: $a^2 : a_1^2 = 4 : 25$
$16 : a_1^2 = 4 : 25$ $a_1 = \mathbf{10}$ cm
$b^2 : b_1^2 = 4 : 25$
$\mathbf{25} : b_1^2 = 4 : 25$ $b_1 = \mathbf{12{,}5}$ cm

185

u_1	a_1	b_1	c_1
27,81 cm	**6,77 cm**	**11,83 cm**	**9,21 cm**
46,35 cm	**11,29 cm**	**19,71 cm**	**15,35 cm**
77,25 cm	**18,81 cm**	**32,86 cm**	**25,58 cm**

186

u_1	a_1	b_1	c_1	d_1
4,6 dm	**1,6 dm**	**1 dm**	**0,7 dm**	**1,3 dm**
23 dm	**8 dm**	**5 dm**	**3,5 dm**	**6,5 dm**
80,5 dm	**28 dm**	**17,5 dm**	**12,25 dm**	**22,75 dm**

187 **a)** $b_1 = 270$ cm $c_1 = 225$ cm **b)** 2 : 3

188 **a)** $A_1 = 92{,}16$ cm² **b)** $A_1 = 817{,}96$ cm²

189 **a)** $a_1 = 4{,}5$ dm **b)** $c_1 = 4$ cm **c)** $h_{a_1} = 6{,}5$ cm

190

A_1	a_1	b_1
148,5 cm²	**9 cm**	**16,5 cm**
16,5 cm²	**3 cm**	**5,5 cm**
412,5 cm²	**15 cm**	**27,5 cm**

Beispiel S. 86

$5{,}75 : 2{,}38 = 4{,}88 : x$
$\mathbf{5{,}75} \cdot x = \mathbf{4{,}88} \cdot \mathbf{2{,}38}$
$x \approx \mathbf{2{,}02}$

191 **a)** $x \approx 3{,}98$ **b)** $x \approx 2{,}99$

192 **a)** $y \approx 3{,}91$ $x = 3{,}06$ **b)** $y \approx 2{,}42$ $x \approx 1{,}17$

193 **a)** $x = 2$
($x : 3 = 3{,}6 : 5{,}4$)
b) $x \approx 2{,}23$
($x : 4{,}47 = 2{,}33 : 4{,}67$)

Beispiel S. 88

5 cm : 3 ≈ **1,7** cm
Kontrolle durch Rechnung: $\overline{AB} = (65 : 7) \cdot 3 \approx$ **28** mm

194 **a)** 2 : 3 **b)** 5 : 2 **c)** 1 : 4 **d)** 3 : 4

195 Die Länge einer Teilestrecke ist gerundet ...
a) 2,8 cm **b)** 1,7 cm **c)** 1,1 cm

196 Die Streckenlänge von A bis T ist gerundet...
a) ≈ 5,6 cm **b)** 6 cm **c)** ≈ 1,2 cm

197 Gegeben sind die Längen der Teilstrecken von A aus.

a) 3,5 cm	4,7 cm	5,8 cm
b) 3,6 cm	0,9 cm	4,5 cm
c) 1,4 cm	4,1 cm	5,5 cm

198 **a)** $\overline{AB} = 9$ cm **b)** $\overline{AB} = 8$ cm

199 **a)** 7,5 cm **b)** 7 cm **c)** 7,5 cm

200 **a)** 4,7 cm **b)** 3,6 cm **c)** 5,8 cm

201 **a)** $a_1 = 6$ cm $b_1 = 8$ cm $c_1 = 5$ cm
b) $a_1 \approx 6{,}7$ cm $b_1 \approx 4{,}2$ cm
c) $a_1 \approx 2{,}6$ cm

Beispiel S. 92

a) Welche Zahl entspricht dem Grundwert, dem Prozentsatz und dem Prozentwert?
40% (**Prozentsatz**) von 25 Schülerinnen und Schülern (**Grundwert**) einer Klasse lieben Mathematik. Das sind 10 Schülerinnen und Schüler (**Prozentwert**).

a) Helene hat von 40 € Taschengeld bereits 15% ausgegeben. Wie viel Euro sind das?
40 € ist der **Grundwert**, 15% der **Prozentsatz**.
Gesucht ist der **Prozentwert**.

$W = \mathbf{40} \cdot \frac{\mathbf{15}}{100} = \mathbf{40} \cdot \mathbf{0{,}15} = 6$ €

202 **a)** Grundwert Prozentwert
Prozentsatz 60%

b) Prozentwert Prozentsatz
Grundwert 4

203

☐	☒	☐	☒	☐
5,6	0,56	$\frac{56}{10}$	$\frac{56}{100}$	0,0056

204 **a)** $W = 0{,}25 \cdot 840 = 210$ m
b) $G = 120 : 0{,}4 = 300$ €
c) $P = (2{,}5 : 8) \cdot 100 = 31{,}25$ %
d) $G = 550 : 0{,}4 = 1\,375$ m²
e) $W = 200 \cdot 0{,}19 = 38$ €

205 **a)** 52,2 : 0,9 = 58 €
b) 156 : 1,3 = 120 €
c) 132 : 1,2 = 110 €
d) 513 : 0,95 = 540 €
e) 663 : 0,85 = 780 €

Beispiel S. 94

a) Gib an, welche Zahl dem Grundwert, dem Promillesatz bzw. Promillewert entspricht.
Ein Haus wird auf 2 000 000 € (*GRUNDWERT*) gegen einen Brandschaden versichert.
Die jährliche Versicherungsprämie in der Höhe von 5‰ (*PROMILLESATZ*) der Versicherungssumme beträgt 10 000 € (*PROMILLEWERT*).

b) Gib an, was dem Grundwert, dem Promillesatz bzw. Promillewert entspricht, und berechne die fehlende Größe.
2 000 kg (*GRUNDWERT*) einer Flüssigkeit enthalten 35‰ (*PROMILLESATZ*) Salz.
Wie viel Kilogramm Salz (*PROMILLEWERT*) sind in der Flüssigkeit?
$W = \mathbf{2000} \cdot \frac{\mathbf{35}}{1\,000} = \mathbf{2} \cdot \mathbf{35} = 70$ kg

206

	2‰	**25‰**	**50‰**	**950‰**
Bruchschreibweise	$\frac{2}{1\,000} = \frac{1}{500}$	$\frac{25}{1\,000} = \frac{1}{40}$	$\frac{50}{1\,000} = \frac{1}{20}$	$\frac{950}{1\,000} = \frac{19}{20}$
Dezimalzahl	**0,002**	**0,025**	**0,05**	**0,95**

207 **a)** 57 ‰ **b)** 254 ‰ **c)** 670 ‰

208 **a)** 354 ‰ **b)** 720 ‰ **c)** 70 ‰

209 $\frac{17}{20}$ 0,85 $\frac{850}{1000}$

210 **a)** 0,002 · 3 000 € = 6 € **c)** 0,5 · 10 000 € = 5 000 €
b) 0,01 · 5 000 kg = 50 kg **d)** 0,75 · 12 000 dag = 9 000 dag

211 **a)** $\frac{400}{1000}$ = 400 ‰ **c)** $\frac{8000}{10000}$ = 0,8 = 800 ‰
b) $\frac{500}{20000}$ = 0,025 = 25 ‰ **d)** $\frac{4}{4000} = \frac{1}{1000}$ = 1 ‰

212 **a)** 27 : 0,006 = 4 500 m^3 **c)** 168 : 0,012 = 14 000 €
b) 18 : 0,002 = 9 000 t **d)** 12 500 : 0,25 = 50 000 €

213 **a)** $\frac{10}{500} = \frac{20}{1000}$ = 20 ‰ Salz **c)** 225 : 0,005 = 45 000 €
b) 1 500 000 · 0,003 = 4 500 € jährliche Prämie

Beispiel
S. 96

$Z = 290 \cdot \frac{2}{100} = 290 \cdot 0{,}02 = \mathbf{5{,}8}$ **€**

214

0,5% *p.a.*	B
1,2% *p.a.*	D
0,9% *p.a.*	A
2% *p.a.*	C

A	60,30 €
B	33,50 €
C	134 €
D	80,40 €

215 **a)** Z = 14,875 € **b)** Z = 4,8 € **c)** Z = 50 €

216 **a)** Z = 43,75 € **b)** Z = 26,5625 € **c)** Z = 68,75 € **d)** Z = 96,875 €

217 **a)** $K \approx$ 2 105,26 € **b)** $K \approx$ 3 552,63 € **c)** $K \approx$ 6 315,79 € **d)** $K \approx$ 10 015,79 €

218 **a)** 1,2% **b)** 2,5% **c)** 2,75% **d)** 3,5% **e)** 1,5%

Beispiel
S. 98

Setze ein: $400 \cdot (1 + \mathbf{0{,}0125})^3 \approx \mathbf{415{,}19}$ **€**

219

Kapital K	Jahre n	Zinssatz p% p.a.	Guthaben K_n
670 €	6	1,24%	**721,42 €**
3450 €	9	3%	**4501,47 €**
1300 €	13	0,75%	**1432,61 €**
780 €	2	2,01%	**811,67 €**

220

Geldbetrag K	Jahre n	Zinssatz p% p.a.	Guthaben B
120 €	2	1,5%	**123,63 €**
250 €	3	0,9%	**256,81 €**
300 €	4	1,2%	**314,66 €**
100 €	5	2%	**110,41 €**

221 **a)** $(200 \cdot 1{,}019^3 + 200) \cdot 1{,}019^2 \approx 427{,}41$ € **c)** ≈ 460,83 €
b) ≈ 443,80 € **d)** ≈ 478,51 €

222 **a)** $(3400 \cdot 1{,}02^3 - 1200) \cdot 1{,}02 \approx 2456{,}27$ € **c)** ≈ 2658,74 €
b) ≈ 2555,50 € **d)** ≈ 2766,16 €

Beispiel
S. 100

a) Berechne zuerst den effektiven Zinssatz $p_{eff} = 2{,}4 \cdot 0{,}75 = \mathbf{1{,}8}$
Effektive Zinsen $Z_{eff} = \mathbf{450} \cdot \frac{\mathbf{1{,}8}}{100} = \mathbf{450} \cdot \mathbf{0{,}018} \approx \mathbf{8{,}1}$ **€**
b) $p_{eff} = \mathbf{3} \cdot \mathbf{0{,}75} = \mathbf{2{,}25}$
$K_5 = 1200 \cdot (1 + \mathbf{0{,}0225})^5 \approx \mathbf{1341{,}21}$ €

223 **a)** 0,975% **b)** 2,25% **c)** 3% **d)** 0,6375%

224

Kapital	p% p.a.	p_{eff} p.a.	Z_{eff}
800 €	2%	**1,5%**	**12 €**
1230 €	1,5%	**1,125%**	**13,84 €**
11000 €	3,2%	**2,4%**	**264 €**
3340 €	0,85%	**0,6375%**	**21,29 €**

225

Kapital	p% p.a.	Zeitraum	p_{eff} p.a.	Z_{eff}
3400 €	2,2%	5 Monate	**1,65%**	**23,38 €**
700 €	1,7%	200 Tage	**1,275%**	**4,96 €**
10000 €	3,4%	4 Monate	**2,55%**	**85 €**
20500 €	3%	1 Jahr	**2,25%**	**461,25 €**

226

Kapital	p% p.a.	Jahre	p_{eff} p.a.	Endkapital
4000 €	1,75%	3	**1,3125%**	**4159,58 €**
470 €	2,1%	6	**1,575%**	**516,20 €**
2364 €	3,75%	8	**2,8125%**	**2951,31 €**
12000 €	4%	11	**3%**	**16610,80 €**

227 **Es gilt: p_{eff} = 1,65%**

a) 20 : 0,0165 ≈ 1212,12 €
b) 1121,21 €
c) 3030,30 €
d) 14181,82 €

Beispiel S.102

Kreditzinsen: 9000 · $\frac{11}{100}$ = **9000 · 0,11 = 990 €**

Sparzinsen: 9000 · $\frac{3}{100}$ = **9000 · 0,03 = 270 €**

228

Überziehung	Zeitraum	Zinsen
1500 €	25 Tage	**15,63 €**
1200 €	3 Monate	**45 €**
640 €	14 Tage	**3,73 €**
200 €	2 Monate	**5 €**

229

a) 8000 + 8000 · 0,02 = 8160 €
b) 23345 €
c) 50400 €
d) 60600 €
e) 75375 €

230

a) 144 : 0,009 = 16000 €
b) 42000 €
c) 21000 €
d) 32000 €
e) 80000 €

231

	Jahresanfang Schuld plus Zinsen	Jahresende Rate	Jahresende Restschuld
1. Jahr	15000 + 1350 = **16350**	5000	**11350**
2. Jahr	**11350** + 1021,50 = **12371,50**	5000	7371,50
3. Jahr	7371,50 + **663,435** = **8034,935**	5000	**3034,935**
4. Jahr	**3034,94 + 273,14** = 3308,08	3308,08	0

Es werden insgesamt **18308,08** € zurückbezahlt.

Beispiel S.104

Mittelwert: (17,4 + 17,6 + 17,9 + 18,0 + 18,3 + 18,3 + 18,4 + 18,6) : **8 ≈ 18,06**
Spannweite: 18,6 – **17,4 = 1,2**
Modalwert: **18,3**
Median: (18,0 + 18,3) : 2 = **18,15**

232 **a)** 9,75 Liter
b) 11 – 6,9 = 4,1 Liter
c) Es gibt keinen Modalwert.
Median = 10,35 Liter

233 **a)** 16,43 €/Tag Median = 15,5 €
b) 20 €/Tag Median = 20 €

234 **a)** 155,25 cm/Jugendlichem
b) Min = 148 cm; Max = 164 cm
c) Spannweite = 16 cm
d) Median = 154,5 cm

235 **a)** 14|8
15|2, 2, 2, 5, 5, 5, 6, 7, 9, 9, 9
16|0, 0, 1, 2, 2, 2, 5, 5, 7, 9
17|2

b) $\sqrt{23} \approx 5$ Klassen

Klassen	Klassenmitte	Anzahl der Daten in der Klasse
[147,5; 152,5]	150	4
[152,5; 157,5]	155	5
[157,5; 162,5]	160	9
[162,5; 167,5]	165	3
167,5; 172,5]	170	2

$$\text{Mittelwert} = \frac{150 \cdot 4 + 155 \cdot 5 + 160 \cdot 9 + 165 \cdot 3 + 170 \cdot 2}{23} \approx 158{,}70 \text{ cm/Jugendlichem}$$

c) Balkendiagramm

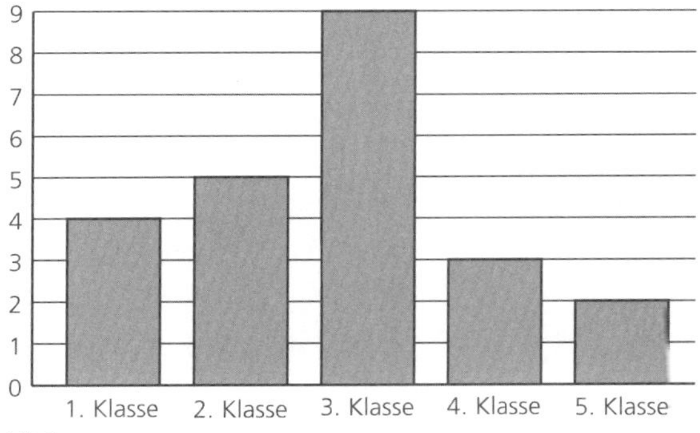

d) Histogramm

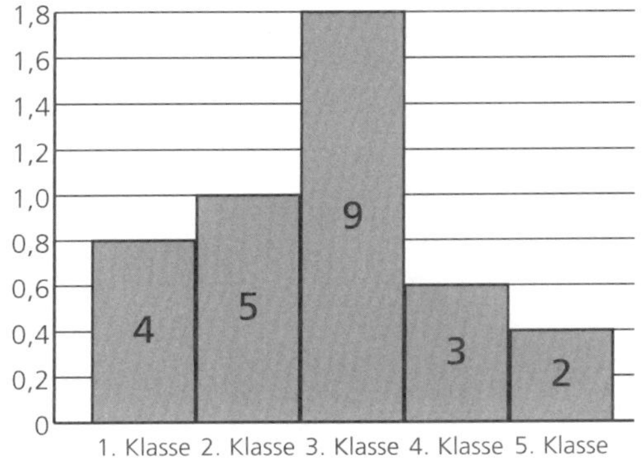

Klassenbreite = 5

236 **a)** 1|4, 4, 5, 5, 6, 6, 6, 7, 9
2|0, 1, 5, 5, 7, 8
3|0, 2, 3

b) $\sqrt{18} \approx$ **4 Klassen**

Klassen	**Klassenmitte**	**Anzahl der Daten in der Klasse**
[13,5; 18,5]	**16**	**8**
[18,5; 23,5]	**21**	**3**
[23,5; 28,5]	**26**	**4**
[28,5; 33,5]	**31**	**3**

$$\text{Mittelwert} = \frac{16 \cdot 8 + 21 \cdot 3 + 26 \cdot 4 + 31 \cdot 3}{18} \approx 21{,}56 \text{ g/Werkstück}$$

a) Balkendiagramm

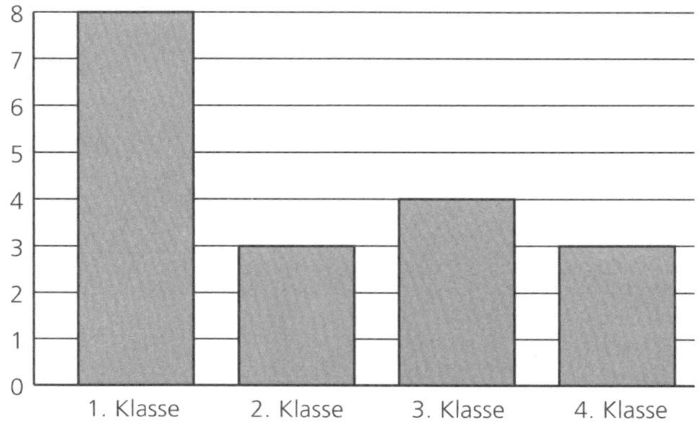

b) Histogramm

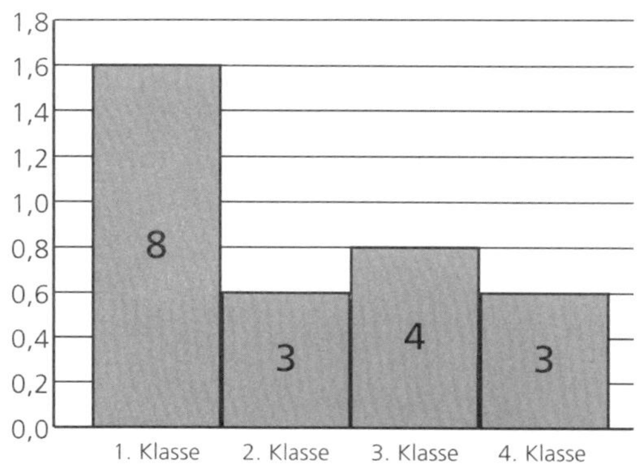

Klassenbreite = 5

237 **a)** 2004 … 35 € 2008 … 45 € 2012 … 50 €
b) 50 – 35 = 15 €
c) Diagramm 2; die senkrechte Achse beginnt nicht bei 0

238 **a)** 2009 … 36 2012 … 12
b) abnehmende Unfallzahl
c) z. B. Ampelanlage; Geschwindigkeitslimit; …

239

	+ 100 →	+ 100 →	+ 100 →	
km	0	100	200	300
Liter	50	43,5	37	30,5
	− 6,5 →	− 6,5 →	− 6,5 →	

Der Tankinhalt wird gleichmäßig um **6,5** Liter **weniger**, wenn sich die gefahrenen Kilometer jeweils gleichmäßig um **100** km erhöhen. Es wird ein **linearer Abnahme**prozess beschrieben.
Der durchschnittliche Verbrauch auf 100 km beträgt 6,5 Liter.

240 Begründungen:

a) Ja; eine gleichmäßige Zunahme der ersten Größe bewirkt eine gleichmäßige Zunahme der zweiten Größe
b) Nein; die erste Größe nimmt gleichmäßig zu, die zweite Größe nimmt aber nicht gleichmäßig ab
c) Ja; eine gleichmäßige Zunahme der ersten Größe bewirkt eine gleichmäßige Zunahme der zweiten Größe

241

a) Z = {Kopf, Zahl}
b) Z = {1, 3, 4, 5, 6, 7, 8}
c) Z = {weiße Kugel, schwarze Kugel}
d) Z = {Schokokeks, Mandelkeks, Zimtkeks}

242

a) Z = {1, 2, 3, 4, 5, 6} E = {6}
b) Z = {1, 2, 3, 4, 5, 6} E = {1, 2, 3}
c) Z = {1, 2, 3, 4, 5, 6, 7, 8} E = {1, 3, 5, 7}
d) Z = {rote Kugel, gelbe Kugel} E = {gelbe Kugel}

243 **a)** sicher **b)** unmöglich **c)** sicher **d)** unmöglich

244

a) Eher bei 0, da der blaue Bereich sehr klein ist.
b) Eher bei 1, da der rote Bereich sehr groß ist.

245

a) Ja, da die Bereiche (Sektoren) des Glücksrads alle gleich groß sind und das Auftreten der Farben rot, gelb, blau und weiß gleich wahrscheinlich ist.
b) Nein, da das Treffen des Tores nicht immer gleich wahrscheinlich ist.
c) Ja, da die zwei Seiten der Münze mit gleicher Wahrscheinlichkeit auftreten.
d) Nein, da die sechs Seiten des Würfels durch die Manipulation nicht mehr mit gleicher Wahrscheinlichkeit auftreten.

246

Ereignis E	Für E günstige Fälle	Alle möglichen Fälle	P(E)
Augenzahl 8	8	1, 2, 3, 4, 5, 6, 7, 8	$\frac{1}{8}$

246 Fortsetzung:

Gerade Augenzahl	2, 4, 6, 8	1, 2, 3, 4, 5, 6, 7, 8	$\frac{4}{8} = \frac{1}{2}$
Ungerade Augenzahl	1, 3, 5, 7	1, 2, 3, 4, 5, 6, 7, 8	$\frac{4}{8} = \frac{1}{2}$
Augenzahl unter 3	1, 2	1, 2, 3, 4, 5, 6, 7, 8	$\frac{2}{8} = \frac{1}{4}$
Augenzahl über 5	6, 7, 8	1, 2, 3, 4, 5, 6, 7, 8	$\frac{3}{8}$

247 **a)** $\frac{1}{2}$ **b)** $\frac{3}{6} = \frac{1}{2}$ **c)** $\frac{4}{12} = \frac{1}{3}$ **d)** $\frac{246}{250} = \frac{123}{125}$

248 **a)** $P(\text{Simon trifft das Tor}) = \frac{90}{150} = \frac{3}{5}$ $P(\text{Simon trifft das Tor nicht}) = \frac{60}{150} = \frac{2}{5}$

b) $P(\text{Silvia verliert ein Spiel}) = \frac{50}{200} = \frac{1}{4}$ $P(\text{Tina verliert ein Spiel}) = \frac{150}{200} = \frac{3}{4}$

c) $P(\text{Landung auf der Seite}) = \frac{520}{1\,000} = \frac{13}{25}$ $P(\text{Landung auf dem Kopf}) = \frac{480}{1\,000} = \frac{12}{25}$

249

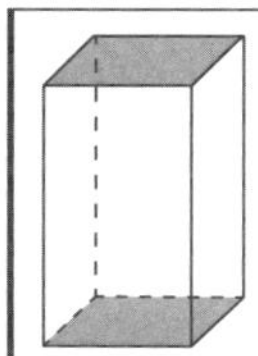	**D**
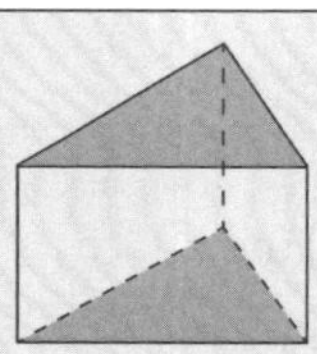	**A**
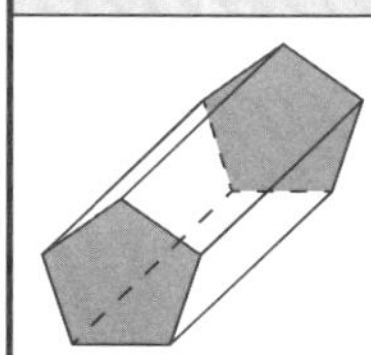	**B**
	**C**

A	dreiseitges Prisma
B	fünfseitiges Prisma
C	achtseitiges Prisma
D	vierseitiges Prisma

250 A: dreiseitiges Prisma
B: vierseitiges Prisma
C: sechsseitiges Prisma

251

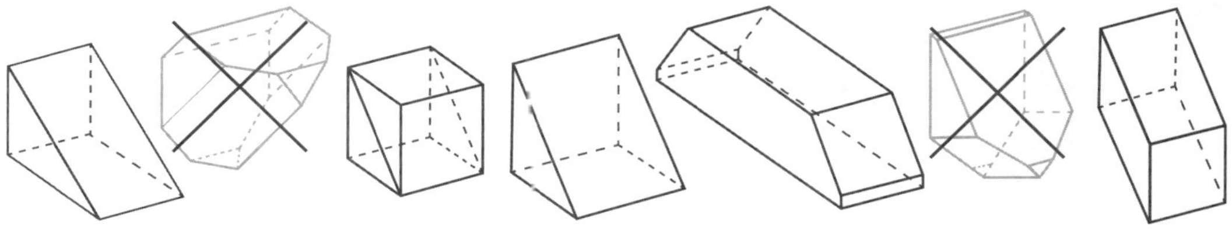

A (*B*) *C* *D* *E* (*F*) *G*

Bei *B* und *F* gibt es keine zwei parallelen kongruenten Begrenzungsflächen.

A: dreiseitiges Prisma

C: vierseitiges Prisma

D: dreiseitiges Prisma

E: achtseitiges Prisma

G: vierseitiges Prisma

252 **a)**

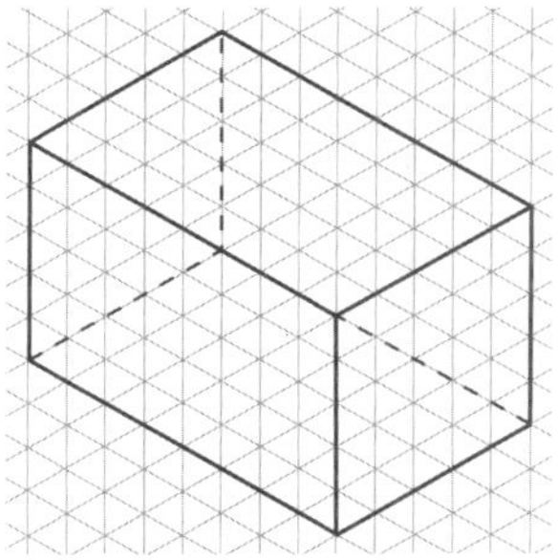

c)

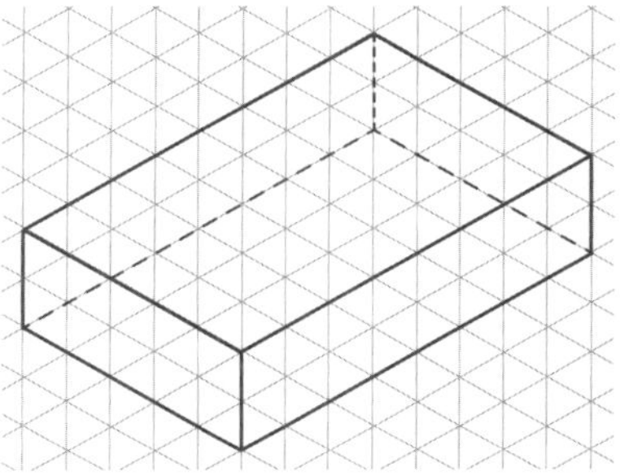

b)

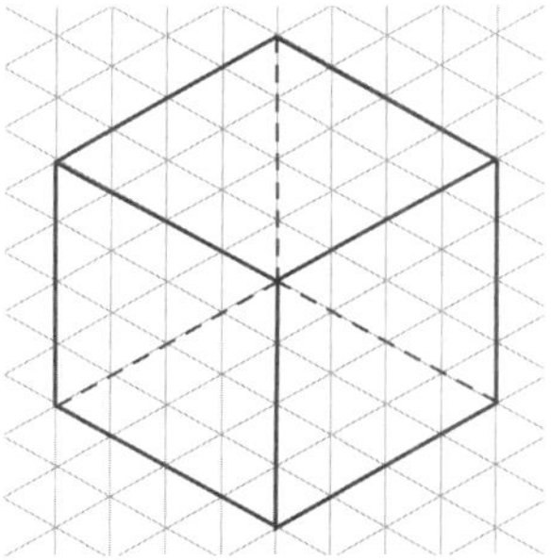

d)

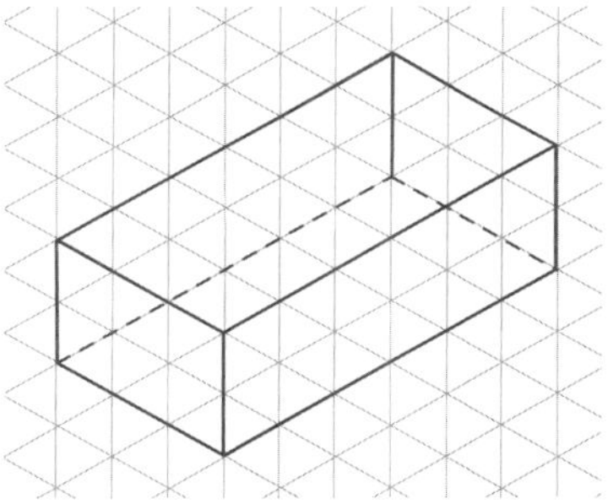

253 **a)**

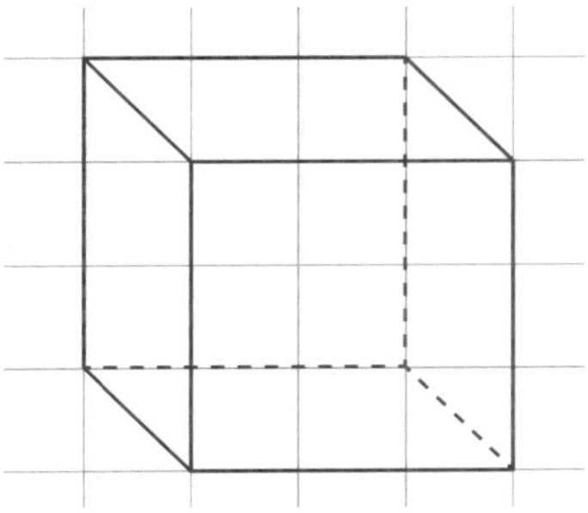

c)

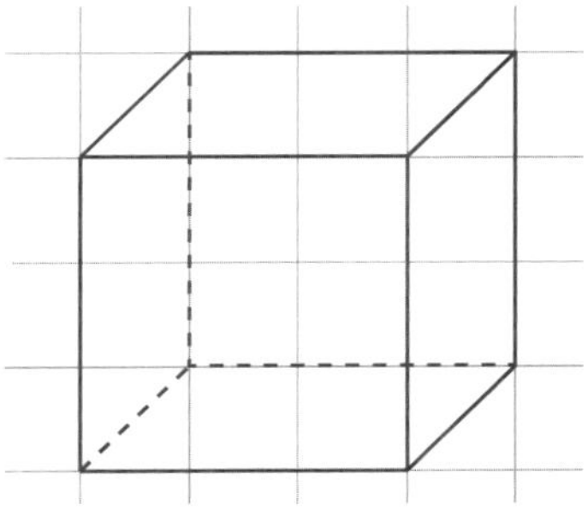

253 Fortsetzung:

b)

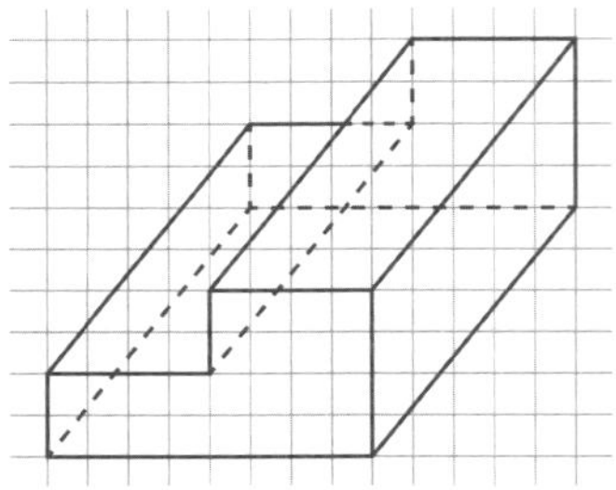

d)

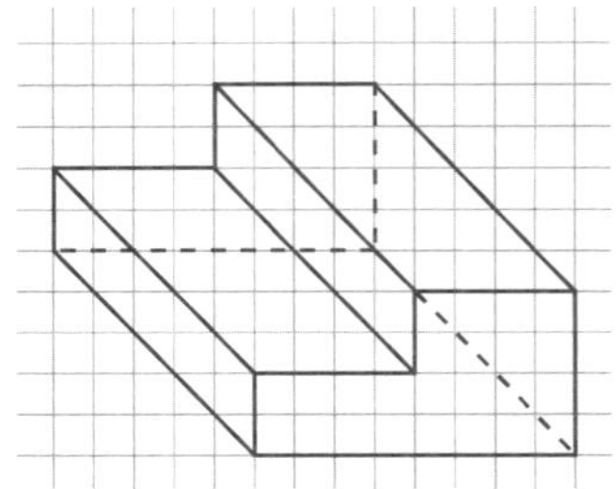

254 **a)**

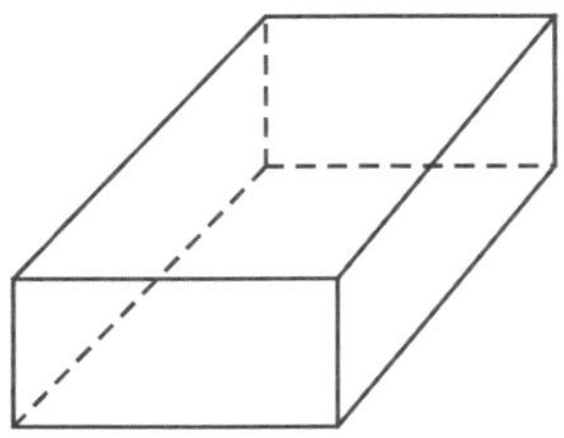

b)

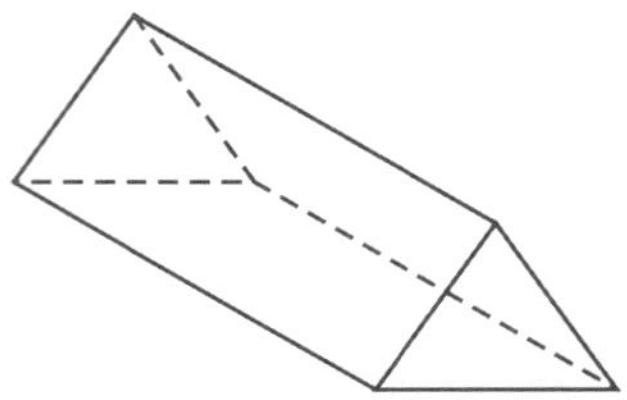

c)

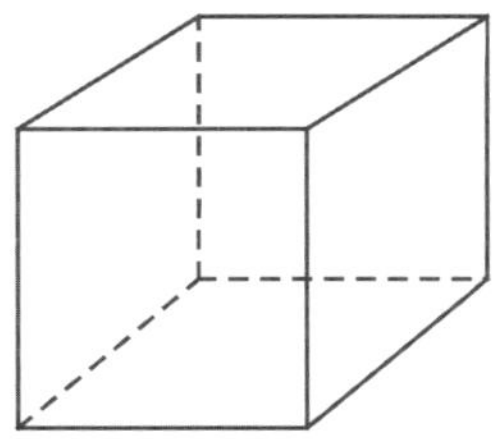

Beispiel S.120

$G = \frac{a \cdot b}{2} = \frac{\mathbf{48} \cdot \mathbf{55}}{\mathbf{2}} = \mathbf{1\,320}\ \text{cm}^2$

$M = (a + b + c) \cdot h = (\mathbf{48} + \mathbf{55} + \mathbf{73}) \cdot \mathbf{80} = \mathbf{14\,080}\ \text{cm}^2$

$O = 2 \cdot G + M = 2 \cdot \mathbf{1\,320} + \mathbf{14\,080} = \mathbf{16\,720}\ \text{cm}^2$

Beispiel S.121

Das Volumen des obigen Prismas ist $V = \mathbf{1\,320} \cdot \mathbf{80} = 105\,600\ \text{cm}^3$

255

a) $O = 2 \cdot 14 \cdot 8 + 2 \cdot (14 + 8) \cdot 11 = 708\ \text{cm}^2$

b) $O = 2 \cdot \frac{4 \cdot 3}{2} + (4 + 3 + 5) \cdot 5{,}6 = 79{,}2\ \text{cm}^2$

c) $O = \frac{2 \cdot (7 + 3) \cdot 3}{2} + (3 + 7 + 5 + 3) \cdot 4 = 102\ \text{cm}^2$

d) $O = 2 \cdot (25 - 12) + (15 + 2 + 3 + 8) \cdot 5 = 166\ \text{cm}^2$

256

a) $O = \frac{2 \cdot 4 \cdot 2}{2} + (4 + 2 \cdot 2{,}8) \cdot 5 = 56\ \text{cm}^2$

b) $O = 2 \cdot 30 \cdot 10 + 2 \cdot (30 + 14) \cdot 24 = 2\,712\ \text{cm}^2$

c) $O = 2 \cdot \frac{5 \cdot 12}{2} + (5 + 12 + 13) \cdot 30 = 960\ \text{cm}^2$

257

a) $V = 4^3 = 64\ \text{cm}^3$

b) $V = \frac{(15 + 20) \cdot 18}{2} \cdot 100 = 31\,500\ \text{cm}^3$

c) $V = \frac{4 \cdot 6}{2} \cdot 9 = 108\ dm^3$

258 **a)** $V = 54\ cm^3$ **b)** $V = 13\,500\ cm^3$

Beispiel S.124

$V = a^3 = 5^3 = \mathbf{125}\ cm^3$
$m = 7{,}9 \cdot \mathbf{125} = 987{,}5\ g$

259 **a)** $m = 8933 \cdot 2 = 17\,866\ kg$
b) $m = 5404\ kg$
c) $m = 1834\ kg$
d) $m = 2320\ kg$

260 **a)** $m = 6615\ kg$ **b)** $m = 11\,340\ kg$ **c)** $m = 11\,340\ kg$ **d)** $m = 40\,500\ kg$

261 **a)** $V = 5400\ cm^3$ $m = 810\ kg$
b) $V = 36\,000\ cm^3$ $m = 378\,000\ g = 378\ kg$

262 **a)** $V = 0{,}0004032\ m^3$ $m \approx 0{,}56\ kg$
b) $V = 0{,}000945\ m^3$ $m \approx 1{,}30\ kg$

263 **a)** quadratische Pyramide
b) rechteckige Pyramide
c) sechsseitige Pyramide
d) dreiseitige Pyramide
e) fünfseitige Pyramide

264

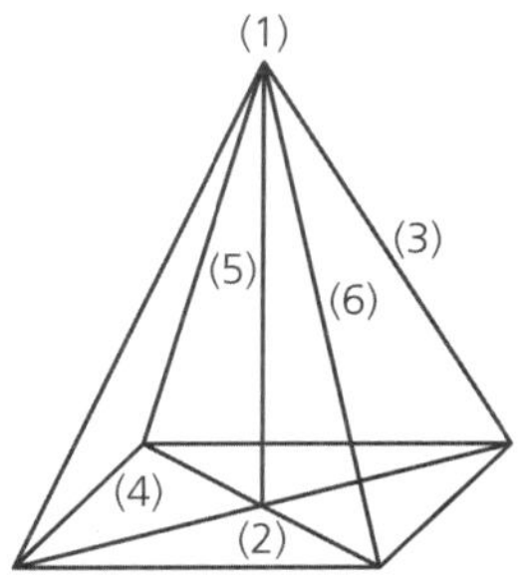

265 Konstruktionsgang:
Zeichne den Schrägriss der Grundfläche. Vom Schnittpunkt der Diagonalen aus zeichne die Höhe der Pyramide nach oben ein. Verbinde die Eckpunkte der Grundfläche mit dem Ende der Höhe (= Spitze der Pyramide).

Beispiel S.128

$G = a^2 = \mathbf{4}\ \text{cm}^2$

$M = 4 \cdot \frac{a \cdot h_a}{2} = 2 \cdot a \cdot h_a = \mathbf{15{,}6}\ \text{cm}^2$

$O = G + M = \mathbf{4} + \mathbf{15{,}6} = \mathbf{19{,}6}\ \text{cm}^2$

266 **a)**

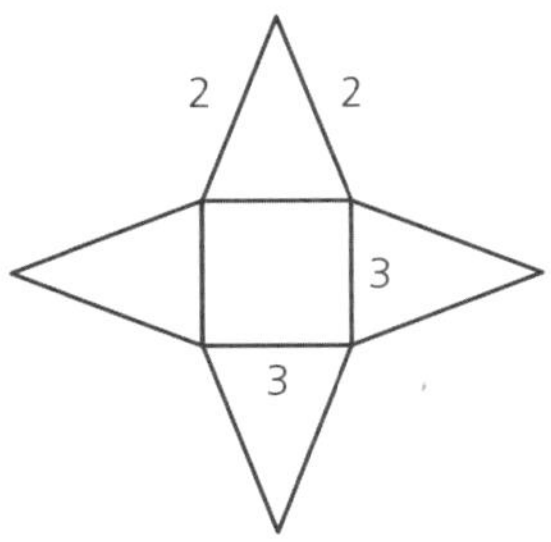

b)

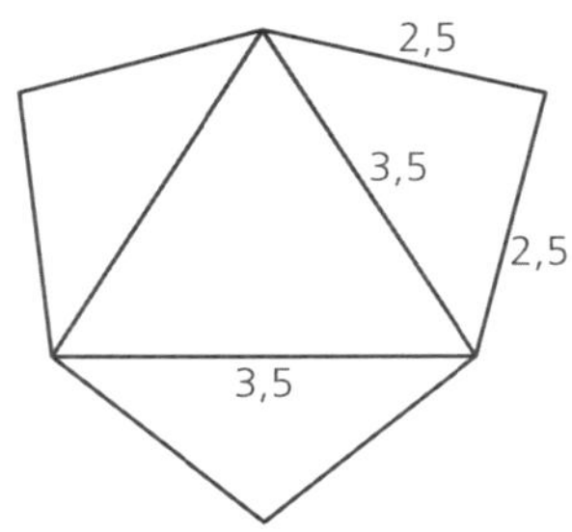

c)

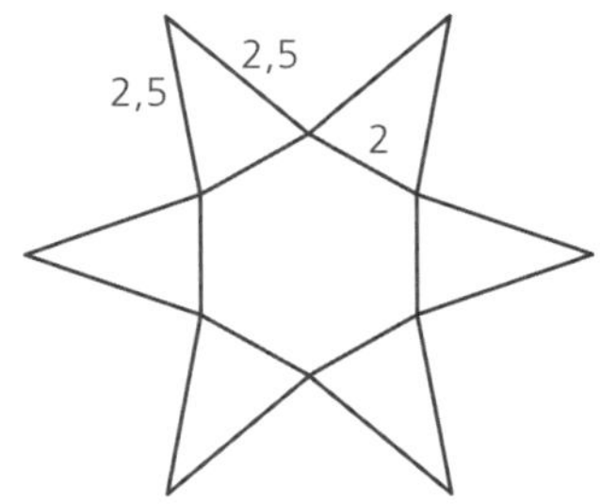

267 **a)** $O = 32 \cdot 50 + 2 \cdot \frac{1}{2} \cdot 32 \cdot 63 + 2 \cdot \frac{1}{2} \cdot 50 \cdot 60 = 6\,616\ \text{cm}^2$

b) $M = \frac{1}{2} \cdot 32 \cdot 63 + \frac{1}{2} \cdot 50 \cdot 60 + \frac{1}{2} \cdot 66 \cdot 56 = 4\,356\ \text{cm}^2$

268 **a)** $O = 3^2 + 2 \cdot 3 \cdot 5 = 39\ \text{cm}^2$

b) $O = 4{,}4^2 + 2 \cdot 4{,}4 \cdot 5{,}1 = 64{,}24\ \text{cm}$

c) $O = 6{,}3^2 + 2 \cdot 6{,}3 \cdot 8 = 140{,}49\ \text{cm}^2$

269 $O = a \cdot b + a \cdot h_a + b \cdot h_b$

a) $O = 122{,}04\ \text{cm}^2$

b) $O = 173{,}04\ \text{cm}^2$

c) $O = 216{,}96\ \text{cm}^2$

d) $O = 516\ \text{cm}^2$

e) $O = 843{,}84\ \text{cm}^2$

Beispiel S.132

a) $G = a \cdot b = \mathbf{11{,}2} \cdot \mathbf{8{,}4} = \mathbf{94{,}08}\ \text{cm}^2$

$V = \frac{1}{3} \cdot G \cdot h = \frac{1}{3} \cdot \mathbf{94{,}08} \cdot \mathbf{20} = \mathbf{627{,}2}\ \text{cm}^3$

b) $3 \cdot V = G \cdot h \quad | : h$ $\qquad$ $\mathbf{3V = G \cdot h} \quad | : G$

$\frac{3 \cdot V}{h} = G$ $\qquad$ $\frac{\mathbf{3 \cdot V}}{\mathbf{G}} = h$

c) $G = \frac{3 \cdot V}{h} = \frac{3 \cdot \mathbf{636{,}66}}{\mathbf{24{,}3}} = \mathbf{78{,}6}\ \text{dm}^2$

270 **a)** $V = 893{,}04\ \text{cm}^3$ **b)** $V = 1\,155\ \text{cm}^3$ **c)** $V = 79{,}8\ \text{cm}^3$

271 **a)** $V = 560\ \text{cm}^3$ $m = 6\,328\ \text{g}$ **b)** $V = 0{,}084\ \text{m}^3$ $m = 126\ \text{kg}$

272

	a)	b)	c)	d)

a	4,5 cm	1 cm	0,12 dm	**0,8 dm**
b	2,3 cm	5 cm	**0,4 dm**	0,7 dm
h	7,2 cm	**9 dm**	1 dm	0,9 dm
V	**24,84 cm**	198 cm³	0,016 dm³	0,168 dm³

273 $44 \cdot 35 + 2 \cdot (44 + 35) \cdot 61 = 11\,178 \text{ cm}^2$
Mit Verschnitt: $11\,178 \cdot 1{,}1 = 12\,295{,}8 \text{ cm}^2$

274 **a)** $h = 45 : (6 \cdot 3) = 2{,}5$ dm $\quad 4 \cdot (6 + 3) + 4 \cdot 2{,}5 = 46$ dm Metallrahmen
b) $6 \cdot 2{,}5 + 2 \cdot (3 \cdot 2{,}5) = 30 \text{ dm}^2 = 0{,}3 \text{ m}^2$ Glas

275 **a)** $h = \sqrt{74^2 - 24^2} = 70$ cm
b) $V = 0{,}5 \cdot 48 \cdot 70 \cdot 200 = 336\,000 \text{ cm}^3$
$m = 336\,000 \cdot 0{,}9 = 302\,400 \text{ g} = 302{,}4$ kg
c) $O = 48 \cdot 70 + 2 \cdot 74 \cdot 200 + 48 \cdot 200 = 42\,560 \text{ cm}^2$

276 $V = \frac{(40 + 100) \cdot 12}{2} \cdot 95\,000 = 79\,800\,000 \text{ m}^3$ Wasser

277 $V = \frac{230{,}3^2 \cdot 146{,}6}{3} \approx 2\,591\,795 \text{ m}^3$, d. h. rund 2,6 Millionen Steine

278 $m = \frac{12{,}25 \cdot 2}{3} \cdot 2{,}8 \approx 22{,}87$ g

279 **a)** $O = 121 + 4 \cdot 138 = 673 \text{ cm}^2$

b) $V = \frac{121 \cdot 15}{3} = 605 \text{ m}^3$ $\quad m = 0{,}95 \cdot 605 = 574{,}75$ g

1. Schularbeit

1 **a)** +57 **b)** $x = 72$ $r = -39$

2 **a)** – 999

b) (+30) : (– 15) $\boxed{>}$ (– 2) · (+2)

5 · (– 11) $\boxed{<}$ (– 12) : (+4)

(– 1) + (– 7) $\boxed{<}$ (– 3) – (– 10)

c) +67 – 54 = $\boxed{-}$ (– 67 $\boxed{+}$ 54)

– 11 + 12 = $\boxed{+}$ (12 $\boxed{-}$ 11)

3 **a)** $C = (5|3)$

b) Flächeninhalt $A = 28$

4 Konstruktion: $b = 8$ cm

$h_a = 4{,}9$ cm $h_b = 4{,}3$ cm $h_c = 6{,}9$ cm

$A_1 = 17{,}15\ \text{cm}^2$ $A_2 = 17{,}2\ \text{cm}^2$ $A_3 = 17{,}25\ \text{cm}^2$

Durchschnitt: $A = 17{,}2\ \text{cm}^2$

2. Schularbeit

1 –2 18

2 **a)** $-4\frac{3}{4} < -3\frac{1}{2} < -2\frac{1}{2} < -1\frac{2}{10} < \frac{1}{2} < 2\frac{6}{10} < 3\frac{1}{4}$

b) $u = \frac{93}{16}$ $d = -\frac{33}{8}$

3 **a)** 1 350 · 1,11 = 1 498,50 €

b) $\frac{65{,}96 \cdot 100}{68} = 97\%$ d. h. Verminderung um 3%

4 $u = 12$ cm $A \approx 7{,}8\ \text{cm}^2$ $h_a \approx 2{,}6$ cm

5 $e = \frac{2A}{f} = 15$ cm

3. Schularbeit

1 **a)** $18x^3y^5z^5$ **b)** $4r^2s$ **c)** $64x^{12}y^3$

2 $3x^3 + 4y^3 - 10xy^2$ Probe: $-5 = -5$

3 **a)** $23 \cdot 10^6$ **b)** $2{,}3 \cdot 10^9$

4 **a)** 30 000 **b)** 2 670 000

5 $a = 9$ cm $b \approx 4{,}3$ cm $c = 7$ cm $d \approx 4$ cm $h = 4$ cm

$A = \frac{(a + c) \cdot h}{2} = 32 \text{ cm}^2$

6 $a = 55 - 12{,}3 - 2 \cdot 7{,}5 = 27{,}7$ cm $h = 4{,}471$ cm $h = \frac{2A}{a + c} = 4{,}471$ cm

4. Schularbeit

1 **a)** $4x^2 + 12xy + 9y^2$ **b)** $a^2 - 8ab + 16b^2$ **c)** $16s^2 + 40st + 25t^2$

2 $-2g^6 + 8g^5 - 16g^4 + 28g^3 + 98g^2$ Probe: 488 = 488

3 **a)** $11ab \cdot (a^2b - 2a + 3b^2 - 5a)$ **b)** $(x - 3y) \cdot (a + b - 4)$

4 **a)** Katheten: 72 cm; 30 cm Hypotenuse: 78 cm
b) $u = 78 + 72 + 30 = 180$ cm
c) $A = \frac{1}{2} \cdot 30 \cdot 72 = 1\,080 \text{ cm}^2 = 10 \text{ dm}^2\ 80 \text{ cm}^2$

5 $A = \frac{1}{2} \cdot x \cdot y$ → $x = \frac{2 \cdot A}{y} = \frac{2 \cdot 960}{60} = 32$ mm

5. Schularbeit

1 $x^2 - 6x + 9 - 9x^2 - 6x - 1 = -8x^2 + 24x - 18 + 2$
$-12x + 8 = 24x - 16$
$24 = 36x$
$\frac{24}{36} = x$
$x = \frac{2}{3}$ Probe: $-\frac{32}{9} = -\frac{32}{9}$

2 $x^2 - 95 = (x - 5)^2$
$x^2 - 95 = x^2 - 10x + 25$
$10x = 120$
$x = 12$
1. Quadrat: $x = 12$ cm $A = 144 \text{ cm}^2$
2. Quadrat: $y = 7$ cm $A = 49 \text{ cm}^2$

3 $16 : 36 = 25 : a_1^2$ $a_1 = 7{,}5$ cm

4 $20x = 235\,000$

$x = 11\,750$

1. Erbe ... 35 250€
2. Erbe ... 47 000€
3. Erbe ... 58 750€
4. Erbe ... 70 500€
5. Erbe ... 23 500€

5 **a)** 8,125 cm **b)** 3,75 cm

6. Schularbeit

1 y ... Höhe des Turms ohne die Größe des Beobachters

$4 : (3{,}95 - 1{,}70) = (4 + 136) : y$ → $y = 78{,}75$ m

Höhe des Turms ... $1{,}70 + y = 1{,}70 + 78{,}75 = 80{,}45$ m

2 **a)** $70 : 91 = x : 3{,}25$ → $x = 2{,}5$ Man braucht für die Strecke 2,5 Stunden.

b) $300 : x = 24{,}6 : 41$ → $x = 500$ Man kommt 500 km weit.

3 **a)** $Z = 3\,400 \cdot 0{,}024 \cdot \frac{250}{360} \approx 56{,}67$ €

Man kann 3 456,67 € beheben.

b) $10\,000 \cdot 1{,}03^{15} \approx 15\,579{,}67$ €

Jedes Kind bekommt $15\,579{,}67 : 2 \approx 7\,789{,}84$ €

4 c ... Basis

$1\,400 = \frac{c \cdot 5}{2} \cdot 100$ → $c = 5{,}6$ cm

7. Schularbeit

1 **a)**

Minuten x	Kosten y in €
0	4
100	8
200	12
500	24
x	$4 + 0{,}04 \cdot x$

b)

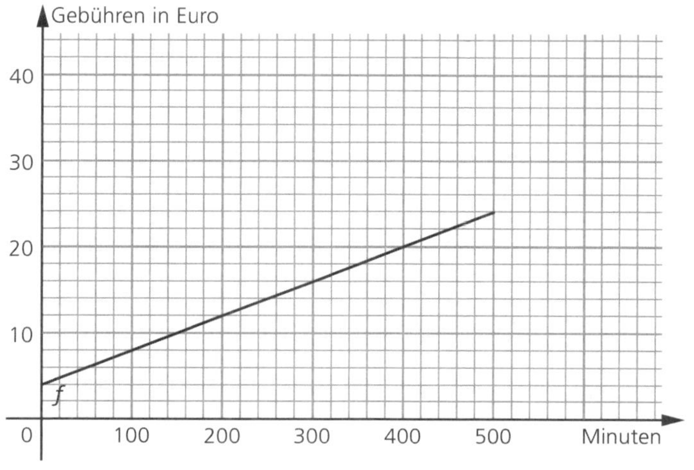

c) 400 Minuten

2

Der Punkt mit den Koordinaten $P = (0\|-8)$ liegt auf der 1. Achse.	☐
Der Punkt mit den Koordinaten $P = (-8\|0)$ liegt auf der 2. Achse.	☐
Liegt ein Punkt P im zweiten Quadranten, hat seine x-Koordinate ein negatives und seine y-Koordinate ein positives Vorzeichen.	☒

3 **a)** $\frac{5}{12}$ $Z = \{1, 2, 3, 4 \ldots 12\}$ $E = \{2, 3, 5, 7, 11\}$

b) $\frac{3}{12} = \frac{1}{4}$ $E = \{4, 8, 12\}$

4 $x = (1{,}2 \cdot 8) : 2{,}5 = \mathbf{3{,}84}$

5

☒	☐	☐	☒
2 : 9 = 7 : 31,5	3 : 5 = 6 : 11	1,2 : 5 = 5 : 2,4	4,5 : 2 = 8,1 : 3,6

6

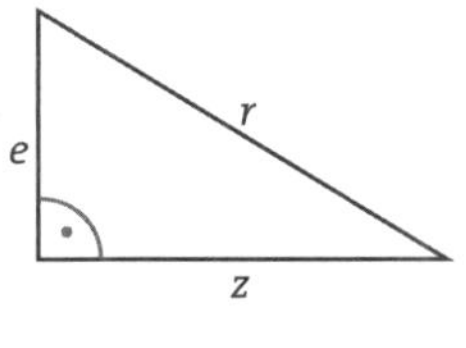

a) $e, z \ldots$ Katheter $r \ldots$ Hypotenuse

b) $A = \frac{1}{2} \cdot e \cdot z$ → $e = \frac{2 \cdot A}{z}$ bzw. $z = \frac{2 \cdot A}{e}$

7

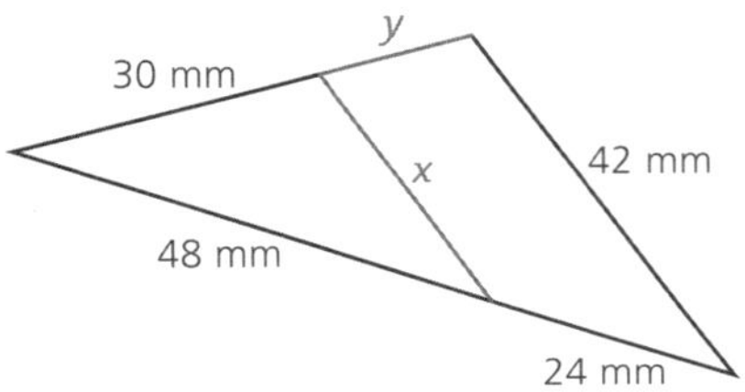

$48 : x = (48 + 24) : 42$ $\qquad$ $y : 30 = 24 : 48$

$x =$ **28 cm** $\qquad$ $y =$ **15 cm**

3. Auflage (2024)

Auf umweltfreundlichem Papier gedruckt bei: siehe https://produkt.veritas.at/45724#additional
Autor: Markus Olf
Lektorat: Klaus Kopinitsch
Bildredaktion: Raffaela Schuster
Umschlaggestaltung und Layout: Kathrin Schager
Herstellung: Sandra Reinhardt
Illustrationen: Sven Aring, Paderborn
Satz: Datagroup Int. SRL, Timisoara
Umschlagfotos: stock.adobe.com/evannovostro

ISBN 978-3-7101-3788-4